KB234215

스마티즈 금상 수상
'세계 책의 날' 추천도서, ALA 우수도서
『윈드싱어』에 쏟아진 격찬!

❦

"당신의 기억 속에 영원히 남을 만한 아주 특별한 작품이다."
—〈데일리 텔레그라프〉

"긍정적인 초현실적 이미지와 속도감 넘치는 모험, 그리고 통렬한 풍자가 이 책 한 권 속에 있다."
—멜빈 버기스

"책 읽는 재미에 자신도 모르게 빨려 들어가게 된다. …… 아름다운 서사, 따뜻한 스릴, 뛰어난 독창성과 액션과 열정이 넘친다."
—〈가디언〉

"서정적이고 환상적이며 힘이 넘치는 이야기다."
—케이트 애그뉴

"……첫 장을 넘기자마자 독자를 휘어잡는 전개와 상상을 초월한 환상적인 이야기는 이제까지의 작품들과는 전혀 다른 모험담으로 도저히 책장을 덮을 수 없게 한다."
—아마존

"페이지마다 등장하는 모험이 페이지를 짓밟고 지나간다."
—〈북매거진〉

"읽기 쉬우면서도 반항적이며 빠른 속도로 전개되는 모험 소설로, 마음을 뒤흔드는 사랑의 축제로 이루어져 있는 『쉐도우랜드』 작가의 기대해도 좋은 또 다른 작품이다."
—〈선데이 타임스〉

"서사시적인 배경 위에 성서적 · 신화적 주제를 통해 인간 심연과 인간 관계의 내밀한 부분까지 파고드는 이야기다."
—〈북셀러〉

불의 바람 1
윈드싱어

불의 바람 1
윈드싱어

윌리엄 니콜슨 지음 / 김현후 옮김

나무와숲

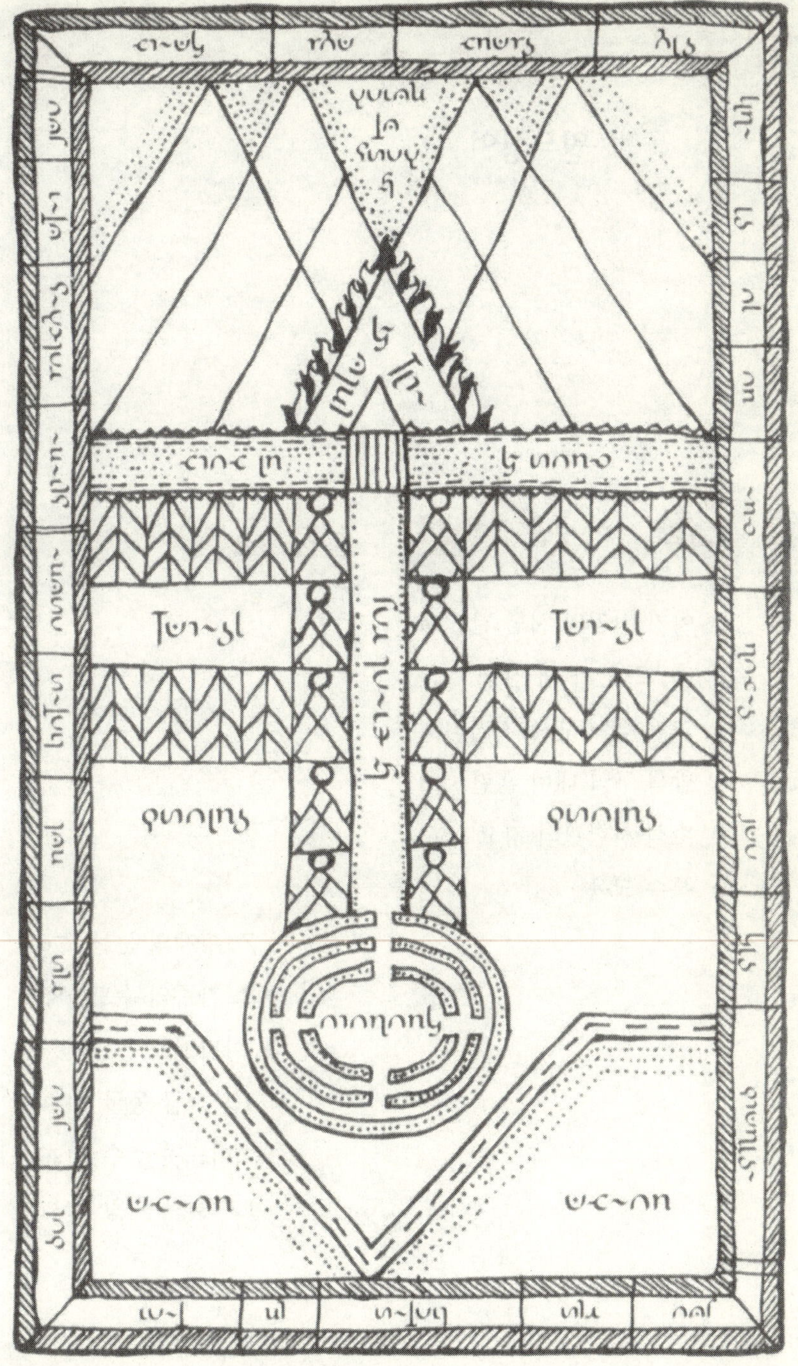

윈드싱어

차 례

먼 옛날

낮선 사람들이 나타났을 때까지도 맨스족은 까마득히 먼 옛날 그들의 조상이 사냥하며 살던 시대부터 그래 왔듯, 낮은 천장에 멍석을 엉성하게 둘러친 집에 살고 있었다. 그들은 돔 모양의 오두막집을 소금굴 옆에 짓고서 옹기종기 모여 살았다. 그 당시만 해도 그 소금굴이 나중에 그들을 엄청난 부자로 만들어 줄 줄은 생각조차 하지 못했다.

어느 무더운 여름날, 사막으로부터 한 무리의 여행객이 와서 근처에 야영지를 세웠다. 그들은 남자건 여자건 할 것 없이 머리를 길게 풀고 다녔으며 행동은 천천히, 말은 거의 하지 않았다. 어쩌다 말을 할 때면 아주 조용히 했다. 이 낮선 방문객들은 자기들이 만든 작은 은제 장식품들을 주고 빵, 고기, 소금 따위를 맨스족과 바꿔 먹었다. 그들이 무슨 말썽을 부린 것도 아닌데, 왠지 맨스족은 그들이 옆에 와 있다는 사실 하나만으로도 괜한 불안감을 느꼈다. 그들은 누구일까? 어디서 왔을까? 어디로 가는 것일까? 그들은 물어 봐도 웃으며 머리를 젓거나 어깨를 으쓱해 보일 뿐, 아무 대답도 하지 않았다.

어느 날부터인가 그들은 탑을 세우기 시작했다. 나무를 이용하여 사람 키보다 높은 단을 쌓더니 그 위로 길고 짧은 쇠파이프와 통나무로 탑을 쌓아 올렸다. 탑 밑동에는 파이프들을 동그랗게 배치하고 나팔처럼 바깥으로 벌어지게 했다. 탑 위쪽을 향해 따라 올라가던 여러 개의 파이프들은 마치 목처럼 생긴 하나의 실린더로 합쳐졌다. 실린더 끝은 다시 깔때기 마냥 밖을 향해 벌어졌는데, 그 둥그런 주둥이 주위로 가죽으로 만든 커다란 바람 주머니들을 달아 놓았다. 바람이 불면 탑의 윗부분은 빙글빙글 돌며 가장 강하게 부는 바람을 마주 대하고 섰다. 바람 주머니에 잡힌 바람은 목처럼 생긴 실린더를 따라 내려가 파이프에 전달되어 아무 의미도 없는 이상한 소리가 되어 나왔다.

그 탑은 어떤 특별한 쓰임새가 있는 게 아니었다. 사람들은 처음에는 삐거덕거리며 이리저리 돌아가는 탑을 호기심 어린 눈초리로 쳐다보았다. 바람이 몹시 부는 날이면 슬픈 듯한 소리를 내는 것이 처음엔 우스꽝스러웠지만 얼마 안 있어 그것마저 소음으로 들렸다.

조용한 이방인들은 아무런 설명도 하지 않았다. 단지 이 탑을 세우기 위해 그곳에 나타난 것이기라도 한 듯, 공사가 끝나자 텐트를 접고 떠날 준비를 했다. 떠나기 전에 그들의 지도자가 탑으로 기어올라가 목 파이프에 있는 홈 안으로 은으로 된 조그마한 물건을 집어넣었다. 바람 잔 어느 여름날 새벽, 그들은 소리 없이 떠나갔다. 맨스족은 그 탑을 쳐다보며 어리둥절해할 뿐이었다.

그날 밤, 맨스족이 잠자리에 들었을 때였다. 바람이 불자, 전에 일찍이 들어 본 적이 없는 전혀 새로운 소리가 들려 왔다. 그 소리를 들은 사람들은 모두 자기도 모르게 입가에 미소를 머금고 자리에서 일어나 탑 주위로 모여들었다. 사람들은 너무 놀라워 입을 다물 수가 없었다. 그들은 따뜻한 밤 공기를 가르며 들려 오는 소리에 조용히 귀를 기울였다.

윈드싱어가 노래를 부르고 있었다.

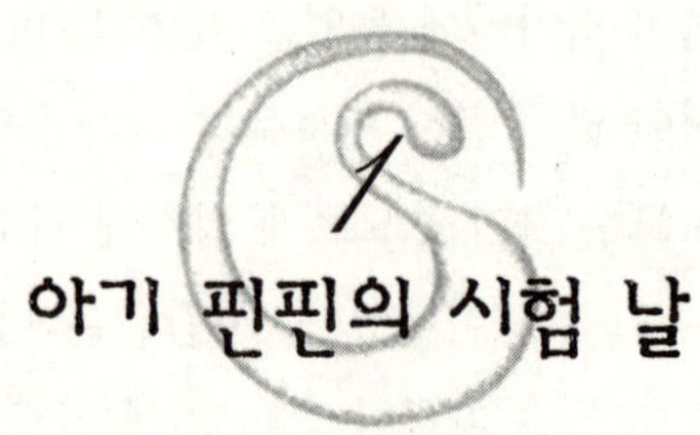

아기 핀핀의 시험 날

"사가혹! 폼파프룬! 사가 사가 혹!"

보우맨 헤스는 침대에 누워 벽 건너편 욕실에서 어머니가 목욕하며 지르는 소리를 듣고 있었다. 왕궁 탑으로부터 오전 여섯 시를 알리는 종소리가 시내 전체에 울려퍼졌다. 아라맨스족이 잠에서 깨어날 시간이었다.

보우맨은 그제야 눈을 뜨고 오렌지 색깔의 커튼 저편으로 비치는 밝은 햇살을 바라보았다. 왠지 기분이 우울했다. 무엇 때문에 또 이러지? 그날의 학교 일정을 생각해 보았다. 생각만 해도 아랫배가 뻐근해 왔다. 하지만 그것 때문인 것 같지는 않았다. 왜 슬프면서 허전한 기분이 드는 것일까?

쌍둥이 누이인 케스트렐은 손만 뻗으면 닿을 거리에 놓인 침대에서 아직 자고 있었다. 케스트렐의 숨소리에 잠시 귀를 기울이다가 이제 그만 일어나라고 마음속으로 말했다. 잠시 기다리자, 케스트렐이 알았다는 듯이 투정하는 반응을 보였다. 보우맨은 다섯까지 센 후 자리를 박차고 일어났다.

화장실을 가려고 마루를 지나다 누이동생 핀핀에게 인사하기 위해 보우맨은 잠시 멈춰 섰다. 보드라운 잠옷을 입은 핀핀이 엄지손가락을 빨며 유아용 침대를 짚고 서 있었다. 집에 침실이 두 개밖에 없기 때문에 핀핀은 마루에서 잤다. 오렌지 구역에 있는 아파트들은 다섯 식구 살기에는 너무 비좁았다.

"핀핀, 잘 잤어?"

핀핀은 빨던 엄지손가락을 입에서 끄집어내며 환하게 웃었다.

"뽀뽀."

보우맨은 동생 뺨에 뽀뽀했다.

"안아 줘."

보드랍고 통통한 핀핀을 두 팔로 껴안자, 그제야 오늘이 핀핀이 시험 보는 날이라는 생각이 떠올랐다. 핀핀은 두 살로 시험 걱정하기에는 아직 너무 어린 아기였지만 오늘을 시작으로 앞으로 죽을 때까지 각종 시험에 시달리며 살아야 할 것이다. 보우맨을 아침부터 우울하게 한 것은 바로 그 때문이었다.

보우맨은 눈물이 날 것 같았다. 모두들 그가 울보라고 놀려 대지만 어쩔 수 없었다. 남들보다 감정이 풍부해 그런 것을 어찌하겠는가? 자기가 원한 것은 아니었지만, 보우맨은 다른 사람들을 보면 그들이 느끼는 감정을 그대로 느낄 수 있었다. 게다가 그 감정이란 것이 대부분 슬픔이나 두려움이었다. 그들이 왜 그렇게 느끼는지를 이해할 수 있었던 보우맨은 거기에 동감하다 보니 자기도 모르게 눈물이 나오는 것이었다. 매우 난처한 일이긴 했다.

핀핀이 현재 그런 감정을 느끼는 것은 아니었지만 언젠가는 그렇게 느끼고야 말 것을 그는 알고 있었다. 핀핀은 지금 너무 어려 그런 생각조차 하지 못했다. 하지만 오늘이 그 시작이었다. 처음에는 희미하게, 그러나 날이 지날수록 미래에 대한 불안은 점점 강렬하게 다가올 것이다. 아라맨스에서는 인생의 모든 것들이 시험 결과에 따라 결정됐다. 누구나 그 시험에서 실패할까 봐 불안해했다. 설령 한 시험에 통과한다 할지라도 또 다른 시험이 기다리고 있었다. 그 누구도 이 끝없는 시험으로부터 벗어날 수 없었다. 핀핀도 앞으로 그것들을 겪어야 한다고 생각하니 보우맨은 가슴이 너무도 아팠다. 그는 동생을 껴안고 뺨 여기저기에 뽀뽀를 해댔다.

"사랑해, 핀핀."

"사랑해, 오빠."

갑자기 욕실로부터 옷 찢어지는 소리가 나더니 어머니 아이라 헤스가 울화통 터뜨리는 소리가 들렸다.

"사가혹! 바가플롭!"

그러고 나서 입버릇처럼 말했다.

"아, 불행한 인간들이여!"

비록 멀긴 해도 어머니의 직계 조상이자 위대한 예언가인 아이라 맨스의 유명한 한마디였다. 그 이름은 대대로 이어져 보우맨의 어머니도 아이라로 불렸다. 어머니가 분노를 터뜨릴 때마다 아버지는 아이들에게 눈을 찡긋해 보이면서 귓속말로 속삭였다.

"저기 또 예언가가 나타나셨다."

욕실 문이 열리며 얼굴이 잔뜩 상기된 어머니가 뛰쳐나왔다. 가운의 소매 구멍을 찾지 못한 채 억지로 입으려고 허둥댄 결과 두 팔은 양편 옆구리 실밥을 뜯고 삐죽 튀어나온 채였다.

"오늘이 핀핀 시험 보는 날이에요."

"뭐라고?"

어머니는 잠시 보우맨을 쳐다보더니 마치 누가 빼앗아 가기라도 하는 듯이 핀핀을 보우맨으로부터 넘겨받아 품에 꼭 껴안았다.

"우리 아가! 오, 우리 아가!"

아침 식사를 마칠 때까지 누구도 시험에 대한 이야기를 꺼내지 않았다. 아버지는 책을 덮고 평소보다 조금 일찍 자리에서 일어나면서 혼잣말처럼 중얼거렸다.

"가야 할 시간이 된 것 같군."

케스트렐이 결심한 듯한 표정으로 말했다.

"저는 안 갈 거예요."

아버지 하노 헤스는 한숨을 푹 내쉬더니 손으로 주름진 뺨을 비볐다.

"그래, 알았어."

"정말 불공평해요."

케스트렐은 마치 아버지가 자기보고 억지로 가자고 하기라도 한 듯이 말했다. 어쩌면 그것이 사실인지도 몰랐다. 아버지는 너무나 자상하고 그들의 마음을 잘 이해해 주어서 그들은 아버지의 뜻을 거역할 수가 없었다. 그때 스토브에서 음식 타는 냄새가 났다.

"오, 사가혹!"

어머니가 또 토스트를 태운 것이었다.

아침이어서 아직 해가 조금밖에 떠오르지 않은 탓에 오렌지 구역은 높은 성벽의 그림자로 뒤덮여 있었다. 헤스 일가는 거리를 가로질러 시민 회관을 향해 걸었다. 어머니와 아버지가 앞장섰고 그 뒤를 케스트렐과 보우맨이 핀핀의 손을 한쪽씩 잡고서 걸어갔다. 두 살짜리 아이를 둔 다른 가족들도 모두 같은 목적지를 향해 오렌지색으로 칠해진 집들 앞을 지나가고 있었다. 그들 앞으로 블레시 가족이 가고 있었다. 그들은 걸어가면서 두 살짜리 아들을 열심히 복습시키고 있었다.

"일, 이, 삼, 사, 오, 육, 칠, 팔."

광장에 이르렀을 때에야 블레시 부인이 그들을 보았다. 블레시 부인은 마치 헤스 부인이 친한 친구라도 되는 양 손을 흔들어 보이며 속삭였다.

"아무한테도 말하지 마세요. 우리 아이가 요번에 잘하면 우리 빨간 구역으로 올라가요."

헤스 부인은 잠시 생각하더니 말했다.

"빨간색 구역이라, 아이가 참 똑똑한 모양이네요."

"그리고 소문 들으셨어요? 우리 루피가 어제 반에서 2등 했어요."

그때 블레시 씨가 끼어들었다.

"2등이라고? 왜 1등 못하고 2등 했어?"

"아이, 이 양반은!"

블레시 부인은 헤스 부인을 돌아보며 친한 친구에게 속삭이듯 말했다.

"남자들은 다 저렇다니까요. 뭐든지 이겨야만 속시원해한다니까요."

입으로는 그렇게 말하면서도 두꺼비처럼 생긴 블레시 부인의 눈은 하노 헤스를 주시하고 있었다. 하노 헤스가 지난 3년 동안 단 한 계급도 올라가지 못하고 있는데도 부인은 실망을 잘도 감추고 있다고 생각하면서……. 블레시 부인의 동정하는 듯한 눈빛을 본 케스트렐은 블레시 부인이 죽이고 싶도록 미웠다. 하지만 그보다 몇 배로 아버지를 껴안고 주름진 얼굴에 키스를 퍼붓고 싶었다. 화풀이라도 하려는 듯 케스트렐은 블레시 부인의 넓적한 궁둥이에 대고 속으로 욕을 퍼붓기 시작했다.

'폭시커! 폼파푸룬! 사가혹!'

시민 회관 입구에 이르자, 시험관 조교가 명단을 들고 이름을 확인하고 있었다. 블레시 가족이 먼저 다가갔다.

"이 아기 깨끗해요? 오줌은 안 싸나요?"

"아니오. 나이에 비해 아주 빨라요."

핀핀의 차례가 되자, 조교가 같은 질문을 했다.

"이 아기 깨끗해요? 오줌은 안 싸나요?"

헤스 부인은 남편을 쳐다보았다. 보우맨은 케스트렐을 쳐다보았다.

그들은 하나같이 핀핀이 부엌 바닥을 물바다로 만들어 놓고 그 위에 앉아 노는 모습을 떠올렸다. 하지만 이곳이 어떤 자리인가? 가족의 명예가 걸린 자리가 아닌가?

"오줌을 싸냐구요? 우리 아이는 애국가 장단에 맞춰 오줌을 눌 정도로 조절을 잘해요."

시험관 조교는 뜻하지 않은 대답에 놀라 잠시 그들을 쳐다보더니 이름 옆에 '깨끗함'이라고 표시했다.

"23번 자리에 가 앉으세요."

시민 회관은 사람들로 웅성댔다. 한쪽 벽에 걸린 칠판에는 97명의 시험 대상자 명단이 ABC 순으로 적혀 있었다. 핀핀의 정식 이름도 적혀 있었다. 핀토 헤스. 가족들이 둘러막고 있는 사이에 헤스 부인은 핀핀의 기저귀를 벗겼다. '깨끗함'이라고 적었는데 기저귀를 차고 있으면 거짓말한 것으로 간주되기 때문이었다. 핀핀은 시원한 듯이 즐거운 표정을 지었다.

종이 울리자, 모두들 시험관들이 들어오기를 기다리며 조용히 있었다. 97개의 책상 뒤에는 두 살짜리 아기들이 앉아 있었고 각 책상 뒤에 놓인 의자에는 가족들이 앉아 있었다. 갑작스러운 침묵에 질렸는지 어린것들도 기침조차 하지 않았다.

빨간 가운을 걸친 시험관들이 위세를 부리며 걸어 들어와 교단 위에 일렬로 섰다. 모두 열 명이었다. 그 가운데 유독 혼자서 흰 가운을 걸친 키 큰 사나이가 마슬로 인치, 바로 수석 시험관이었다.

"헌신 선언을 하기 위해 모두 일어나 주십시오!"

부모들은 앞에 앉은 아기들을 일으켜 세우고 나서 선언을 외우기 시작했다.

"황제 폐하와 아라맨스족의 명예를 위해서, 그리고 오늘보다 나은 내일을 위해서 나는 더욱 열심히 노력할 것을 선언합니다."

모두들 자리에 앉자, 수석 시험관의 연설이 시작되었다. 마슬로 인치는 사십대 중반밖에 안 됐지만 최근에 가장 높은 자리로 진급했다. 큰 키에 위엄 있는 모습과 굵은 목소리는 마치 평생 흰 가운을 입어 온 사람 같아 보였다. 그를 오랫동안 알고 지내온 하노 헤스는 그의 모습을 씁쓸한 표정으로 쳐다보았다.

"여러분, 여러분이 사랑하는 아이들의 첫 번째 시험일이 오늘로 다가왔습니다. 오늘부터 그들에게도 각각 등급이 매겨지게 됩니다. 자기들 노력의 결과로 가족의 등급에 기여하게 되니 얼마나 자랑스럽습니까?"

마치 경고라도 하듯이 마슬로 인치는 손을 들어올리며 말했다.

"등급 자체는 아무 의미도 없습니다. 좀 더 나아지기 위해 노력하는 모습, 그것이 중요한 것입니다. 어제보다 나은 오늘을, 오늘보다 나은 내일을 만드는 것이 우리의 모토로서 우리 도시를 이와 같이 위대하게 만든 원동력입니다."

빨간 가운을 입은 시험관들이 각 줄 앞에 서서 시험을 보기 시작했다. 마슬로 인치는 제자리에서 전체를 감독했다. 방안을 둘러보던 그의 눈길이 하노 헤스의 얼굴에 머물자, 그를 알아본 듯 순간 반짝이더니 곧 다른 사람들에게로 옮겨 갔다. 하노 헤스는 어깨를 움찔해 보였다. 그와 마슬로 인치는 나이가 같았다. 그들은 예전에 같은 반에서 공부했다. 하지만 그것은 옛날 이야기였다.

시험이 끝나면 점수가 매겨지고 그 점수는 칠판 위 이름 옆에 기록되었다. 얼마 안 있어 모든 아기들의 등급이 정해졌다. 블레시 아이는 30점 만점에 23점을 기록하여 7.6점을 받았다. 시험을 마친 블레시 부인은 아이를 안고 나오면서 헤스 일가 쪽으로 다가왔다.

"우리 아이는 '오'를 빼먹고 셌지 뭐예요. 일, 이, 삼, 사, 육 하고 말예요."

그리고는 아기에게 손가락을 들어 경고하듯이 흔들며 말했다.

"이 녀석아, 사, 오, 육이지. 너도 알잖아? 아마 핀토라면 그런 실수를 하지 않을 거야."

"핀핀은 백만까지도 셀 수 있어요." 케스트렐이 말했다.

"참 농담도 재미있게 하는구나." 블레시 부인이 케스트렐의 머리를 쓰다듬으며 말했다. "소, 책, 컵은 맞혔는데 바나나를 못 맞혔어요. 그래도 7.6은 그다지 나쁜 성적은 아녜요. 루피도 처음에 7.8을 받았는데 지금 보세요. 9 밑으로 떨어지는 법이 없잖아요? 뭐 등급을 그리 대수롭게 생각하는 것은 아니지만……."

핀핀 차례가 되었다. 시험관이 종이를 뒤적이면서 핀핀에게 다가왔다.

"핀토 헤스." 시험관이 호명하고 나서는 미소를 지어 보였다. 핀핀은 그의 미소를 보고는 경계하는 표정을 지었다.

"너를 뭐라고 부를까, 꼬마야?"

"이름을 부르세요." 헤스 부인이 거들었다.

"그럼, 핀토야, 여기 예쁜 그림이 몇 개 있는데 뭔지 알아맞혀 보겠니?"

시험관이 그림을 들어 핀핀에게 보였다. 하지만 핀핀은 아무런 반응도 보이지 않았다. 개의 그림을 손가락으로 가리키며 시험관이 물었다.

"이게 뭐지?"

핀핀은 아무 대답도 하지 않았다.

"그럼 이건 뭐지?"

역시 아무 말도 하지 않았다.

"애 귀에 이상이라도 있나요?"

"아니, 알아들어요." 헤스 부인이 말했다.

"하지만 아무 말도 안 하잖아요?"

"하고 싶은 말이 별로 없는 모양이죠."

보우맨과 케스트렐은 숨을 죽였다. 시험관은 얼굴을 찌푸리더니 종이에 무엇인가 적었다. 그러고 나서 다시 그림을 집어 들었다.

"핀토야, 개 어딨지? 어느 것이 개지?"

핀핀은 아무 반응 없이 시험관을 쳐다볼 뿐이었다.

"그럼 집은 어딨어? 응?"

핀핀의 반응이 없기는 매한가지였다. 시험관은 몇 번 더 시도해 보다가 실망한 얼굴로 그림을 치웠다.

"수를 세어 보자꾸나."

자기가 먼저 세면서 핀핀이 따라 세기를 유도했지만, 핀핀은 여전히 아무 말도 하지 않았다. 그는 또 무엇인가 종이에 적었다.

"맨 마지막 시험은 아이의 대화 능력을 봅니다. 듣기, 이해하기, 대답하기 등이지요. 우리가 직접 안고 물어 보면 아기들이 덜 긴장합니다."

"애를 직접 안으시겠다고요?"

"부인께서 괜찮으시다면."

"정말로요?"

"흔히 하는 일입니다. 절대 안전하니 걱정 마세요."

아이라 헤스는 밑을 내려다봤다. 순간적으로 그녀의 코가 찡끗했다. 그것을 본 보우맨이 케스트렐에게 무언의 메시지를 보냈다.

엄마가 지금 위험 수위야.

하지만 헤스 부인은 아무렇지도 않은 듯 핀핀을 들어서 시험관에게 넘겨주었다. 보우맨과 케스트렐은 호기심을 갖고 사태를 관망했다. 아버지는 두 눈을 감고 앉아 있었다. 일은 이미 잘못돼 가고 있었다. 그렇다고 해서 그가 할 수 있는 일은 아무 것도 없었다.

"핀토야, 너 참 착한 아이지?"

시험관은 핀핀의 턱을 간질이고 코를 손가락으로 살짝 눌렀다.

"이게 뭐지? 네 코니?"

핀핀은 역시 아무 말도 안 했다. 시험관이 목에 걸려 있던, 금으로 된 메달을 벗어 들고 핀핀의 눈앞에 대고 흔들었다. 메달이 아침 햇살을 반사하며 반짝 빛났다.

"예쁘지? 만져 볼래?"

핀핀은 아무 대답이 없었다. 시험관이 오히려 애가 타는 얼굴로 헤스 부인을 바라보았다.

"지금 이 상태로는 이 아이에게 빵점을 줄 수밖에 없습니다."

"정말로 그렇게밖에 안 되나요?"

헤스 부인은 눈을 반짝이며 물었다.

"아무런 반응도 보이지 않잖아요?"

"아무런 반응도요?"

"애들 동요나 게임 같은 것, 아는 것 없습니까?"

"생각해 보죠."

헤스 부인은 일부러 과장된 행동으로 생각하는 시늉을 했다.

보우맨은 또 무언의 메시지를 케스트렐에게 보냈다.

엄마가 아무래도 불안해.

"아참! 좋아하는 게임이 하나 있어요. 쉬쉬쉬 하는 게임을 좋아하죠."

"쉬쉬쉬라고요?"

"애가 좋아하는 게임이에요."

보우맨과 케스트렐은 동시에 같은 메시지를 보냈다.

엄마가 일을 내고야 말았어!

시험관은 핀핀을 보고 진지하게 말했다.

"쉬쉬쉬, 꼬마야."

핀핀은 조금 어리둥절한 표정으로 시험관을 쳐다보더니 그의 품안에서 편해지려는 듯 몸을 조금 뒤틀었다. 헤스 부인은 코를 찡긋찡긋해 가며 사태를 지켜보았다. 보우맨과 케스트렐은 가슴을 두근거리며 보았다.

아마 곧 할 거야. 그들은 서로에게 무언의 메시지를 보냈다.

"쉬쉬쉬" 하고 시험관이 말했다.

"곧 반응이 올 거예요." 헤스 부인이 말했다.

핀핀, 지금이야! 보우맨과 케스트렐이 암시를 보냈다.

헤스는 눈을 크게 뜨고 식구들의 표정을 살폈다. 순간 벌어지고 있는 상황을 눈치챈 헤스가 두 손을 앞으로 뻗었다.

"제가 받지요."

하지만 너무 늦었다.

저를 어째, 핀핀! 보우맨과 케스트렐은 마음속으로 쾌재를 불렀다. **어서 빨리, 핀핀!**

아주 평온하고 만족스러운 표정으로 핀핀은 조이고 있던 방광을 풀었다. 오줌은 시험관의 두 팔을 따라 줄줄 흘러내렸다. 시험관은 처음에는 그 따뜻한 감촉이 무엇을 의미하는지 이해하지 못했다. 하지만 황홀경에 빠져 어쩔 줄 모르는 헤스 부인과 두 아이의 표정을 읽고는 자신의 두 팔을 내려다보았다. 그의 빨간 가운은 오줌으로 얼룩지고 있었다. 그는 아무 말 없이 아기를 헤스에게 건네주고는 뒤돌아 걸어갔다.

헤스 부인은 남편으로부터 핀핀을 받아 들고는 아기에게 키스를 퍼부었다. 보우맨과 케스트렐은 소리는 내지 않은 채 바닥을 떼굴떼굴 구르며 웃었다. 시험관이 마슬로 인치에게로 가서 보고하는 모습을 보며 하노 헤스는 한숨을 푹 내쉬었다. 오늘도 좋은 점수 받기는 글렀다. 빵점을 받았으니 어쩌면 오렌지 구역에서 쫓겨나 더 좁은 아파트로 가야 할지도 몰랐다. 침실이 하나밖에 없는 아파트에 부엌과 화장실은 남들과 같이 사용하는 곳으로. 하노 헤스는 허영심이 없었기 때문에 남들이 자기에 대해 어떻게 생각하는가에 대해서는 걱정하지 않았다. 하지만 식구들이 자기와 함께 자꾸 도태돼 가는 것이 가슴 아팠다.

아이라 헤스는 장래에 대해 생각하지 않으려고 안간힘을 쓰는 듯 핀핀을 더욱 꼭 껴안았다.

"쉬쉬쉬."

핀핀은 해맑게 웃으며 중얼거렸다.

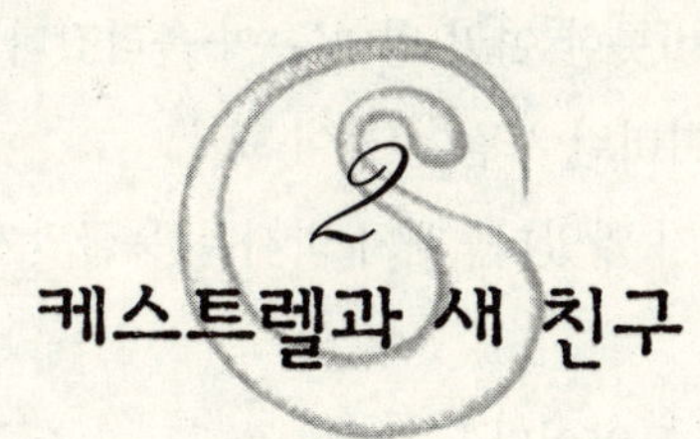

2

케스트렐과 새 친구

보우맨과 케스트렐은 학교에 거의 다 와서야 숙제를 갖고 오지 않았다는 것을 기억해 냈다.

"뭐? 잊어버렸다고?" 배치 박사가 되물었다.

쌍둥이 오누이는 반 아이들 앞에서 선생을 마주 보고 서 있었다. 배치 박사는 앞으로 툭 튀어 나온 똥배를 손으로 쓰다듬으면서 두툼한 입술을 혀로 적시며 이 아이들을 어떻게 혼내 줄까 하고 궁리했다. 이런 아이들에게 본때를 보여 주는 것이 선생으로서의 임무라고 그는 생각했다.

"처음부터 말해 봐. 왜 잊어버린 거지?"

"동생이 오늘 첫 번째 시험을 봤어요……." 보우맨이 대답했다. "집을 일찍 나오는 바람에 깜박했어요."

"깜박했다고? 흠, 그래?"

배치 박사는 반 전체를 향해 물었다.

"오늘 아침 아기 시험장에 갔던 사람들, 손들어 봐."

루피 블레시를 비롯한 여러 명의 손이 올라갔다.

"그럼, 숙제 잊어버린 사람 손들어 봐."

아무도 손을 들지 않았다. 배치 박사는 능글맞게 웃으며 보우맨을 쳐다보았다.

"너네밖에 없는 모양이다."

"예."

케스트렐은 침묵을 지키고 있었다. 하지만 보우맨은 케스트렐이 폭발 일보 직전인 것을 느끼고 있었다. 그것도 모르고 배치 박사는 그들 앞에서 뒤뚱거리는 모습으로 왔다 갔다 하며 반에게 물었다.

"공부 안 하면 어떻게 되지요?"

51명의 학생들 입으로부터 판에 박힌 대답이 울려 나왔다.

"공부 안 하면 발전할 수 없습니다."

"발전하지 못하면 어떻게 되지요?"

"발전하지 못하면 점수를 받지 못합니다."

"점수를 받지 못하면 어떻게 되지요?"

"점수를 못 받으면 꼴찌 하지요."

"꼴찌라. 꼬—올찌!"

모두들 소름 끼치는 표정을 지었다. 전교 꼴찌인 멈포같이 된다니! 맨 뒷좌석 '수치스러운 자리'를 차지하고 앉아서 자기를 조롱하는 듯이 흘끔흘끔 훔쳐보는 동급생들을 째려보는 아이가 바로 멈포였다. 멈포의 위쪽 입술은 언제나 흐르는 코 때문에 번들거렸다. 그 애에게는 코를 닦아 줄 어머니가 없었다. 멈포의 몸에서는 하도 악취가 심하게 나서 아무도 그 옆에 앉으려 하지 않았다. 그 애에게는 목욕을 시켜 줄 아버지도 없었다.

배치 박사는 학생 성적을 붙여 놓는 게시판 쪽으로 뒤뚱뒤뚱 걸어갔다. 매일 수업이 끝나면 그날의 성적을 가산해서 새로운 성적 순이 발표되었다.

"각각 5점씩 빼겠다."

배치 박사는 그 자리에서 점수를 빼고 학급 성적을 새로 매겼다. 보우맨과 케스트렐은 두 자리씩 떨어져 25위와 26위가 되었다.

"자꾸 떨어지네. 성적이 떨어질 때에는 어떻게 하지요?"

아이들은 한 목소리로 대답했다.

"더 열심히, 더 높은 곳을 향해, 더 나은 내일을 위해 노력합니다."

"열심히 해라. 다시는 숙제를 잊어버리면 안 된다. 자, 제자리를 찾아가거라."

자리로 돌아가면서 보우맨은 케스트렐의 감정을 읽을 수 있었다. 케스트렐은 배치 박사를, 성적 게시판을, 아니 아라맨스 전체를 증오하고 있었다.

상관하지 마. 우린 곧 따라잡을 수 있을 거야. 보우맨이 무성 메시지를 보냈다.

싫어. 나 상관 안 해.

보우맨은 전의 자리에서 두 자리 뒤인, 새로 배정된 자기 자리 앞에 와 섰다. 하지만 케스트렐은 멈추지 않고 계속 걸어서 맨 끝 줄에 있는 멈포 옆자리로 가 앉았다.

배치 박사보다도 더 놀란 쪽은 멈포였다.

"안－안녕." 멈포가 입냄새를 풍기며 말을 걸어 왔다.

케스트렐은 코를 막으며 얼굴을 돌렸다.

"너, 나를 좋아하니?"

멈포가 가까이 다가와 물었다.

"저쪽으로 가. 냄새 나."

배치 박사가 날카로운 어조로 명령했다.

"케스트렐 헤스, 당장 제자리로 가 앉거라!"

"싫어요!"

그 순간, 반 전체에 긴장이 감돌았다.

"싫어? 너 지금 싫다고 했니?"

"네."

"5점 더 잃고 싶은가?"

"마음대로 하세요. 상관없으니까."

"상관없다고?" 배치 박사의 얼굴이 벌겋게 상기되었다. "그렇다면 내가 너를 상관하게 해 주마. 너 내 말 안 들으면……."

"어쩌실 거예요?" 케스트렐이 당돌하게 대들었다.

배치 박사는 잠시 할 말을 잃었다.

"난 벌써 꼴찌 자리에 와 있어요. 그러니 무엇을 어떻게 더 하시겠다는 거예요?"

배치 박사는 잠시 적당한 대답을 궁리하느라 끙끙댔다. 교실에는 쥐죽은 듯 침묵이 흘렀다. 그 사이 멈포는 케스트렐 옆에 더욱 바싹 다가와 앉았다. 케스트렐은 얼굴을 찌푸리며 멈포와 거리를 유지하기 위해 몸을 뒤틀었다. 그 모습을 본 배치 박사의 얼굴에 갑자기 미소가 번졌다. 배치 박사는 천천히 걸어왔다.

"여러분, 케스트렐 헤스를 모두 보세요." 배치 박사가 자신을 되찾은 목소리로 말했다.

모두의 시선이 케스트렐의 얼굴에 쏠렸다.

"케스트렐에게는 새로운 친구가 생겼습니다. 케스트렐의 새로운 친구는 다름 아닌 멈포입니다. 케스트렐과 멈포, 사이좋게 나란히. 모두들 멈포에 대해서 어떻게 생각하지요?"

멈포는 영문도 모르고 빙긋 웃으며 말했다.

"난 케스트렐이 좋아요."

"케스트렐, 멈포가 널 좋아한단다. 왜 더 가까이 앉지 그래? 어깨동무라도 하지 그러니? 아니, 꼭 껴안아 봐라. 나중에 둘이 결혼해서 멈포 아기를 잔뜩 낳지 그러니? 그러면 좋겠지? 멈포 아기를 서넛 낳아서 씻고 닦고 하려무나."

반 아이들이 모두 와— 하고 웃음을 터뜨렸다. 우위를 되찾은 배치 박사는 기분이 좋아졌다. 분노와 수치심으로 독이 바짝 오른 케스트렐은 아무 말 없이 제자리에 얼어붙은 듯이 앉아 있었다.

"하지만 어쩌면 내가 잘못 생각한 것인지도 모르지. 아니, 케스트렐이 실수로 자리를 잘못 찾아간 것인지도 몰라."

배치 박사는 케스트렐 옆에 다가와 서서 조용히 쳐다보았다. 그는 지금 케스트렐에게 거래를 제안하고 있는 것이었다. 그녀의 복종과 자존심을 맞바꾸자는.

"케스트렐은 이제 자리에서 일어나 원래 자기 자리를 찾아갈 거야."

몸은 떨리고 있었지만 케스트렐은 끝까지 일어서지 않았다. 배치 박사는 1분 가량 더 기다리더니 빈정거리듯 조용히 내뱉었다.

"케스트렐과 멈포, 참 잘 어울리는 한 쌍이로구나."

그날 오전 수업 내내 배치 박사는 케스트렐을 가만 두지 않았다. 문법 시간에는 칠판에 이렇게 적었다.

시제를 맞춰 보시오.

케스트렐은 멈포를 사랑합니다.
케스트렐은 멈포의 사랑을 받습니다.
케스트렐은 멈포를 사랑할 것입니다.
케스트렐은 멈포를 사랑한 적이 있습니다.
케스트렐은 멈포를 사랑하게 될 것입니다.

수학 시간에는 다음과 같이 적었다.

케스트렐은 멈포에게 키스를 392번 하고 98번 포옹했는데 전체 포옹 중 반은 키스하고 같이 했고, 전체 키스 중 8분의 1은 침을 흘리면서 한 키스였다면, 케스트렐은 포옹과 함께 침을 흘리면서 한 키스를 몇 번이나 멈포에게 할 수 있었겠는가?

그날 수업은 이런 식으로 계속됐다. 배치 박사의 의도대로 전체 반 아이들은 킬킬대며 좋아했다. 보우맨은 케스트렐을 자주 돌아다보았지만 케스트렐은 아무 말 없이 학업에 열중하는 듯이 보였다.

점심 시간이 되자, 케스트렐이 조용히 교실을 빠져 나갔다. 보우맨은 서둘러 그 뒤를 따라갔다. 짜증나게도 멈포는 침을 질질 흘리며 케스트렐 옆에 바싹 붙어 걷고 있었다.

"멈포, 꺼져." 케스트렐이 말했다.

하지만 멈포는 들은 척도 하지 않고 케스트렐의 얼굴을 바라보면서 같이 걸었다. 누가 묻지도 않았는데 혼자서 "난 케스트렐이 좋아" 하면서 콧물을 소매에 닦았다.

케스트렐은 학교를 벗어나고 있었다.

"케스, 너 어디 가는 거야?"

"밖에. 학교는 지겨워."

"케스, 하지만……."

보우맨은 말이 막혔다. 물론 학교가 싫겠지. 학교 좋아하는 사람이 어디 있겠는가? 하지만 할 수 없이 다녀야 하는 것 아닌가?

"가족 등급은 어떻게 하고?"

"나도 몰라." 케스트렐은 울면서 걸음을 좀 더 빨리 했다.

그 모습을 본 멈포가 깜짝 놀라며 옆으로 다가와서는 때묻은 손으로 케스트렐의 눈물을 닦아 주려 했다.

"케스, 울지 마. 내가 친구 돼 줄게. 케스, 울지 마."

케스트렐은 화를 내며 멈포를 밀쳐 냈다.

"빨리 꺼져. 냄새 난단 말이야."

"나도 알아." 멈포는 솔직하게 시인했다.

"케스, 학교로 돌아가자. 제자리를 찾아가 앉으면 배치 선생님도 널 더 이상 괴롭히지 않을 거야." 보우맨이 달랬다.

"나, 더 이상 안 다녀."

"그래도 다녀야 해."

"아빠한테 얘기할 거야. 아빠 이해하실 거야."

"나두." 멈포가 끼어들었다.

"멈포, 너는 꺼져!" 케스트렐이 멈포의 얼굴에다 대고 소리를 빽질렀다. "안 꺼지면 한 대 맞을 줄 알아!"

케스트렐이 주먹을 쳐들자, 멈포는 뜻밖에 힘없이 땅에 두 무릎을 꿇었다.

"원하면 날 때려. 난 맞아도 괜찮으니까."

케스트렐은 주먹을 쳐든 채 멈포를 바라보았다. 보우맨도 멈포를 쳐다보았다. 갑자기 멈포가 느끼는 감정을 그도 느낄 수 있었다. 두려움을 수반한 외로움이 가슴 깊이 파고들었다. 남의 친절에 굶주린 감정이 너무도 진하게 전해져 와 보우맨은 소리를 지를 듯이 말했다.

"그냥 하는 말이야. 정말로 안 때릴 거야."

"원하면 때려도 좋아."

멈포는 눈을 반짝이며 케스트렐을 바라보았다.

"케스, 안 때린다고 말해."

"안 때릴게." 케스트렐이 주먹을 내리며 말했다. "냄새가 너무 나서 손대기도 싫어."

케스트렐은 돌아서더니 길 저편으로 빨리 걸어 나갔다. 보우맨은 서둘러 그 뒤를 좇았다. 멈포는 몇 발짝 거리를 두고 그들을 따라갔다. 케스트렐은 보우맨에게 머리 속으로 말했다.

난 이대로는 더 견딜 수 없어.

하지만 어쩔 거야?

나도 몰라. 하지만 이대로 가다가는 터져 버릴 것 같아.

3

크게 뱉어 낸 욕지거리

보우맨과 멈포를 뒤에 달고 오렌지 구역을 빠져 나올 때까지도 케스트렐은 막연히 학교에서 벗어나고 싶다는 생각 말고는 아무런 계획이 없었다. 그런데 자기도 모르게 케스트렐은 윈드싱어가 위치한 도시의 중심부를 향해 걷고 있었다.

아라맨스 시는 둥그런 모양의 높은 벽에 둘러싸여 마치 북과 같은 모습을 하고 있었다. 그 벽은 예전에 초원의 무사족들로부터 공격을 받았을 때 세운 방어벽이었다. 이제 위대한 아라맨스를 감히 공격할 상대는 없었지만 그 벽은 아직도 굳건히 서 있었고 아무도 그 벽 밖으로 나가려 하지 않았다. 그 벽 너머 세계에는 자기들이 원하는 것은 아무 것도 없다고 모두 생각했다. 회색 바다가 넘실대는 남쪽에는 돌멩이밭 해변이 있을 뿐이었다. 북쪽으로는 저 멀리 있는 산까지 온통 황량한 사막뿐이었다. 그곳에는 음식도, 안락함도, 안전도 존재하지 않았다. 하지만 성 안쪽에는 생활에 필요한 모든 것이 있었다. 평화롭고 풍요로우며 동등한 기회가 주어지는 아라맨스에 살 수 있다는 사실을 그들은 무척 다행스럽게 생각했다.

도시는 둥그런 띠 모양을 한 구역들로 나뉘어 있었다. 중심으로부터 가장 멀리 떨어져 있는 변두리 원 안에는 직사각형 모양의 아파트들이 줄지어 있었는데, 그곳을 그들은 회색 구역이라고 불렀다. 그 다음 안쪽의 원은 낮은 층 아파트들이 들어선 밤색 구역이었다. 헤스 일가가 사는 오렌지 구역은 밤색 구역 안쪽에 있었는데, 그곳에는 반달 모양의 테라스가 붙은 작은 집들이 있었다. 도시 중심을 둘러싼 두꺼운 굴레 모습의 빨간색 구역에는 꼬불꼬불한 좁은 길을 따라 세워진 정원 달린 독채들이 있었다. 그 집들은 하나같이 빨간색 페인트로 칠해져 있었다. 그리고 마지막으로 아라맨스족의 아버지인 황제 크리오스 6세가 국정을 돌보는 왕궁이 있는 도시 중심부가 있었다. 이곳을 그들은 흰색 구역이라고 불렀다. 대리석이나 광택이 나는 석회암으로 지은 지도자들의 아름다우면서도 수수한 대저택뿐 아니라, 시민 가족의 등급을 전시하는 웅장한 모습의 '성취관'도 이곳에 있었다. 광장을 사이에 두고 성취관 맞은편에는 크리오스 황제 1세 동상이 서 있고, 그 옆으로는 아라맨스의 최고 통치 기관인 시험관위원회 건물이 있었다.

광장 옆 왕궁의 높은 벽 아래 네 개의 중요 도로가 만나는 곳에는 원형 극장이 있었다. 등급 제도가 실시되기 전만 해도 모든 시민이 이곳에 모여 토론도 하고 선거도 치르곤 했다. 하지만 이제는 인구가 너무 많아져서 연주회나 콘서트 공연 장소로 이용될 뿐이다. 해마다 실시되는 국가 시험도 이곳에서 치러진다. 국가 시험에는 각 가정의 가장들이 참가하는데, 그 결과에 따라 이듬해 가정의 등급이 재조정되었다.

이 원형 극장 한가운데 대리석을 깐 무대에는 윈드싱어라고 불리는 나무 탑이 세워져 있었다. 윈드싱어는 주위 환경과 전혀 어울리지 않았다. 흰색이 아니었을 뿐 아니라 균형 잡힌 모습도 아니었다. 흰색 구역 전반에 풍기는 단순하면서 은은한 분위기와는 좋은 대조를 이루고 있었다. 바람이 불 때마다 삐거덕거리다가 바람이 세지면 고통스러울 정도로 듣기 싫은 소리를 냈다. 시험관위원회 정기 회의에서 그것을 없애고 멋진 탑을 새로 세우자는 안건이 해마다 오르지만, 들리는 이야기에 따르면 황제가 거부권을 행사한다고 했다. 하도 오랫동안 변함없이 그 자리를 지켜 오고 있었기 때문에 그것에 애착을 느끼는 부류도 있었던 것이다. 그들은 언젠가 윈드싱어가 다시 노래를 부를 날이 온다는 전설을 믿고 있었다.

케스트렐은 윈드싱어를 무척 좋아했다. 아무 쓸모도 없는 것이 시도 때도 없이 슬프게 끽끽 우는 것이 모든 것이 질서정연한 아라맨스하고는 정반대라서 오히려 좋았다. 생활이 너무 숨막혀 더 이상 참을 수 없을 때 케스트렐은 아홉 단으로 나누어진 이 원형 극장을 뛰어 내려와 윈드싱어 앞에 앉아 몇 시간이고 대화를 주고받았다. 물론 윈드싱어가 자신의 말을 알아듣는 것도 아니었고 삐거덕거리는 소리가 대답일 수도 없었지만, 그러고 있으면 왠지 모르게 마음이 가라앉았다. 누가 자기를 이해해 주기를 바라는 것은 아니었다. 다만 마음속에 가두어 두었던 분노, 무기력함, 외로움 같은 것들을 발산시킬 수만 있다면 그것으로 만족이었다.

오늘도 케스트렐은 자신도 모르게 원형 극장을 향해 가고 있었

다. 아버지는 아직도 직장언 도서관에서 돌아오지 않았을 것이고,
어머니는 오늘 핀핀의 신체 검사 때문에 보건소에 가 있을 것이었
다. 그러니 케스트렐이 갈 곳이라곤 그곳밖에 없었다. 미리 계획
한 대로 실행하기 위해 그곳으로 갔다는 비난을 나중에 받게 되지
만, 케스트렐은 결코 계획적인 아이가 아니었다. 충동적인 데가
있어 자기 자신조차 다음에 무슨 짓을 할지 몰랐다. 케스트렐이
사고를 칠까 봐 걱정하고 있는 사람은 되려 보우맨 쪽이었다. 멈
포는 단순히 케스트렐이 좋아서 따라갔을 뿐이었다.

도시 큰거리에는 방직 공장이 있었다. 마침 점심 시간이어서 직
원들이 모두 밖에 나와 체조를 하고 있었다.

"땅을 짚고 하늘을 향해 두 손을 뻗어요!"

트레이너가 독려했다.

"하고자 하면 누구든지 할 수 있습니다!"

모든 직원들은 굽히고 뻗고 하는 동작을 짝을 지어 계속했다.

그곳을 지나 조금 더 걸어가니 이번에는 손수레 옆에서 점심을
먹고 있는 청소부가 보였다.

"쓰레기 좀 가진 것 있으면 떨어뜨려 주지 않겠니?"

아이들은 주머니 속을 뒤졌다. 보우맨 주머니에서 까맣게 탄 토
스트가 나왔다. 어머니 기분을 상하게 하지 않으려고 아침에 먹지
않고 주머니 속에 그냥 넣어 두었던 것이다.

"땅에 그냥 버려!" 청소부가 눈을 크게 뜨며 외쳤다.

"아니, 손수레에 직접 버릴게요."

"그래, 네가 다 해먹어라." 청소부가 화를 발끈 내며 말했다.

"아무도 길에 쓰레기를 버리지 않는다면 목표를 초과하기는커녕

달성도 못하게 생겼는데, 너는 괜찮다 그 말이지? 너는 오렌지 구역에 사니까 나 같은 사람 걱정 안 해도 그만이겠지. 하지만 나도 좀 더 나은 생활 좀 해 보자. 너도 회색 구역에 살아 보면 알 거야. 우리 마누라는 밤색 구역 발코니 달린 아파트에 들어가 살아 보는 것이 꿈이야."

보우맨은 탄 토스트를 길에 그냥 떨어뜨렸다.

"잘했어! 쓸어 담기 전에 어디 구경 좀 해 보자." 청소부가 말했다.

저만치 앞장서 가는 케스트렐과 그 뒤를 따라가는 멈포의 모습이 보였다. 보우맨은 급히 그들을 좇아 뛰어갔다.

"점심은 어디서 먹을 거지?" 멈포가 물었다.

"시끄러워!" 케스트렐이 답했다.

광장을 가로질러 걷고 있을 때, 왕궁에 있는 탑의 종이 두 번 울렸다.

"땡! 땡!"

이제 모든 학급의 아이들은 교실로 되돌아가 제자리에 앉을 것이다. 배치 박사는 보이지 않는 규칙 위반자 세 명 이름 옆에 '무단 조퇴'라고 쓸 게 분명했다. 그러면 또 점수가 깎이겠지.

그들은 원형 극장의 대리석 입구를 지나 밑으로 내려가기 시작했다. 멈포는 다섯 번째 단까지 내려오더니 갑자기 흰 대리석 위에 주저앉았다.

"나 배고파."

그러나 케스트렐은 개의치 않고 계속 아래를 향해 걸어 내려갔다. 보우맨도 급히 뒤따라갔다. 멈포도 따라가려 했지만, 일단 배고프다는 생각이 들고부터는 아무 것도 할 수가 없었다. 멈포는 계단에 엉덩이를 붙이고 두 무릎을 끌어안고는 먹을 것만을 생각했다.

윈드싱어에 다다른 케스트렐은 그제야 발걸음을 멈추었다. 핀핀 시험에 대한 울화, 배치 박사의 조롱, 아라맨스의 숨막히는 생활에 대한 환멸 때문인지, 불현듯 단 1분만이라도 좋으니 돌멩이라도 던져 세상의 질서정연함을 흐트려 놓고 싶다는 생각이 들었다. 원래는 윈드싱어로부터 마음의 위안을 받고 싶어 온 것이었지만, 막상 도착하고 보니 불쑥 무슨 일인가 저지르고 싶은 충동이 생겼다.

케스트렐은 윈드싱어를 기어오르기 시작했다.

내려와, 하고 보우맨이 마음속으로 외쳤다. 너 그러면 벌받아. 떨어져서 다치면 어쩌려고 그래?

상관 안 해.

케스트렐은 단 위까지 기어오르더니 멈추지 않고 탑을 향해 오르기 시작했다. 바람 때문에 몸이 휘청거리는 데다 파이프가 미끄러워 기어오르기가 쉽지 않았지만, 강인하고 행동이 재빠른 케스트렐은 잘도 올라갔다.

원형 극장의 맨 윗단에서 누군가가 소리쳤다.

"야! 너 당장 내려와!"

빨간 가운을 걸친 관리가 계단을 뛰어 내려오다가 다섯 번째 단에 쪼그리고 앉아 있는 멈포를 보고는 잠시 멈추어 서서 질문을 던졌다.

"너는 학교에 안 가고 여기서 뭐 하는 거냐?"

"배고파요."

"배고프다고? 방금 점심 시간이 지났는데?"

"못 먹었어요."

"학생들은 모두 오후 한 시에 먹게 돼 있는데 못 먹었으면 네 잘 못이지."

"알아요. 하지만 그래도 배고픈 걸 어떡해요?"

그 사이에 이미 윈드싱어의 목 부분까지 기어오른 케스트렐은 재미있는 사실을 하나 발견했다. 쇠파이프에 홈이 패여져 있었는데, 그 위에 그 홈을 가리키는 화살표가 그려져 있었던 것이다. 그리고 화살표 위로는 S자 비슷한 무늬가 새겨져 있었다. S자의 꼬리 부분이 계속되어 몸체 위까지 휘어져 덮는 그런 모습이었다.

빨간 가운을 입은 관리가 탑의 밑동 부분까지 와 섰다.

"야, 너." 그가 보우맨을 부르더니 "저 아이는 저기서 뭐 하는 거지? 저 애는 누구냐?"고 물었다.

"내 누이동생이에요." 보우맨이 대답했다.

"그럼 넌 누구야?"

"저는 쟤의 오빠구요."

무섭게 생긴 관리를 보자, 보우맨은 겁이 덜컥 났다. 보우맨은 겁을 먹으면 언제나 논리적이 됐다. 잠시 헷갈리는 표정을 짓던 관리가 케스트렐을 향해 외쳤다.

"야, 너 당장 내려와! 거기가 어딘데 기어 올라가니?"

"퐁고!" 하고 케스트렐이 내뱉었다.

"뭐라고? 쟤가 뭐랬어?"

"퐁고라고 했어요." 보우맨이 대답했다.

"나더러 퐁고라고 했어?"

"아닐지도 몰라요. 저보고 그랬을 거예요."

"하지만 내려오라고 한 건 나였고, 내가 그러자 퐁고라고 했어."

"어쩌면 아저씨 이름을 퐁고라고 생각했는지도 모르죠."

"퐁고는 내 이름이 아니야. 이 세상에 그런 이름 가진 사람은 없어."

"전 몰랐어요. 아마 쟤도 모르고 그랬을 거예요."

두려워하면서도 정중하게 행동하는 보우맨 때문에 관리는 잠시 헷갈리는 듯하더니 이제 거의 꼭대기까지 올라간 케스트렐을 향해 큰 소리로 외쳤다.

"너 나보고 퐁고라고 했니?"

"퐁고 푸아 푸아 팜파푸룬!" 하고 케스트렐이 대답했다.

관리는 보우맨을 돌아보며 자신 있게 말했다.

"그것 봐. 나보고 한 말이잖아. 나쁜 말 한 거라고."

그는 고개를 쳐들고 케스트렐을 향해 외쳤다.

"너 당장 안 내려오면 보고할 테다."

"내려와도 보고하실 거잖아요?" 보우맨이 말했다.

"물론 해야지. 하지만 안 내려오면 보고를 더 심하게 할 거야."

그러더니 다시 케스트렐에게 외쳤다.

"너네 가족 등급에서 점수를 깎으라고 보고할 테다."

"방가플롭!" 케스트렐이 외쳤다.

케스트렐은 이미 가죽으로 만들어진 바람 주머니 있는 데까지 올라가 있었기 때문에 그녀가 내뱉은 욕은 윈드싱어의 파이프를 따라 내려가 몇 초 후 밑동의 나팔을 통해 뒤틀려서 울려 나왔다.

"방-앙-앙가-플-롭-로-옵!"

케스트렐은 머리를 아예 바람 주머니 속에 처박고 외쳤다.

"사가혹!"

그 소리는 나팔을 통해 크게 울려 나왔다.

"사-가-가-아-호-옥-옥!"

관리의 얼굴이 새파랗게 질렸다.

"쟤가 모든 사람들의 오후 근무 시간을 망치고 있어. 시험관위원회 빌딩에도 저 소리가 들릴 텐데!"

"폼파 폼파 폼파프룬!" 케스트렐이 외쳤다.

"폼-프-파 폼-프-파 폼-프-파-프-루-우-운!" 하고 윈드싱어가 울었다.

시험관위원회 빌딩으로부터 흰색 가운을 걸친 고위 관리들이 무슨 일인가 하여 뛰어나왔다.

그때 "난 학교를 싫어한다!"고 외치는 케스트렐의 목소리가 울려퍼졌다. "난 등급제를 싫어한다!"

시험관들은 그 소리를 듣고 충격받은 표정으로 외쳤다.

"저 아이가 미친 모양이네."

"당장 끌어내려! 경찰을 불러!"

"난 노력하지 않을 거다!" 케스트렐이 소리쳤다. "오늘보다 나은 내일 좋아하네!"

점점 더 많은 사람들이 모여들었다. 성취관 견학 왔던 밤색 구역 학생들도 원형 극장 정문 쪽에서 고개를 들이밀고 케스트렐의 말에 귀를 기울였다.

"난 황제를 사랑하지 않는다!" 케스트렐은 계속 소리를 질러 댔다. "아라맨스는 영광된 곳이 아니다!"

아이들은 침을 꿀꺽 삼켰다. 선생들은 너무나 충격을 받은 나머지 할 말을 잊었다. 회색 옷을 입은 경찰들이 손에 곤봉을 들고서 계단을 뛰어 내려왔다.

"내려와!" 빨간 가운을 입은 관리가 외쳤다.

경찰들이 윈드싱어 주위를 에워싸더니, 그 가운데 서장이 외쳤다.

"너는 포위됐다. 탈출은 불가능하다."

"누가 도망간댔나?" 하고 받아넘긴 후 케스트렐은 가죽 바람 주머니에 머리를 집어넣고 외쳤다.

"시험은 퐁고다!"

밤색 구역 학생들이 낄낄거리기 시작했다. 선생님이 "저런, 나쁜 녀석 같으니!"라고 내뱉더니 아이들을 이끌고 성취관으로 되돌아갔다. "애들아, 그 아이 말 듣지 말고 날 따라오너라. 쟤는 정신 나간 아이란다."

"내려와! 안 내려오면 너 혼난다." 경찰서장이 엄포를 놓았다.

"이미 다 글렀어요." 케스트렐이 대답했다. "나도 한심하고, 당신도 한심하고, 전 도시가 한심해요!"

그러더니 머리를 또 바람 주머니 속에 처박고 외쳤다.

"오늘보다 더 나은 내일을 위해 나는 더 열심히 노력하지 않을 거다!"

보우맨은 설득하려 해 봤자 소용이 없다는 것을 알고 있었다. 케스트렐은 한번 저렇게 이성을 잃으면 마음의 불이 전부 타 버릴 때까지는 그 누구도 말릴 수 없었다. 학교 선생 말마따나 케스트렐은 이성을 잃고 있었다.

케스트렐은 오랫동안 마음에 품어 왔지만 차마 입 밖에 낼 수 없었던 모든 나쁜 생각들을 마음껏 외쳐 대자, 속이 후련해졌다. 이제 규칙이란 규칙은 모두 어기고 못할 말을 다 내뱉은 이상 큰 벌을 받을 것은 뻔했다. 이미 엎지른 물, 돌이킬 수 없게 된 이상

거칠 것이 없었다.

"황제도 퐁고다! 황제 얼굴 한 번도 못 봤다. 황제는 없다!"

케스트렐을 끌어내리기 위해 경찰들이 탑을 기어오르기 시작했다. 그들이 혹시라도 케스트렐을 다치게 할까 봐 보우맨은 오렌지 구역 도서관에서 일하는 아버지를 부르러 얼른 뛰어갔다. 한쪽 통로로 보우맨이 나가자마자 반대편에 있는 통로를 통해 수석 시험관이 나타났다. 그는 말없이 사태를 지켜보았다.

"황-제-는 폼-파 폼-파 프-룬-이다!" 케스트렐의 목소리가 증폭되면서 울려퍼졌다.

마슬로 인치는 숨을 크게 들이쉰 다음 천천히 계단을 걸어 내려갔다. 5단까지 내려갔을 때 갑자기 그의 흰 가운 자락을 움켜잡는 손이 있었다.

"제발 부탁이에요. 먹을 것 좀 없어요?"

수석 시험관은 멈포를 내려다보았다. 더러운 얼굴에 콧물을 질질 흘리며 쳐다보는 멍청한 두 눈을 본 순간, 그는 화를 벌컥 내며 옷자락을 확 낚아채듯 빼냈다.

"내 몸에 손대지 마, 이 더러운 놈아!" 마슬로 인치가 으르렁대듯 말했다.

원래 야유와 놀림에 익숙한 멈포였지만 그토록 심한 경멸에 찬 반응은 뜻밖이었다.

"저-저는 그냥-"

마슬로 인치는 더 듣지도 않고 무대를 향해 걸어 내려갔다. 그를 보고 관리들과 경찰들은 서둘러 변명하느라고 어쩔 줄 몰랐다.

"내려오라고 했는데……우린 나름대로 최선을 다했는데……아

마 미친 모양입니다……하는 말 들으셨어요?……우리 말은 듣지
도 않아요."

"조용히 하시오!" 수석 시험관이 말했다. "저기 있는 더러운 아
이를 누가 데려다가 목욕부터 시키시오."

그가 멈포를 가리키며 말했다.

경찰 한 명이 급히 뛰어 올라가 멈포의 손목을 쥐고는 끌었다. 멈
포는 끌려가면서도 윈드싱어 꼭대기에 앉아 있는 케스트렐을 돌아
보았다. 여기저기 끌려 다니는 데 익숙했기 때문인지 저항도 하지
않았다. 경찰은 멈포를 크리오스 1세 동상 옆에 있는 분수로 데려
가서 물 속에 머리를 처넣었다. 멈포는 소리를 지르며 반항했다.

"너 조심해!" 경찰은 옷이 젖자, 얼굴을 찡그리며 주의를 주었다.
"너 같은 놈은 아라맨스에 있을 필요조차 없어."

경찰은 손아귀 힘을 풀더니 이번에는 두 손을 씻어 주었다.

"나도 아라맨스가 싫어요." 멈포가 젖은 얼굴로 말했다. "갈 데
가 없어서 있는 것뿐이지……."

한편 원형 극장에서 마슬로 인치는 탑을 기어오르려고 쩔쩔매
는 경찰들의 모습을 지켜보고 있었다. 그들 실력으로 가볍고 재빠
른 케스트렐을 잡아 끌고 내려오는 것은 쉬울 것 같지 않았다.

"모두 내려오시오." 마슬로 인치가 경찰들에게 명령했다.

"곧 잡아올 수 있습니다요." 경찰서장이 내려다보며 말했다.

"내가 내려오라고 하지 않았습니까?"

"알겠습니다."

얼굴이 벌겋게 상기된 경찰서장이 기어 내려왔다. 마슬로 인치
는 모여 있는 군중들을 한심한 눈빛으로 쳐다보았다.

"여기 모인 사람들 중에 지금 일해야 하는 사람 아무도 없소?"

"저 계집애가 아무 소리나 막 하는 것을 그냥 듣고 있을 수 없어서……."

"당신들이 들어주니까 더 신나서 저러는 거요. 모두 돌아가면 조용해질 것이오. 경찰서장, 모두 해산시키시오."

수석 시험관이 다음에 무슨 수를 낼 것인지 궁금해하면서 모두들 뿔뿔이 흩어졌다.

케스트렐은 조용히 하지 않았다. 나쁜 말이란 말은 다 동원해서 노래를 지어 윈드싱어를 통해 불렀다.

"폭시커 폭시커 팜파프룬!

방가-방가-방가 플롭!

사가혹 사가혹 팜파프룬

어더벅 퐁고 플롭!"

얼굴을 잘 기억해 두려는 듯 마슬로 인치는 케스트렐의 얼굴을 유심히 쳐다보았다. 그는 아무 말도 하지 않았다. 케스트렐은 아라맨스에서 가장 신성하게 떠받드는 모든 것을 조롱하고 욕했다. 당연히 벌을 받아야 한다. 하지만 보통 벌로는 부족하다. 기를 아주 꺾어 놓아야 한다. 마슬로 인치는 아무리 어려운 결단이라도 결코 주저하지 않는 냉철한 사람이었다. 아직 어린 계집아이지만 처음이자 마지막으로 한번 큰코 다치게 해 주어야 정신 차릴 것이라고 생각했다. 일단 마음속으로 결정을 내리자, 그는 고개를 한 번 끄떡이고 나서 조용히 뒤돌아 원형 극장을 빠져 나갔다.

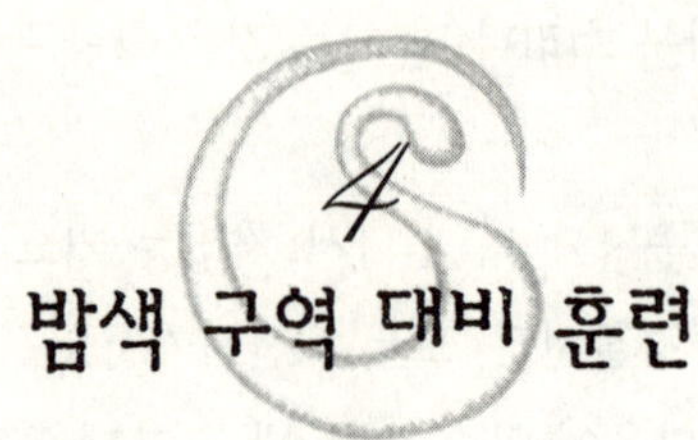

밤색 구역 대비 훈련

보우맨이 아버지를 모시고 왔을 때는 주변에 아무도 없고 윈드싱어도 침묵을 지키고 있었다. 원형 극장을 지키고 있는 경찰은 아무도 안으로 들어가지 못하게 했다. 하노 헤스는 자기가 바로 그 문제아의 아버지로 집에 데려가기 위해 왔다고 설명했다. 경찰은 서장에게 보고했고, 서장은 시험관 사무국에 보고했다. 그러자 시험관 사무국으로부터 명령이 내려왔다.

"문제아를 일단 귀가시키시오. 처리는 다음으로 미룰 것이니."

하노 헤스와 보우맨이 입구를 통해 계단 어귀까지 왔을 때 보우맨이 아버지에게 조용히 물었다.

"어떤 벌을 내릴까요?"

"글쎄다."

"우리 가족 등급에서 감점시킨다고 했어요."

"분명히 그리 하겠지."

"황제보고 팜파프룬이라 했어요. 황제는 존재하지 않는다고도 했고요."

"정말 그랬어?" 하며 아버지는 미소 지었다.

"아버지, 황제는 정말로 살아 있는 거예요?"

"누가 알겠니? 나도 본 적이 없어. 만나 봤다는 사람을 본 적도 없고. 어쩌면 필요에 의해 만들어 낸 허상인지도 모르지."

"케스에게 화내실 거예요?"

"아니, 물론 안 내지. 그런 일을 저지르지 않았으면 더 좋긴 했겠지만."

하노 헤스는 윈드싱어 밑으로 다가가서 위를 보고 소리쳤다. 케스트렐은 바람 주머니 사이에 쪼그리고 앉아 있어서 그의 눈에 띄지 않았다.

"이제 그만 내려오거라."

케스트렐이 목을 빼고 밑을 내려다보니 아버지의 모습이 보였다.

"아빠, 나한테 화났어요?" 케스트렐이 조심스럽게 물었다.

"아니, 널 사랑한단다." 아버지가 자상하게 대답했다.

케스트렐은 기어 내려오기 시작했다. 발이 바닥에 닿자마자, 그새 용기는 다 어디로 빠져 달아났는지 몸이 떨리고 눈물이 솟았다. 하노 헤스는 케스트렐을 꼭 껴안고 계단으로 데리고 가 앉았다. 그리고 케스트렐이 울분과 굴욕의 눈물을 모두 흘러 버릴 때까지 가슴에 꼭 안아 주었다.

보우맨은 "알아, 나도 알아"라는 말을 되풀이하면서 케스트렐의 마음이 진정되기를 기다리며 그 옆에 가 앉았다. 떨리는 몸을 가누기가 힘들어 자기도 아버지 품에 안기고 싶었다. 보우맨은 아버지 가까이 다가앉아 아버지 어깨에 얼굴을 기댔다. 그러자 갑자기 아버지가 자기들을 도울 수 없다는 생각이 들었다. 돕고 싶은 마음은 간절하지만 도울 수 없다고. 그런 생각을 하게 된 것은 이번이 처음이었다. 하지만 그 생각은 마음속에 명료하게 떠올랐다. 그는 마음속으로 케스트렐에게 말했다.

아빠는 우리를 도울 수 없어.

케스트렐도 무성으로 대답해 왔다.

나도 알아. 하지만 우리를 사랑하시지.

갑자기 아버지에 대한 사랑이 복받쳐 오누이는 아버지의 양 뺨에 키스를 퍼부었다.

"이제야 나의 사랑스러운 새들이 기운을 차리는구나." 아버지가 말했다.

그들 셋은 손에 손을 잡고 집을 향해 걸었다. 아무도 그들을 막지 않았다. 아이라 헤스가 핀핀을 안고 문에서 그들을 맞이했다. 그들은 그날 일어난 일을 어머니에게 들려주었다.

"나도 그 소리를 들었어야 하는 건데!" 아이라가 흥분한 어조로 소리쳤다.

케스트렐의 부모는 그녀가 잘못했다고 야단치지는 않았다. 하지만 대가를 치르게 될 것이라는 생각에 마음이 무거웠다.

"우리한테 불리해지겠지요?" 말하다가 아버지의 눈빛을 쳐다보며 케스트렐이 물었다.

"응, 아마도 우리를 본보기로 삼으려 할 거야." 하노는 한숨을 쉬며 대답했다.

“밤색 구역으로 이사해야 할까요?”

“그럴 게다. 내가 다음 번 국가 시험에서 천재성으로 전 세계를 놀라게 하지 않는 이상 말이야.”

“그러지 않아도 아빠 천재예요.”

“고맙구나. 하지만 불행하게도 나의 천재성은 시험에는 나타나지 않는 모양이야.”

아버지는 일부러 익살스러운 표정을 지어 보였다. 모두 그가 얼마나 시험을 싫어하는지 잘 알고 있었다.

그날 저녁에 경찰은 찾아오지 않았다. 그래서 그들은 아무 일도 없는 듯이 저녁을 먹고 같이 핀핀을 목욕시켰다. 저녁 놀이 붉게 물들 즈음, 그들은 가족 기도를 하려고 한데 모였다. 하노가 무릎을 꿇고 두 손을 하늘을 향해 뻗고 앉자, 그의 양 겨드랑이 밑으로 보우맨과 케스트렐이 파고들었다. 핀핀은 아버지의 가슴에 얼굴을 붙이고 양팔로 그의 허리를 껴안고 섰다. 아이라 헤스는 핀핀의 등뒤에 무릎을 꿇고 앉으면서 양팔로 보우맨과 케스트렐을 감쌌다. 이렇게 해서 그들은 하나가 되었다. 모두 고개를 앞으로 숙이고 서로 머리를 맞댄 채 한 사람씩 자기의 희망 사항을 얘기했다. 평소에는 우스갯소리를 해 가며 서로 히히덕거리는 것이 보통이었다. 특히 아이라 헤스는 블레시 가족 볼기에 종기가 나게 해 달라는 희망 사항을 얘기해서 모두를 웃겼다. 하지만 오늘 밤의 분위기는 가라앉아 있었다.

“나는 시험 없는 세상이 되었으면 해요.” 케스트렐이 먼저 입을 열었다.

“케스에게 아무 일도 없기를 기원합니다.” 보우맨이 말했다.

"우리 사랑스러운 아이들이 영원히 안전하고 행복하기를 기원합니다." 어머니가 말했다. 그녀는 불안할 때면 언제나 그런 기도를 했다.

"윈드싱어가 다시 노래 부르는 날이 오기를 기원합니다." 이번에는 아버지가 말했다.

보우맨이 핀핀의 팔을 슬쩍 건드리자, 핀핀도 한마디 했다.

"기원 기원."

그들은 서로 입맞춤을 하고 코를 비볐다. 그러고 나서 핀핀을 재웠다.

"아빠, 정말 윈드싱어가 다시 노래하는 날이 올까요?" 보우맨이 물었다.

"옛날 얘기지. 이제는 아무도 그 얘기를 믿지 않아."

"난 믿어요." 케스트렐이 끼어들었다.

"너라고 남들보다 더 잘 아는 것도 아닌데 어떻게 믿니?" 보우맨이 추궁하듯 물었다.

"남들이 안 믿으니까 내가 대신 믿는 거야." 케스트렐이 대답했다.

아버지가 그 소리를 듣고 미소 지었다.

"나도 너와 비슷한 생각이란다."

전에도 여러 번 들은 적이 있는 이야기였지만 케스트렐은 다시 한 번 들려 달라고 했다. 딸의 마음을 달래 주기 위해 아버지는 윈드싱어가 노래하던 시절의 이야기를 하기 시작했다. 윈드싱어의 노래는 무척 달콤해서 그 노래를 듣는 사람들은 모두 행복해졌다고 했다. 그런데 아라맨스 사람들이 너무나 행복해하자, 그것을 못마땅하게 여기는 자가 있었다. '모라'라는 괴수였다.

"하지만 모라는 진짜가 아니잖아요?" 중간에 보우맨이 물었다.

"아무도 모라의 존재를 믿지 않지." 아버지가 대답했다.

"난 믿어요." 케스트렐이 말했다.

어쨌든 전설에 따르면 화가 난 모라는 자스의 군대를 일으켜 아라맨스를 공격해 왔다. 겁이 난 사람들은 윈드싱어에서 목청을 빼내 모라에게 주었다. 모라는 그것을 받자 아라맨스를 공격하지 않고 자스 군대를 돌려세워 물러났고, 그 후로 윈드싱어는 두번 다시 노래하지 않았다.

이야기를 들으면서 케스트렐은 신나서 말했다.

"그것은 사실이에요. 윈드싱어의 목에 목청 자리가 있어요. 내가 봤어요."

"나도 봤어." 하노가 말했다.

"그러니까 그 얘기는 사실이에요."

"글쎄, 누가 알겠니?" 하노는 조용히 말했다.

케스트렐이 흥분해서 떠드는 모습을 보고 있자니 그날 있었던 일이 다시 생각났다. 그래서 모두 조용해졌다.

"어쩌면 그냥 눈감아 줄지도 몰라." 아이라 헤스가 희망을 버리지 않고 말했다.

"아니야. 그러지 않을 거야." 하노가 고개를 흔들었다.

"밤색 구역으로 이사해야 하겠지요. 그게 뭐 대수로운 일인가요?" 보우맨이 말했다.

"아파트가 작아서 우리 모두 한 방에서 자야 할 거야."

"좋아요. 난 늘 우리가 모두 한 방에서 잤으면 했어요." 보우맨이 신나서 말했다.

케스트렐은 고마운 눈길로 보우맨을 쳐다보았다. 어머니가 보우맨의 뺨에 키스하며 말했다.

"착하기도 하지. 하지만 너희 아버지 코고는 소리가 얼마나 시끄러운지 알기나 하니?"

"내가 코를 골아?" 하노가 놀란 표정을 지었다.

"나는 이제 적응이 되어서 괜찮지만 아이들은 한동안 잠을 못 잘 거예요."

"그럼 우리 시험해 봐요. 밤색 구역에 갈 것에 대비해서요." 보우맨이 제안했다.

그들은 쌍둥이 방 매트리스들을 안방으로 가져왔다. 안방에는 큰 침대 위에 색동 이불이 덮여 있었다. 분홍·노랑·파랑·초록 등 아라맨스에서는 보기 힘든 색깔들이었다. 아이라 헤스가 반항의 상징으로 만든 것이었는데, 아이들은 그것을 무척 좋아했다.

침대를 한쪽 벽에 밀어붙이고 매트리스 두 개를 나란히 놓자, 핀핀의 유아용 침대를 놓을 자리는 고사하고 발 디딜 자리조차 없었다. 그래서 핀핀은 보우맨과 케스트렐 사이에 재우기로 했다. 쌍둥이가 잠자리에 들자, 아버지가 핀핀을 안고 들어와 그들 사이에 눕혔다. 핀핀은 잠에서 반쯤 깬 눈으로 양옆에 오빠와 언니가 있는 것을 보고는 만족스런 미소를 머금었다. 꿈틀꿈틀 이쪽저쪽으로 몇 번 뒤척이더니 "오빠, 언니 사랑해" 하고 중얼거리고는 다시 잠들어 버렸다.

하노와 아이라도 잠자리에 들었다. 어둠 속에서 그들은 잠시 서로의 숨소리에 귀를 기울이고 있었다. 갑자기 아이라 헤스가 예언가의 목소리로 외쳤다.

"아, 불행한 사람들이여! 내일이면 슬픔이 닥칠 것이니!"

모두들 아이라가 예언가 흉내를 낼 때면 으레 그러하듯 조용히 키득거렸다. 하지만 그녀의 말이 이번에는 사실인 것을 잘 알고 있었다. 그들은 한기가 느껴져 이불 속으로 더 깊이 몸을 파묻었다. 가족이 한 방에서 같이 잔다는 것이 이렇게 훈훈할 줄은 미처 몰랐다. 전부터 같은 방에서 자지 않았던 것을 후회하며, 앞으로도 지금처럼 온 식구가 한 방에서 잘 수 있을지를 염려하다가 함께 잠이 들었다.

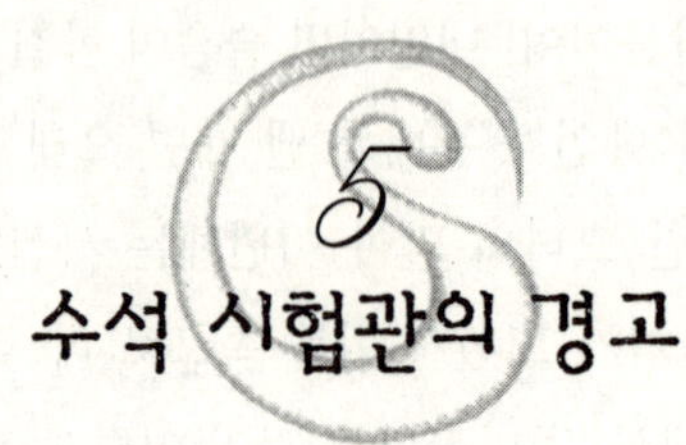

수석 시험관의 경고

다음날 아침, 식사를 하고 있는데 문에서 벨 소리가 났다. 시험관 사무국에서 나온 공문서 송달원이 수석 시험관이 하노 헤스와 케스트렐을 당장 만나겠다는 내용을 전하러 온 것이었다.

하노는 자리에서 일어나며 말했다.

"케스, 빨리 가서 끝내고 오자."

케스트렐은 특유의 고집불통 표정을 지으며 자리에서 일어나지 않았다.

"안 가면 지들이 어쩔 거예요."

"안 가면 아마 경찰이 우리를 데리러 올걸."

공문서 송달원을 미움에 찬 눈으로 쏘아보며 케스트렐은 천천히 자리에서 일어났다.

"맘대로 하세요. 난 상관 안 하니까."

"뭐라고?" 송달원이 놀라서 되물었다. "왜 나보고 그래? 나는 메시지만 전달해 주면 다야. 나한테 누가 상황 설명이라도 해 주는 줄 아니?"

"그러면 이런 일 좀 안 할 수 없어요?"

"뭐? 나보고 일하지 말라고? 너, 내가 어디 사는지 알기나 해? 회색 구역에 살아. 너, 화장실 하나를 여섯 집이 같이 써 본 적 있어? 지금 병든 마누라하고 다 큰 애 둘하고 단칸방에 살고 있어. 내 임무를 잘 수행해야 밤색 구역 아파트라도 꿈꿀 수 있다고."

마슬로 인치는 넓은 사무실 커다란 책상 앞에 앉아서 그들을 기다리고 있었다. 하노와 케스트렐이 들어서자, 그는 자리에서 일어나 놀랍게도 미소를 머금고 맞아 주었다. 마슬로 인치는 그들에게 다가와 악수를 청하고 나서 둥그렇게 배치된 의자에 앉으라고 권했다.

"네 나이 때 나는 네 아버지하고 친구였단다." 마슬로 인치는 케스트렐을 보며 부드럽게 말했다. "우리는 학급도 같았지. 기억나나, 하노?"

"응, 기억한다네."

그때도 덩치가 컸던 마슬로 인치는 반 친구들을 자기 앞에서 무릎 꿇게 하며 군림했었다. 하지만 그런 얘기는 꺼내고 싶지 않았다. 어서 빨리 이 인터뷰를 끝내고 싶었다. 마슬로 인치의 가운은 하도 희고 눈부셔서 미소 짓는 그의 얼굴을 오래 쳐다볼 수가 없었다.

"네가 깜짝 놀랄 이야기를 하나 들려주지." 수석 시험관은 케스트렐을 보고 말했다.

"네 아버지는 학생 시절에 나보다 더 똑똑했었단다."

"별로 놀랄 일도 아니네요." 케스트렐이 차갑게 대답했다.

"그래?" 마슬로 인치가 태연한 척하며 물었다. "그렇다면 나는 왜 지금 아라맨스의 수석 시험관이 됐고 네 아버지는 한 구역 도서관 직원밖에 되지 못했을까?"

"아빠는 시험을 싫어하시기 때문이지요. 책을 좋아하시고요."

하노 헤스는 수석 시험관의 얼굴에 순간적으로 노여움이 스쳐 지나가는 것을 보았다.

"어제 있었던 일로 부른 모양인데…… 우리를 어쩔 생각인가?"

"아, 어제 일?" 마슬로 인치는 미소를 지으며 하노 쪽으로 고개를 돌렸다. "자네 딸 어제 대단하던데…… 글쎄, 그 얘기는 서두를 것 없네."

매끈한 수석 시험관의 얼굴을 쳐다보며 하노는 그의 빛나는 두 눈 뒤에 깊숙이 감추어진 증오를 발견했다. 왜일까? 강력한 권력을 지닌 이 사나이가 나를 두려워할 이유가 어디 있단 말인가? 왜 나를 그토록 미워하는 것일까?

마슬로 인치가 자리에서 일어섰다.

"자, 둘 다 나를 따라 오시오."

마슬로 인치는 뒤 한번 돌아보지 않고 걸어 나갔다. 하노와 케스트렐은 손을 잡고 그의 뒤를 따랐다. 그는 아무도 없는 복도를 걸어가기 시작했다. 양옆 벽 위에는 금색으로 새겨진 명단이 줄줄이 전시돼 있었지만 아라맨스에서는 너무 흔한 모습이었기 때문에 그들은 관심조차 보이지 않았다. 아무리 작은 일이라도 성취한 사람의 이름은 여지없이 벽에 내걸렸다. 하도 오래된 전통이기 때문에 명단이 새겨져 있지 않은 벽을 찾아보기 어려울 지경이었다.

그 복도는 시험관 사무국과 왕궁을 잇는 통로였다. 그들이 문을 열고 나오자, 왕궁 한가운데 있는 안뜰이 나왔다. 회색 옷을 입은 관리인이 빗자루를 들고 통로를 쓸고 있었다. 마슬로 인치는 미리 연습해 둔 듯한 어조로 케스트렐에게 심각하게 말했다.

"케스트렐, 오늘 내가 너에게 하는 말을 잘 듣고, 보여 주는 것을 잘 기억하도록 해라. 그리고 영원히 잊으면 안 된다."

케스트렐은 아무 대꾸도 하지 않았다. 그 대신 관리인의 빗자루만 쳐다보고 있었다.

"너에 대해서 조사를 좀 했는데, 학교에서는 네가 자진해서 꼴찌 자리에 가 앉았다고 하더구나."

"그래서 어쨌단 말예요?" 케스트렐은 관리인에게서 눈을 떼지 않고 말했다. 관리인은 멍한 표정으로 땅만 쳐다보며 빗자루질에 열중하고 있었다.

저 사람은 무슨 생각을 하고 있을까? 보우맨이라면 알 수 있을 텐데.

"그리고 선생님에게 더 이상 어쩔 것이냐고 대들었다면서?"

"그래서요?"

왜 계속 쓸기만 하고 있을까? 더 이상 쓸 것도 없는데.

"그러고 나서 공공 장소로 가서 어린애처럼 떼를 썼지."

"그래서 어쨌다는 거죠?"

"네 성적이 네 가족 전체 등급에 영향을 준다는 것을 너는 알고 있겠지?"

"영향을 주어서 어쨌다는 거예요?"

어쩌면 저렇게 쉬지도 않고 빗자루질을 할까?

"어쨌다는 것인지 보여 주마."

그는 돌 벽에 나 있는 문 앞으로 다가섰다. 무거운 문에는 쇠로 된 빗장이 걸려 있었다. 그는 빗장 위에 손을 얹으며 케스트렐을 뒤돌아봤다.

"더 이상 어쩔 수 있겠느냐고? 글쎄다…… 흥미 있는 질문이긴 하지만 그런 식으로 말하면 못 써. 나 자신을 위해서, 그리고 사랑하는 사람들을 위해서 '내가 더 할 수 있는 일이 없을까?' 하고 물어야 옳지."

그는 빗장을 풀고는 문을 힘껏 밀었다. 안에는 축축하게 젖은 돌로 만들어진 통로가 지하를 향해 뚫려 있었다.

"내가 소금굴을 보여 주마. 아무나 쉽게 가 볼 수 없는 곳이지. 그 이유는 앞으로 자연히 알게 되겠지만, 우리 시민 중에 소금굴을 본 사람은 그리 흔치 않아."

하노와 케스트렐은 마슬로 인치의 뒤를 따라 저벅저벅 발소리를 울리며 굴과 같은 통로를 걸어 내려갔다. 어둠 속에서 희미한 불을 반사하는 벽을 자세히 보니 다름 아닌 소금이었다. 케스트렐은 아라맨스가 소금 층 위에 건립됐다는 것을 역사 시간에 배워서 알고 있었다. 영원한 정착지를 찾아 헤매던 맨스족은 광산 줄기를 발견하고 그것을 채굴하기 위해 이곳에 텐트를 세웠다. 줄기를 파고 들어가 보니 거대한 소금굴이 나왔다. 맨스족은 그 소금 때문에 부자가 되었고, 그곳에 거대한 도시를 세우게 되었던 것이다.

"소금굴이 그 후 어떻게 되었는지 궁금하지 않니?" 마슬로 인치는 굴의 긴 통로를 걸어 내려가며 물었다. "소금을 다 파내고 나니까 그 자리에 구멍이 뻥 나 버렸지. 빈 공간이 생긴 거야."

그들의 귀에 부글부글 소리를 내며 흐르는 물소리가 들려 왔다. 코로는 가스 냄새 같은 악취가 풍겼다.

"수백 년 동안 우리가 원하는 것을 지하에서 파내 쓰고 나서 그 후 수백 년 동안 우리가 원치 않는 것들로 그 공간을 메우고 있단다."

통로가 끝나자 널찍하게 열린 공간이 나왔다. 마치 수천 개의 개울물이 이곳에서 만나기라도 하는 듯 물 흐르는 소리가 요란하게 들렸다. 메스꺼운 냄새가 코를 찔렀다.

마슬로 인치는 그들을 긴 난간 쪽으로 데려갔다. 난간 저 밑으로 시커먼 개천이 마치 마녀의 솥처럼 커다란 방울을 부글부글 터뜨리며 흘러 내려와 거대한 호수에 합류하고 있었다. 마치 땀을 흘리기라도 하듯 번쩍번쩍 빛나는 하천의 벽에는 커다란 쇠파이프들이 일정한 간격을 두고 뻗어 나와 있었다. 파이프에서는 회색 물이 쏟아져 나오다 멈추다 했다.

"하수도, 시궁창. 아름다운 모습은 아니지만 필요한 것이지."

수석 시험관이 말했다.

케스트렐과 아버지는 본능적으로 손으로 코를 막았다.

"너는 자기 멋대로 행동하고, 학교에서 공부 열심히 안 해 봤자 오렌지 구역에서 밤색 구역으로 쫓겨나기밖에 더 하겠느냐고 생각하는 모양인데⋯⋯ 밤색 구역이면 어떻고, 또 한 등급 더 내려가 회색 구역이면 어떠랴 하겠지. 회색 구역은 아름답거나 편하지는 않아도 더 이상 내려갈 곳이 없으니 마음은 편할 것이라고 생각하겠지⋯⋯. 안 그래? 최악의 경우라 해 봤자 회색 구역에 가는 것이라고 생각하는 거지?"

"아니에요." 케스트렐이 소리질렀다. 실은 자기 생각이 그의 말 그대로였음에도 불구하고.

"아니라고? 그렇다면 그보다 더 못해질 수도 있다고 생각하니?"

케스트렐은 대꾸하지 않았다.

"그렇다면 네 생각이 맞아. 훨씬 더 못해질 수가 있거든. 회색 구역은 아무리 환경이 열악하다 해도 아라맨스의 한 구역임에는 틀림없지. 하지만 아라맨스 밑에 존재하는 세계가 있다는 것을 알아야 돼."

케스트렐은 더러운 물로 이루어진 호수의 검은 수면을 바라보았다. 호수는 하도 넓어서 끝이 보이지 않았다. 그런데 아주 저 멀리서 몇 가닥의 희미한 빛이 수면을 밝혀 주고 있었다. 그것은 마치 흐린 날 구름 뒤에 숨은 해로부터 몇 가닥 빛이 구름을 뚫고 나와 먼 언덕을 비추어 주는 듯한 모습을 연상케 했다. 악취 풍기는 오물의 호수임에도 불구하고 그 모습은 케스트렐의 눈에 아름다워 보이기까지 했다.

"지금 네가 보고 있는 곳은 아라맨스 시 전체보다도 더 큰 지하 호수이지. 우리가 버리는 모든 쓰레기들은 이곳에 와 썩지. 호수에는 섬들이 몇 개 있어. 진창으로 된 섬이지. 저쪽을 잘 봐."

그가 가리키는 방향을 보니 잿빛의 수면 저 멀리 돌출되어 있는 낮은 흙무덤이 몇 개 보였다. 자세히 보니 한 흙무덤가에 희미한 그림자가 꿈틀거리고 있었다. 어둠에 눈이 익숙해지자 그 그림자가 하나가 아닌 것을 알 수 있었다. 그의 주변에도 비슷한 잿빛 그림자 몇 개가 진창 위를 기듯이 옮겨 다니는 것이 눈에 띄었다.

"저곳에도 사람이 사는가?" 하노가 물었다.

"살지. 남녀노소 할 것 없이 수천 명이나 산다네. 짐승보다 조금 나을까 말까 한 뒤떨어진 인간들이지."

그는 하노와 케스트렐보고 난간 쪽으로 더 가까이 와 보라는 시늉을 했다. 난간에 바싹 다가서 보니 난간은 문처럼 열리게 돼 있었다. 그 앞으로 폭이 좁은 선창이 한 6미터 밑의 수면까지 경사지게 뻗어 있었다. 선창가에는 쓰레기를 반쯤 실은 뗏목이 몇 개 있었다.

"그들은 우리가 버리는 것을 주워 먹지. 쓰레기 속에서 쓰레기를 먹으며 사는 거야." 그는 케스트렐을 돌아보며 물었다. "더 이상 어쩌겠느냐고 물었지? 그 대답은 바로 이것이야. 우리가 왜 더 열심히 노력해야 하는지 알겠어? 우리는 저들처럼 되고 싶지 않기 때문이야."

케스트렐은 어깨를 으쓱해 보이며 대들었다.

"난 상관없어요."

수석 시험관은 케스트렐의 얼굴을 자세히 들여다보며 천천히 되물었다.

"상관없다고?"

"그래요."

"난 네 말을 못 믿겠어."

"그럼, 믿지 마세요."

"상관없다는 것을 증명해 봐."

그는 난간 문을 활짝 열더니 케스트렐보고 나가 보라는 시늉을 했다. 케스트렐은 미끌미끌해 보이는 판자로 된 선창을 바라보았다.

"정말로 상관없다면 선창 끝까지 가 보렴."

케스트렐은 폭이 좁은 선창에 발을 한 걸음 내딛고 그 자리에 섰다. 속으로는 두려움이 앞섰지만 이제 와서 자존심을 꺾는다는 것은 생각조차 할 수 없었다. 자신을 조롱하는 듯한 수석 시험관의 미소는 정말 참을 수가 없었다. 그래서 발을 한 발짝 더 앞으로 내디뎠다.

"그만 해!" 아버지가 소리쳤다. 그러고 나서 수석 시험관을 돌아보며 말했다. "마슬로, 자네 말귀를 잘 알아들었을 걸세. 이제 내게 맡겨 두게."

"우리는 자네 아이들을 너무 오랫동안 자네에게 맡겨 두었네." 수석 시험관은 여느 때와 마찬가지로 침착한 어조로 말했으나 불쾌감을 감출 수는 없었다. "아이들은 부모를 보고 배우지. 자네는 이미 어딘가 고장나 있어. 자네한테서는 무엇인가 해 보겠다는 집념을 찾아볼 수 없다고."

이 말을 들은 케스트렐은 너무나 화가 나서 견딜 수가 없었다. 그래서 보란 듯이 갑자기 빠른 속도로 걸어 나가기 시작했다. 저 멀리 희미하게 빛나는 수면을 바라보며 조금도 망설이지 않고 도도하게 걸어갔다.

"케스, 돌아와." 하노가 외쳤다.

하노가 딸의 뒤를 쫓아가려 하는 순간 마슬로 인치가 그의 팔을 꽉 붙들고 놔주지 않았다.

"가게 내버려둬. 아직 정신을 덜 차렸어."

마슬로 인치는 다른 쪽 팔을 내밀어 난간 문 옆에 있는 기계 장치의 손잡이를 밑으로 내렸다. 갑자기 선창 끝 부분에 있는 물이 부글부글 끓으며 아래로 잠기기 시작했다. 선창은 급속히 기울어지며 진수대로 변하고 있었다. 자기도 모르게 비명을 지른 케스트렐은 되돌아 뛰어 올라가려 했지만 바닥이 미끄러워 오히려 뒤로 미끄러졌다.

"아빠! 도와줘요!"

하노는 케스트렐 쪽으로 뛰어가려고 발버둥쳤지만 마슬로 인치는 그를 붙잡고 놔주지 않았다.

"이거 놔! 무슨 짓을 하는 거야? 자네 미쳤어?"

뒤로 미끄러지자 물에 빠지지 않으려고 발버둥치는 케스트렐의 모습을 보며 마슬로 인치가 소리쳤다.

"성적이 자꾸 미끄러져 내려가네. 자, 이제는 상관할 거냐?"

"아빠! 도와줘요!"

"쟤를 살려 줘. 물에 빠지겠어!"

"이제는 상관할 거냐고? 더욱 열심히 노력할 거냐고. 지금 당장 대답해 봐!"

"아빠!" 케스트렐이 물에 빠지면서 비명을 질렀다. 부글부글 소리를 내며 그녀의 발이 잿빛 흙탕물 속으로 서서히 빨려 들어갔다.

"나 빠져요!"

"열심히 하겠다고 말해!" 마슬로 인치는 하노의 팔을 손가락이 하얗게 될 정도로 꽉 움켜진 채 소리질렀다. "어서!"

"자네는 미쳤어!" 하노가 말했다. "아주 돌아 버렸다고!"

다급한 마음에 하노는 잡히지 않은 쪽 손을 들어 수석 시험관의 얼굴을 갈겼다.

화가 머리끝까지 난 마슬로 인치는 더 이상 자신을 주체하지 못하고 하노의 멱살을 잡고는 마치 인형처럼 흔들어 댔다.

"네가 날 쳐? 이 벌레 같은 놈! 너는 국가, 가정, 그리고 네 자신을 실망시킨 구더기 같은 놈이야!"

그 순간이었다. 흙탕물 속으로 서서히 빠져 들어가던 케스트렐의 발이 딱딱한 바닥에 닿았다. 다행히 무릎 깊이까지만 빠지고 멈춘 것이었다. 케스트렐은 폭이 좁은 선창의 양옆을 손으로 잡고 기어오르기 시작했다. 이제 더 이상 비명 따위는 지르지 않았다. 어찌나 화가 나는지 씩씩거리며 힘든 줄도 모르고 경사진 선창을 기어 올라갔다. 마슬로 인치는 아버지에게 소리를 질러 대느라고 그 모습을 보지 못했다.

"너는 아무짝에도 쓸모 없는 인간이야. 노력도 하지 않고 남의 등에 얹혀 살면서 쓸데없는 책이나 읽으면 다냐? 너는 세균이자 기생충 같은 놈이야! 게으른 병을 주위에 퍼뜨리는 사회의 암이라고! 나는 너를 보기만 해도 역겨워!"

그 사이 선착장 끝까지 다 올라온 케스트렐이 욕을 냅다 해대며 수석 시험관의 등을 덮쳤다.

"폭시커!"

아버지가 풀려날 수 있도록 케스트렐은 두 팔로 마슬로 인치의 목을 껴안고, 두 다리로는 허리를 감아 조였다.

"사가혹! 푸아푸아방가폼파프룬! 폭시커 어더벅!"

예상 밖의 공격을 당한 마슬로 인치는 하노 헤스를 놓고는 케스트렐을 등에서 떼어 내려고 돌아섰다. 하지만 어느 쪽으로 돌아보아도 케스트렐은 등뒤에 바싹 타고 앉아 그의 목을 조르고 더러운 발로 그의 옆구리를 찼다.

치열한 몸싸움이 오래가지는 않았지만 케스트렐 몸에 묻었던 온갖 오물이 수석 시험관 가운에 묻어 범벅을 만들었다. 케스트렐은 꽉 잡았던 양팔을 갑자기 놓았다. 그 바람에 몸이 저편으로 나가떨어졌다. 하지만 곧 용수철처럼 튀어 일어나 도망가기 시작했다.

마슬로 인치는 더럽혀진 자기 가운을 보고 너무 놀라 케스트렐을 뒤쫓는 것도 잠시 잊었다.

"내 흰옷! 저 조그만 마녀 같은 계집이!"

케스트렐은 문 쪽을 향해 뛰어가기 시작했다.

마슬로 인치는 옷에 묻은 오물을 손으로 대충 털어 낸 후 선착장을 원위치로 되돌려 놓기 위해 기계 장치의 손잡이를 밀어 올렸다. 그러고 나서 하노 헤스를 돌아보며 싸늘하게 말했다.

"이봐, 이래도 자네 할 말 있어?"

"자네는 아이한테 그런 짓을 하지 말았어야 했어."

"그 말밖에 할 말이 없나?"

하노 헤스는 침묵을 지켰다. 딸의 행동에 대해서 사과하고 싶지 않았다. 입 밖에 낼 수는 없었지만 실은 딸이 자랑스럽기까지 했다. 수석 시험관의 흰색 가운이 온통 더러워진 모습을 보니 속이 다 후련해졌다. 그러나 겉으로 드러내지 않고 말없이 있었다.

"이제 알았어. 내가 생각했던 것보다 저 계집애는 훨씬 정도가 심해."

마슬로 인치는 조용히 혼잣말처럼 중얼거렸다.

6
특수 교육

케스트렐이 통로를 빠져 달려나오는 순간 회색 관리인과 맞닥뜨렸다. 아마 케스트렐이 달려오는 소리를 듣고 미리 문 앞에서 두 팔을 벌리고 기다리고 있었던 모양이었다. 케스트렐이 소리지르며 발길질을 하자, 관리인은 그녀를 번쩍 들어 안았다. 그는 빗자루질 할 때보다 훨씬 더 커 보였고 기운도 장사였다. 관리인은 케스트렐이 아무리 소리질러도 눈 하나 깜짝하지 않았다.

마슬로 인치가 곧 아버지와 함께 뒤따라 나왔다. 케스트렐이 떠드는 소리를 듣고 관리인도 두 명 더 달려왔다.

"아빠! 아빠!"

"내려놓으시오." 하노 헤스가 외쳤다.

"조용히 해!" 수석 시험관이 소리쳤다. 그 위세가 하도 당당하여 케스트렐까지 소리지르던 것을 멈추었다.

"이 사람을 데리고 나가시오." 수석 시험관이 조금 진정된 목소리로 명령했다. 관리인들이 하노 헤스의 양팔을 붙잡았다.

"이 계집애는 특수 교육장에 데려가시오."

"안 돼!" 하노 헤스가 외쳤다. "제발, 그건 안 돼!"

"아빠!" 케스트렐은 아버지를 부르며 발길질을 계속 해댔다.

하지만 케스트렐은 이미 반대편 쪽으로 들려 나가고 있었다. 수석 시험관은 서로 반대 방향으로 끌려가는 부녀의 모습을 심각한 표정으로 묵묵히 바라볼 뿐이었다.

"더 무엇을 할 수 있느냐고?" 마슬로 인치는 혼자 중얼거리더니 깨끗한 가운으로 갈아입기 위해 곧 자리를 떴다.

왕궁 내 뚝 떨어진 한구석에 특수 교육장 건물이 홀로 서 있었다. 시내 중심부 건물들이 흔히 그렇듯이 이 건물도 석조로 지어져 번듯했다. 높고 근사한 앞문에 다다르기 위해서는 앞에 있는 계단을 세 개 밟고 올라가야 했다. 관리인과 케스트렐이 다가서자, 문이 안에서 열렸다. 회색 옷을 입은 문지기가 그들이 들어서자마자 곧 문을 닫았다. "수석 시험관의 명령이오" 하고 관리인이 말했다. 문지기는 그 말을 듣더니 안쪽 문을 열어 주었다.

케스트렐은 길고 좁은 방 안으로 떠밀려 들어갔다. 케스트렐을 홀로 놔두고 뒤에서 문이 쾅— 하고 닫혔다. 그제야 처음으로 케스트렐은 격렬하게 떨고 있는 자신을 발견할 수 있었다. 두려움, 분노, 피로가 한꺼번에 밀려왔다. 케스트렐은 숨을 고르며 방안을 둘러보았다. 빈방에는 창문조차 없었다. 혹시 안에서 열 수 없나 하여 문 쪽으로 가 보았지만 손잡이조차 없었다. 문가에 손을 대 보았다. 문은 너무나 정교하게 문틀에 끼워 맞추어져 있어 손톱이 비집고 들어갈 자리조차 없었다. 케스트렐은 문 여는 것을 포기하고 방안으로 눈을 돌렸다.

한쪽 벽에 회색 커튼이 쳐 있었다. 커튼을 들추자 그곳에 창문이 있었다. 창문 저편으로 이쪽 방보다 훨씬 더 큰 방이 들여다보였다. 케스트렐은 커튼을 활짝 열고는 창문 저편을 자세히 들여다보았다. 그곳은 교실이었는데, 한 백 명쯤 돼 보이는 학생들이 등을 돌리고 앉아 공부를 하고 있었다. 모두 등을 구부린 채 책을 열심히 읽고 있었다. 앞의 칠판 옆에는 선생님 것으로 생각되는 책상도 보였지만 선생님은 자리에 없었다.

맨 뒷줄에 앉아 있는 학생들은 창문으로부터 아주 가까이 있었다. 혹시 그들의 도움을 받을 수 있을까 하여 창문을 두드려 보았지만, 아이들은 꿈쩍도 하지 않았다. 케스트렐은 더 세게 두드려 보았다. 그러나 그들은 전혀 들리지 않는 모양이었다.

그런데 아이들이 어딘가 이상했다. 머리를 책에 파묻고 있어 얼굴은 볼 수 없었지만 손을 보니 이상하게도 쭈글쭈글했다. 흰 머리도 많았고 그 중에는 대머리도 있었다. 그제야 케스트렐은 그들이 노인이라는 사실을 눈치챘다. 그런데 자기는 왜 처음에 그들을 아이들이라고 생각했을까. 정말 알 수가 없었다. 하지만 몸집은 분명히 아이들 같았다.

뒤에서 문이 열리는 소리를 듣고 케스트렐은 얼른 돌아섰다. 가슴이 심하게 방망이질하고 있었다. 빨간색 가운을 입은 중년 여성 시험관이 들어서더니 문을 닫았다. 그녀는 서류 파일을 들추더니 거기 적혀 있는 내용과 케스트렐의 얼굴을 번갈아 보았다. 그 시험관은 자상해 보였다.

"네가 케스트렐 헤스니?"

"네, 선생님."

케스트렐은 뒷짐을 진 채 눈을 살포시 내리깔고 상냥하게 대답
했다. 왠지 착한 아이 시늉을 하는 게 좋을 것 같았다.

시험관은 조금 어리둥절한 표정으로 케스트렐을 쳐다보았다.

"무슨 짓을 해서 여기까지 오게 됐지?"

"저는 두려웠어요." 케스트렐이 모기만한 목소리로 대답했다.
"아마 그래서 자제력을 잠시 잃었나 봐요."

"수석 시험관께서는 너를 특수 교육 과정에 편입시키라고 하셨
는데……." 그녀는 창문 너머로 공부하는 애늙은이들의 모습을 지
켜보더니 고개를 흔들었다. "하지만 그것은 조금 도가 지나친 것
같은데……."

케스트렐은 아무 말도 하지 않았지만 가능한 한 슬프고 착한 척
해 보이는 연기를 계속했다.

"특수 교육은 가장 불량한 학생들을 위한 최후의 수단이기 때문
에 한번 시작하면 돌이킬 수 없단다." 시험관이 말했다.

케스트렐은 그 시험관에게 다가가서 그녀의 손을 잡고는 신뢰
에 찬 눈으로 올려다보며 말했다.

"선생님에게도 저 같은 딸이 있나요?"

"그래, 있단다."

"그러시다면 제게 필요한 최선의 방법이 무엇인지 잘 아시겠네
요. 선생님 딸같이 생각하시고 결정을 잘 내려 주세요."

시험관은 케스트렐을 물끄러미 쳐다보더니 한숨을 푹 내쉬었
다. 그리고는 케스트렐의 손을 쓰다듬으며 말했다.

"글쎄다, 수석 시험관을 한 번 더 찾아뵙는 것이 좋겠구나. 혹시 실수하셨는지도 모르니까."

시험관이 문 쪽을 향해 소리쳤다.

"열어 주세요!"

문이 열리자, 시험관과 케스트렐은 손을 잡은 채 건물 밖으로 걸어 나왔다. 아까 끌려올 때는 당황해서 잘 몰랐는데 자세히 둘러보니 안뜰의 한쪽 벽은 바로 왕궁 한가운데 위치한 '위대한 탑'의 뒷면이었다. 위대한 탑은 아라맨스에서 가장 높은 건물로 오렌지 구역에서도 잘 보였다. 이렇게 가까이 서서 보니 과연 높았다. 도시를 둘러싼 성곽보다도 높았다.

안뜰을 지나가려는데 탑에 있는 조그만 문이 열리며 하얀 가운을 걸친 남자 두 명이 걸어 나왔다. 여자 시험관이 케스트렐의 손을 잡고 가는 것을 보고는 나이 많은 사나이가 그들을 불러세웠다.

"이 오렌지 구역 아이를 데리고 어디로 가는 겁니까?"

그 남자는 여자 시험관의 해명을 들으며 파일을 들추어봤다.

"수석 시험관께서 특수 교육을 명령하셨단 말이군요." 그는 추궁하듯 말했다. "그리고 당신은 그의 결정에 이의를 제기한다는 말인가요?"

"혹시 무슨 착오가 있었던 게 아닌가 해서……."

"이 경우에 대해서 잘 알고 있소?"

"아니오." 여자 시험관이 얼굴을 붉히며 대답했다. "그냥 제 예감이……."

"예감이라고요?" 흰색 가운을 입은 남자의 목소리가 점점 날카로워졌다. "이 아이 나머지 인생을 좌우할 그런 중대사를 단순히 예감으로 결정한단 말입니까?"

나머지 인생을 좌우한다니! 케스트렐은 전율했다. 어떻게든 빨리 빠져 나가야 한다는 생각에 주위를 급히 둘러보았다. 뒤에는 조금 전에 걸어 나온 특수 교육장 건물이 보였고 앞에는 흰색 가운을 걸친 남자 둘이 서 있었다.

"수석 시험관님의 뜻을 확인하고 싶었을 뿐입니다."

"그분의 뜻은 여기 분명히 기록돼 있지 않소? 안 그렇소?"

"네."

위대한 탑의 문이 아직 완전히 닫히지 않은 것이 케스트렐의 눈에 띄었다.

"그분께서 잘 모르고 이 문서를 작성하시고 서명까지 하셨다고 생각하는 겁니까?"

"아니오."

"그렇다면 왜 바로 시행하지 않는 거요?"

"하겠습니다. 죄송합니다."

여자 시험관에게 더 이상 매달릴 수 없다는 것을 케스트렐은 직감했다. 여자 시험관이 케스트렐을 돌아보며 말했다.

"미안해."

"괜찮아요. 힘써 주셔서 고마워요." 케스트렐은 여자 시험관의 손을 꼭 쥐며 말했다.

그러고 나서 손을 놓고는 냅다 뛰기 시작했다. 케스트렐은 탑의 문 안으로 뛰어 들어가서 문을 쾅 닫았다. 다행히 안쪽에 자물쇠가 달려 있었다. 케스트렐은 얼른 자물쇠를 채우고 나서 뛰는 가슴을 진정시키며 주위를 둘러보았다.

그곳은 좁은 로비였다. 문이 두 개 있었고 원형으로 돌아 올라가는 좁다란 층계가 보였다. 문 두 개는 모두 잠겨져 있었다. 밖에서 사람들이 외치는 소리가 들리며 문이 흔들렸다. 곧 자물쇠를 부수려는 듯 쿵쾅거리는 소리가 들리더니 남자 하나가 외쳤다.

"자네는 여기 있게. 내가 뒤로 돌아갈 테니까."

달리 뾰족한 수가 생각나지 않았다. 케스트렐은 계단을 뛰어오르기 시작했다. 위로 올라갈수록 계단 통로는 점점 더 어두워졌다. 밑에서 문이 열리고 닫히는 소리가 들렸다. 케스트렐은 더 힘을 내어 뛰어올랐다. 계속 뛰어오르다 보니 저 위로 희미한 빛이 보였다. 그곳까지 올라가 보니 쇠창살이 쳐진 창문이었다. 왕궁 지붕과 크리오스 황제 동상이 서 있는 광장이 내려다보였다.

그 위로도 계단은 계속 이어졌다. 숨이 콱콱 막혀 왔다. 케스트렐은 지쳐 뻣뻣해진 다리를 억지로 끌고 계속 위로 올라갔다. 계단 통로가 다시 어두워졌다. 저 아래로 창문을 통해 들어온 빛이 보였다. 사람들 발짝 소리와 목소리가 밑에서부터 울려왔다. 케스트렐은 천천히 기어오르면서 만약 꼭대기까지 갔을 때 그곳에 있는 문이 잠겨 있으면 어쩌나 하고 걱정했다.

그때 쇠창살로 된 창문이 또 하나 나타났다. 너무 지친 나머지 케스트렐은 그곳에 앉아 조금만 쉬기로 하고 창 밖을 내려다보았다. 거리를 다니는 사람들의 모습이 개미만큼이나 작게 보였다. 빨간 구역의 고급 가게와 주택들도 보였다. 그때 밑에서 발소리가 들려 왔다. 케스트렐은 화들짝 놀라 일어나 다시 기어오르기 시작했다. 너무 힘들어 정신이 아득해져 왔지만 멈추지 않고 계속 올라갔다. 계단은 끝없이 빙글빙글 돌아 올라갔다. **저벅, 저벅.** 발소리가 암벽에 메아리가 되어 올라왔다.

"조금만 더 가면 돼." 케스트렐은 스스로를 독려하며 걸음을 재촉했다. "조금만 더. 얼마 안 남았어."

하지만 앞으로 얼마를 더 가야 할지 케스트렐은 알지 못했다. 이제 더 이상 한 발짝도 뗄 수 없을 지경까지 왔을 때 층계참이 나타났다. 그곳에는 문이 하나 있었다. 케스트렐은 부들부들 떨리는 손을 뻗어 손잡이를 잡았다.

"제발, 제발 잠겨 있지 않기를……."

손잡이를 살짝 비틀어 봤다. 돌아갔다! 그러나 문은 열리지 않았다. 마지막 걸고 있던 한 가닥 희망마저 사라지자, 그동안 억눌러 왔던 두려움이 한꺼번에 몰려왔다. 케스트렐은 눈물을 흘리며 문 앞에 털썩 주저앉아서는, 두 팔로 무릎을 끌어안고 엉엉 울기 시작했다.

뚜벅뚜벅! 발소리는 점점 더 가까이 다가오고 있었다. 차라리 죽는 것이 낫다는 생각까지 들었다.

그때 새로운 소리가 들렸다. 조용한 발소리가 들리더니 살며시 빗장 푸는 소리가 났던 것이다.

문이 안으로부터 열렸다.

"들어와." 누군가 다급한 목소리로 속삭였다. "어서!"

울음을 그치고 올려다보니 얼굴이 붉은 사나이가 내려다보고 있었다. 그는 퉁방울눈에 회색 턱수염을 잔뜩 길렀는데, 눈에는 눈물이 고여 있었다.

"뭐 하다가 이제야 나타나니? 빨리 들어와."

황제의 눈물

턱수염을 기른 사나이는 문을 닫더니 얼른 빗장을 채우고 나서 손가락을 입에 대고 조용히 하라는 시늉을 해 보였다. 문밖으로 계단을 올라오는 발소리가 점점 더 크게 들리더니 층계참에 와서 뚝 멈췄다.

"쳇! 어떻게 된 거야? 여기 없잖아?"

문밖에서 손잡이를 돌리는지 안의 손잡이가 돌아가는 모습을 케스트렐은 긴장된 얼굴로 지켜보았다. 곧이어 계단 밑으로 소리치는 사나이 목소리가 들렸다.

"야, 이 바보 같은 폭시커들아. 괜히 여기까지 기어 올라왔잖아!"

조금 있자니 투덜거리며 계단을 다시 걸어 내려가는 남자의 목소리가 들렸다. 턱수염 아저씨는 킥킥 웃으며 좋아했다.

"폭시커라고? 그 소리 들어 본 지도 참 오래됐구나. 아직까지도 그 말이 통하고 있다니."

그는 케스트렐의 손을 이끌고 창가로 가 자세히 뜯어보기 시작했다. 케스트렐도 그를 자세히 살펴보았다. 그가 걸친 가운의 색깔이 파란색이라는 사실이 놀라웠다. 아라맨스에서는 아무도 파란색 옷을 입지 않았던 것이다.

"내가 생각했던 모습과는 영 딴판이지만 할 수 없지. 너라도 해야지."

그는 방 한가운데 있는 탁자로 가서 거기 유리 항아리에 든 초콜릿을 세 개 연거푸 집어먹었다. 그가 초콜릿을 먹는 사이에 케스트렐은 창 밖을 유심히 내다보았다. 그 방이 성루보다 높은 것으로 봐서, 탑의 맨 꼭대기 아니면 거의 꼭대기에 위치하는 것이 틀림없었다. 저 멀리 바다가 내다보였고, 반대 방향으로 눈을 돌리니 사막 너머로 북부 산맥 산등성이가 가물가물 보였다.

"정말 크네요!" 케스트렐이 말했다.

"물론 크지. 실제로는 여기서 보는 것보다도 더 크단다."

케스트렐은 성안을 내려다보았다. 높은 벽으로 분리된 흰색, 빨간색, 오렌지색, 밤색, 회색 구역의 전경이 한눈에 들어왔다. 참 이상한 배치라는 생각이 처음으로 들었다.

"벽이 왜 필요한 거죠?"

"누가 아니래!" 턱수염 사내는 케스트렐의 말에 맞장구쳤다. "서로 다른 색깔의 구역은 왜 있고, 시험과 등급은 왜 필요한 거지? 더 높은 곳을 향해, 더 나은 내일을 위해 열심히 노력 좀 안 하면 안 되나?"

케스트렐은 그 남자를 물끄러미 쳐다보았다. 그는 여태까지 자기 혼자서만 생각하는 줄 알았던 그런 생각들을 아무 거리낌 없이 지껄이고 있었다.

"우리의 사랑하는 황제 폐하를 위해서, 그리고 아라맨스의 영광을 위해서죠." 케스트렐은 헌신 맹세에 나오는 구절대로 대답해 보았다.

그러자, 턱수염 남자가 킬킬대며 웃었다.

"그래? 그 황제 폐하가 여기 계시다."

그러더니 그는 초콜릿을 세 개 연거푸 집어먹었다.

"아저씨가요?"

"그렇단다. 믿어지지 않겠지? 하지만 내가 아라맨스의 황제 크리오스 6세야. 그리고 너는 내가 여태까지 손꼽아 기다리던 바로 그 사람이고."

"예?"

"너 같은 아이가 올 줄은 나도 전혀 예상 못했어. 수행해야 할 임무의 어려움을 고려할 때 강하고 용감한 무사 같은 사람이 올 줄 알았지. 그런데 네가 왔으니……."

"아니에요. 저는 아저씨를…… 아니 폐하를 만나러 온 것이 아니에요. 저는 폐하께서 살아 계신 줄도 몰랐어요. 다만 도망치다가……."

"바보 같은 소리 하지 마. 너일 수밖에 없어. 여태까지 날 찾아온 사람은 너 말고는 아무도 없어. 아무도 찾아오지 못하도록 나를 이런 데 가두어 두었으니까."

"가두다니요? 안에서 직접 문을 여셔 놓고?"

"그건 그럴 만한 이유가 있어. 중요한 것은 네가 여기 나타났다는 사실이야."

반론을 듣고 언짢아하는 눈치여서 케스트렐은 입을 다물기로 했다. 그는 초콜릿을 또 집어먹었다. 옆 사람에게는 권할 생각도 하지 않고 아무 생각 없이 습관적으로 먹는 것 같았다. 그가 정말로 황제인지 아닌지는 확실치 않았지만, 방안의 가구들은 아주 훌륭했다. 한쪽에는 커튼으로 둘러쳐진 화려한 침대가 있었고, 다른 한쪽에는 책들로 빼곡이 들어찬 책장들 사이에 정교하게 깎아 만든 아름다운 책상이 있었다. 방 가운데에는 유리 항아리가 놓인 탁자와 함께 가죽 의자들과 고급 욕조가 놓여 있었다. 바닥에는 부드러운 양탄자가 깔려 있었고 창가의 커튼도 섬세한 자수가 새겨져 있는 고급 천이었다. 사방을 따라 창문이 배치돼 있었고, 그 사이에 문이 하나씩 있었다. 모두 창문 여덟 개에 문이 여덟 개였다. 그 중 하나는 케스트렐이 들어온 문이었고, 두 개는 활짝 열려 있어 안에 있는 선반들이 들여다보였다. 그러니 나머지 다섯 개 중에 탑을 빠져 나가기 위한 통로가 있을 것이라는 생각이 들었다.

턱수염 사나이는 초콜릿 항아리 옆을 떠나 책상 쪽으로 갔다. 그는 무엇인가 찾는 듯, 서랍을 하나씩 열어 보았다.

"폐하, 저 이제 집에 가도 되나요?"

"집에 가다니? 무슨 소리를 하는 거지? 물론 못 간다. 모라의 소굴로 가서 그것을 되찾아 와야지."

"무엇을 되찾아요?"

"지도가 여기 어디 있었는데……. 아, 여기 있군."

턱수염 사나이는 먼지 묻고 색이 노랗게 바랜 종이 두루마리를 끄집어내더니 풀어 펼치며 혼자 중얼거렸다.

"꼭 내 대에 와서야 이렇게 되는군."

그는 그것을 내려다보며 한숨을 푹 쉬었다.

"자, 봐라. 보기에 그리 어렵지 않을 것이니."

케스트렐이 보니 종이가 더러 찢기고 바래기는 했지만 지도인 것만은 분명했다. 바다를 나타내는 선이 보였고 아라맨스를 상징하는 그림도 있었다. 아라맨스에서 평지를 지나 산맥까지 연결되는 길이 보였다. 지도 여기저기에, 특히 길이 끝나는 지점에 알아보지 못할 문자로 무엇인가가 씌어져 있었다.

케스트렐은 어리둥절해져서 쳐다보았다.

"그렇게 멍청한 눈으로 날 보지 마라. 모르는 게 있으면 그냥 나한테 물어 보면 되잖아?" 황제가 말했다.

"전부 다 모르겠는걸요?"

"말도 안 되는 소리! 간단한 내용인데 뭐. 자, 봐라."

그는 아라맨스의 그림을 가리켰다.

"이 길로 가면 되는 거야. 알겠어?"

그는 손가락으로 아라맨스로부터 북쪽으로 뻗은 길을 가리켰다.

"이 길을 따라가야 해. 그래야만 다리를 만날 수 있어. 이 길 말고는 딴 길이 없어."

그의 손가락이 지도를 가로질러 나 있는 톱날 모양의 선을 가리켰다. 그것의 이름은 알 수 없는 언어로 적혀 있었다.

"무엇 때문에 가라는 말씀이세요?"

"맙소사! 두뇌도 없는 아이를 내게 보내 주셨나?" 황제가 답답하다는 투로 중얼거렸다. "윈드싱어의 목청을 되찾아 오기 위해서지 무슨 다른 목적이 있겠어? 그래야 윈드싱어가 다시 노래를 부를 수 있잖아?"

"윈드싱어의 목청이라고요?"

케스트렐은 몸을 부르르 떨었다. 그것은 사실이었어!

황제가 지도를 뒤집자, 뒷면에는 케스트렐도 전에 본 적이 있는 ■자 비슷한 모양의 부호와 함께 어디서 본 적이 있는 이상한 문자가 적혀 있었다. 윈드싱어에서 본 바로 그 부호였다.

"여기 있군."

케스트렐은 흥분과 두려움이 뒤범벅된 야릇한 감정을 느끼며 그것을 쳐다보았다.

"윈드싱어가 다시 노래를 부르면 어떻게 되나요?"

"우린 모라의 마수로부터 해방되지."

"모라로부터 해방된다고요?"

"그래. 모라-로-부터-해방-된다." 황제가 큰 소리로 다시 한 번 천천히 말했다.

"하지만 모라는 전설 속의 인물이잖아요?"

"맙소사, 전설이라고? 아니 교도소보다도 못한 도시에 살면서, 질투와 증오 속에 서로 으르렁대는 시민들을 보면서도 너는 모라가 전설이라고 말하는 거냐? 아라맨스를 통치하고 있는 자가 바로 모라라고! 그것도 몰랐어?"

"아무도 모르고 있어요. 모두 모라를 옛이야기 속 인물로만 알고 있어요."

"그래?" 황제는 케스트렐을 의심스러운 눈으로 쳐다보았다. "그렇다면 더욱 모라란 놈이 얼마나 교활한 놈인지 알겠구나?"

"예, 그런 것 같네요." 케스트렐이 대답했다.

"그럼, 이제 내 말을 믿겠지?"

"글쎄요. 확실한 건 학교, 시험, 시험관, 아라맨스 할 것 없이 내 겐 모든 것이 싫다는 것뿐이에요."

"당연히 그래야지. 그것이 모두 모라의 계획인걸. 아라맨스를 보고 완벽한 사회라고 부른다면서? 그렇다면 두려움과 증오가 없는 사회란 말이냐? 천만에! 모라가 그런 사회를 만들 리 없지."

이상하게도 그의 말을 들으면 들을수록 수긍이 갔다. 케스트렐 은 지도 뒷면에 있는 그림을 다시 한 번 들여다보았다.

"그런데 이것을 어디서 구하신 거예요?"

"아버지로부터 물려받았지. 아버지는 할아버지로부터, 할아버 지는 증조 할아버지로부터…… 그런 식으로 크리오스 1세까지 거 슬러 올라간단다. 윈드싱어의 목청을 떼어낸 사람은 바로 크리오 스 1세였어."

"자스의 군대로부터 도시를 구하기 위해서 그랬죠."

"어쭈? 너도 아는 것이 있구나?"

"모라는 왜 목청을 원했죠?"

"윈드싱어가 더 이상 노래를 못 부르게 하기 위해서였지. 윈드싱 어는 원래 모라로부터 아라맨스를 지키기 위해 세워진 것이거든."

"그렇다면 크리오스 1세는 왜 목청을 건네주었죠?"

"그러게 말이다." 그는 깊은 한숨을 내쉬었다. "하지만 그만 탓 할 수도 없지. 우리도 자스 군대를 봤으면 그럴 수밖에 없었을지 도 모르니까. 공포, 바로 그 때문이지. 윈드싱어의 마력에 대해서 는 그도 알고 있었지만 그것으로 과연 자스를 막을 수 있었을까? 우리라면 끝까지 저항하려 했을까? 우리라도 별수 없었을 거야. 그리고 여기를 보면……."

그는 지도 주변에 적힌 문자를 손가락으로 가리키며 말했다.

"'그는 나중에 자기가 한 일에 대해 깊이 뉘우쳤다'고 써 있어."

케스트렐은 내용을 이해할 수 없는 문자를 물끄러미 쳐다보았다.

"윈드싱어에게 모라를 압도할 수 있는 힘이 있을까요?"

"글쎄, 누가 알겠니? 지혜롭기로 유명한 우리 할아버지는 윈드싱어의 목청에 분명히 마력이 있을 것이라고 말씀하셨어. 그러지 않고서야 모라가 왜 그토록 그것을 원했겠느냐고? 그리고 이 지도 뒷면에 씌어진 내용을 보면 '윈드싱어의 노래가 너를 자유롭게 하리라'고 되어 있어."

"모라로부터의 자유를 의미하는 것일까요?"

"물론이지. 모라 말고 누가 또 있겠니? 그런 멍청한 눈으로 날 보지 말라고 했는데 왜 또 그렇게 쳐다보는 거냐?" 황제는 또다시 참을성을 잃고 말했다.

"그럼, 왜 일찍 누구를 보내 그것을 찾아오게 하지 않았죠?"

"왜냐고? 아니, 그게 쉬운 일인 줄 아느냐?" 황제는 생각난 듯 어조를 갑자기 바꾸었다. "뭐 꼭 어렵기만 한 것도 아니지만……. 글쎄, 꼭 필요한 일이긴 했지만…… 한동안은 가만히 있는 편이 나았지. 자스는 물러갔겠다, 우리 사회의 변화는 너무나 서서히 다가와서 아무도 그것을 눈치채지 못했던 거야. 우리 할아버지대에 와서야 그것이 큰 실수였다는 것을 알게 되었지. 하지만 그때 할아버지는 이미 너무 나이가 드셔서 이 지도를 아버지에게 물려주셨던 거지. 아버지는 병들어 고생하시다가 돌아가시기 전에 내게 주신 것이고. 난 이것을 물려받았을 때 너무 어렸고……. 이제 네가 나타났으니 지금 네게 주는 거란다. 어때?

이제 이해가 되니?"

그는 책상으로 다시 가서 열었던 서랍들을 하나씩 도로 닫기 시작했다. **탁, 탁, 탁.**

"이제 황제 폐하는 어리지 않잖아요?" 케스트렐이 말했다.

"물론 난 어리지 않지."

"그럼, 왜 직접 안 가세요?"

"갈 수 없는 이유가 있어. 네가 가야만 하게 되어 있다고."

"미안하지만 뭔가 오해를 하시는 모양인데 저는 특별한 사람이 아니에요."

황제는 케스트렐을 불만스러운 표정으로 바라보았다.

"네가 특별한 사람이 아니라면 여기까지 날 찾아온 사람이 왜 너밖에 없는 거냐?"

"전 도망치다가 여기에 잘못해 온 것뿐이라고요."

"누구로부터 도망쳤다는 말이냐?"

"시험관들이오."

"아! 그것 봐. 아라맨스에서 그런 일을 아무나 하는 줄 아니? 아무도 감히 시험관들로부터 도망 다니지 못해. 그러니까 너는 특별한 사람이 분명해."

"전 그저 시험관이 싫고 학교가 싫고 시험이 싫을 뿐이라고요."

케스트렐은 당장이라도 눈물을 흘릴 듯이 말했다.

"그러니까 네가 바로 그 사람이 맞다는 말 아니냐? 목청을 되찾아 와서 윈드싱어에 달아 주면 그 후로는 시험이 아주 없어질 것이라고."

"시험이 없어진다고요?"

"그러니까 네가 가야 한다는 말 아니니?"

"황제께서 가세요. 높은 사람이 가야지."

그는 케스트렐을 갑자기 슬픈 눈으로 쳐다보았다.

"나도 할 수 있었으면 갔을 거야. 문제가 있어서 그렇지……."

그는 닫혀 있는 문들을 하나씩 모두 활짝 열어젖혔다. 그 중에서 세 개의 문 저편으로 층계참과 밑으로 향하는 계단들이 모습을 드러냈다.

"나도 가끔 가야겠다는 생각을 할 때가 있어. 저 문을 보고 있으면 떠나고 싶은 충동을 느끼거든."

그는 문턱을 향해 몇 발짝 앞으로 걸어 나가더니 그 자리에 멈춰 섰다.

"가기 전에 초콜릿 한 개만 더 먹을게."

그는 방 한가운데 있는 탁자로 되돌아갔다.

"한 움큼 갖고 가세요. 그러면 가다가 다시 안 돌아오셔도 되죠."

"말이야 쉽지." 황제는 한숨을 푹 내쉬었다. 그러더니 케스트렐의 말대로 초콜릿을 한 움큼 집어내어 그것을 먹으면서 다시 문을 향해 걸어갔다. 하지만 문턱까지 가자 또 걸음을 멈췄다.

"이것들을 다 먹은 다음에는 어떻게 해?" 황제는 손안에 있는 초콜릿을 세기 시작했다. "하나, 둘, 셋-"

"아예 항아리째 갖고 가세요." 케스트렐이 말했다.

그는 탁자 있는 데로 다시 가더니 항아리째 집어 들었다. 하지만 이번에도 문턱을 지나지 못하고 멈춰 섰다.

"지금 많아 보여도 조금 지나면 다 없어질 거야."

"여기 계시거나 가시거나 마찬가지로 언젠가는 다 없어질 것 아닌가요?”

“누가 매일 아침 이 항아리를 다시 채워 놓는단다. 내가 항아리를 갖고 가 버리면 다시 채워 놓을 방법이 없어지잖아?”

그는 탁자로 되돌아가 항아리를 내려놓았다.

“역시 여기 놔두는 것이 최선의 방법이지.”

케스트렐은 황제를 쏘아보며 물었다.

“왜 초콜릿을 그렇게 좋아하세요?”

“좋아서 먹는 것이 아니야. 필요해서 먹는 거지.”

“필요하다고요?”

“초콜릿 얘기는 그만 하자. 설명하기가 쉽지 않단다. 먹지 않는다 해도 거기 놔둬야 마음이 놓여. 며칠 동안 한 개도 안 먹을 때도 있어.”

“여태까지 한 번도 안 멈추고 계속 드셨어요?”

“지금 조금 흥분해서 그러는 거야. 방문객이 찾아온 적이 전혀 없었거든.”

“얼마 동안이나 이렇게 지내셨어요?”

“평생.”

“평생이라고요? 평생을 이 방에서 보내셨다고요?”

“그래.”

“그건 말도 안 돼요!”

“나도 알아.”

그는 갑자기 손을 들어 자기 뺨을 철썩 때렸다.

“나는 바보야. 아무짝에도 쓸모 없는 인간이야.”

그는 첫 번째보다 더 세게 다른 쪽 뺨을 철썩 때렸다.

"조상들 얼굴을 더럽히는 놈이야."

그는 얼굴뿐 아니라 가슴, 배 가리지 않고 자기 몸을 마구 쥐어박기 시작했다.

"먹고 잘 줄밖에 모르는 살찐 바보. 아무 데도 안 가고 아무도 안 만나고! 재미도 모르는 바보 천치! 죽고 싶어도 죽을 용기도 없는 놈."

그는 자기를 마구 때리며 울기 시작했다.

"미안해요. 제가 무엇을 해야 할지 모르겠어요." 케스트렐이 당황해서 말했다.

"상관없어." 황제는 엉엉 울며 대답했다. "항상 이 모양이라니까. 나는 너무 쉽게 피곤을 타는 것이 흠이야. 나 좀 쉬어야겠어."

그는 옷을 입은 채 커튼이 쳐진 고급 침대에 눕더니 이불을 뒤집어쓰고 곧 잠이 들고 말았다.

케스트렐은 무슨 일이 일어나지 않을까 해서 좀 더 기다려 보았으나 몇 분 지나지 않아 그는 코를 골기 시작했다. 케스트렐은 살금살금 발끝으로 걸어 층계가 보이는 문 쪽으로 나가 계단을 내려가기 시작했다. 케스트렐의 손에는 아직도 지도가 쥐어져 있었다.

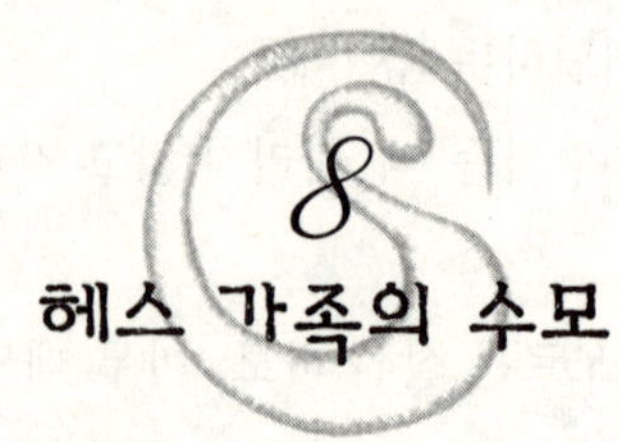

헤스 가족의 수모

케스트렐은 아까 도망쳐 들어왔던 탑의 출입문으로 내려와 열쇠 구멍을 통해 밖의 동정을 살폈다. 보초 두 명이 하는 일 없이 안뜰에서 어슬렁거리는 모습이 보였다. 케스트렐은 지도를 말아 주머니 속에 넣은 후, 숨을 크게 들이마시고 나서 문을 열고 외쳤다.

"도와주세요! 황제 폐하께서……!"

"뭐?" 보초가 소리치며 되물었다.

"어디?"

"방에 계셔요. 빨리 도와주세요!"

케스트렐의 다급한 목소리를 듣고 보초는 더 물어 볼 생각도 하지 않고 계단을 바로 뛰어 올라갔다. 케스트렐은 안뜰을 가로질러 달렸다. 긴 통로를 빠져 나와 문밖으로 나오니 그곳은 바로 크리오스 세 동상이 서 있는 광장이었다.

케스트렐은 가능한 한 사람들 눈에 띄지 않도록 뒷골목길만 이용해서 오렌지 구역으로 돌아왔다. 하지만 사람들 눈에 띄지 않고 집 안에 들어간다는 것은 불가능했다. 집 앞에 사람들이 모여서 뭔가 구경을 하고 있었고 이웃들도 창문을 통해 내다보고 있었던 것이다.

닫힌 현관문 양옆으로 경찰 둘이 심각한 표정을 짓고 서 있었다. 모두들 무슨 일이 벌어지기를 기대하고 있는 것 같아 보였다.

케스트렐이 무거운 발걸음으로 다가오는 모습을 루피 블레시가 먼저 보고 달려왔다.

"케스트렐, 너 이제 큰일났다. 너네 아버지도 큰일났고."

"무슨 일 갖고 법석들이야?"

"너네 아버지 '합숙 교육'을 받게 한다며 '사람들이 데리러 왔어." 루피가 목소리를 낮추며 말했다. "우리 아빠가 그러는데 그건 사실 형무소 가는 것과 다름없는 거래. 우리 엄마는 너희가 안됐다고 걱정하시더라. 우리는 곧 빨간 구역으로 이사가게 되어서 앞으로는 너하고 말할 기회도 별로 없을 거야."

"그렇다면 지금은 왜 나하고 말하니?"

"너의 아버지 아직 끌려가지 않았어." 루피가 대답했다.

케스트렐은 집까지 최대한 가까이 간 후 옆길로 슬쩍 돌아섰다. 쓰레기통들이 줄줄이 세워져 있는 뒷골목을 달려 자기 집 뒤쪽에 와 섰다. 창문을 통해 핀핀을 안고 왔다 갔다 하는 어머니의 모습이 보였지만, 보우맨은 눈에 띄지 않았다. 그래서 무성 메시지를 보냈다.

보우! 나 여기 있어!

곧 보우맨으로부터 반응이 왔다. 자기가 안전한 것을 알고는 안심하는 감정을 그대로 느낄 수 있었다.

케스! 무사했구나!

보우맨이 침실 창문 안쪽에서 머리를 내미는 것을 보고 케스트렐이 모습을 드러냈다.

케스, 그들 앞에 나타나지 마. 널 잡아가려고 왔어. 아빠도 잡아갈 거야.

나 들어갈 거야. 아빠를 만나야 해.

보우맨은 아래층으로 내려가 아버지가 짐을 꾸리고 있는 앞방으로 갔다. 담임 선생인 배치 박사와 시험관위원회 위원 미니시 박사가 심각한 표정으로 소파에 앉아 있었다. 배치 박사는 주머니에서 시계를 꺼내 들여다보며 말했다.

"벌써 예정보다 30분이나 늦어지고 있네. 여자 애가 언제 나타날지 알 수 없으니까 일을 진행시킵시다."

"그 아이가 집으로 돌아오면 곧바로 경찰서에 알려야 해요." 미니시 박사가 말했다.

"하지만 저는 여기 없을 겁니다." 하노 헤스가 조용히 대답했다.

"빨리 움직입시다."

마루에 옷가지하고 책자들을 잔뜩 늘어놓고도 어쩌면 그렇게 태연할 수 있나 싶어 배치 박사는 답답한 듯이 하노 헤스를 재촉했다.

"욕실에 있는 것들도 챙겨 가셔야죠, 아빠." 보우맨이 말했다.

"욕실에 있는 것들?"

하노 헤스는 아들의 얼굴을 자세히 쳐다보았다. 30분 전쯤에 면도기하고 칫솔을 자기가 갖다 줘 놓고서……?

"욕실에 가 보세요." 보우맨이 말했다.

"욕실이라고?" 하노는 그제야 눈치를 채고는 "그래, 가 보지" 하고 말했다.

미니시 박사는 그들의 대화를 듣고는 성급하게 말했다.

"빨리빨리 합시다."

"예, 그러죠."

하노 헤스가 욕실을 향해 계단을 올라가려 할 때, 아이라 헤스가 핀핀을 안고 앞방으로 들어왔다. 핀핀은 집안 분위기가 이상한 것을 눈치채고서 훌쩍훌쩍 울고 있었다.

"기다리시는 동안 마실 것 좀 드시겠어요?" 헤스 부인이 두 남자에게 물었다.

"있으면 레몬 주스가 좋겠습니다." 미니시 박사가 말했다.

"배치 박사, 레몬 주스 좋아하십니까?"

"예, 레몬 주스 좋습니다."

헤스 부인은 부엌 쪽으로 사라졌다.

욕실에서는 케스트렐이 아버지를 기다리고 있었다. 안도의 한숨을 내쉬며 하노 헤스는 딸을 품에 꼭 껴안았다.

"오, 케스. 얼마나 걱정했는지 아니?"

케스트렐이 특수 교육장에 대한 이야기를 나지막한 소리로 들려주자, 하노 헤스가 커다란 신음 소리를 냈다.

"케스, 어떤 일이 있어도 그곳에 끌려가면 안 된다."

"왜요? 어떻게 되는데요?"

아버지는 대답은 않고 고개만 계속 흔들었다.

"절대로 가면 안 돼."

케스트렐은 자칭 황제라는 사람을 만난 이야기도 해 주었다.

"황제? 네가 황제를 만났다고?"

"나보고 윈드싱어의 목청을 찾아오라고 하면서 이것을 줬어요."

케스트렐은 지도를 보여 주었다. 하노는 그것을 펼쳐 보더니 두 눈이 접시만해졌다. 종이를 쥔 두 손이 가늘게 떨리고 있었다.

"케스, 이건 보통 물건이 아니구나."

"모라는 실제 인물이라면서 지금 우리가 그의 마법에 걸려 있다고 했어요."

아버지는 고개를 끄떡이더니 깊은 생각에 잠겼다.

"여기 이 문자는 맨스족의 고어야. 이 지도는 싱어족이 만든 것이고."

"싱어족이라뇨?"

"옛날에 살던 족속으로 윈드싱어를 만든 사람들이라는 것 말고는 나도 자세히 몰라. 오, 케스, 내가 네 곁에 있어 줘야 하는데. 그들이 네게 무슨 짓을 할지……."

케스트렐은 아버지의 말을 듣고는 뛰는 가슴을 진정할 수 없었다. 마치 떨어지지 않겠다는 듯이 케스트렐은 아버지의 두 팔에 매달렸다.

"그럼, 그가 한 말이 모두 사실일까요?"

"물론 사실이지. 난 맨스 고어를 읽을 줄 알아. 여기 '위대한 길'이라고 써 있어. 여긴 '갈라진 땅', '모라의 소굴' 그리고 여기는 '불 속으로' 라고 써 있어."

그는 지도를 뒤집어보고 거기 씌어 있는 문자를 읽더니 ■자 비슷한 부호를 관심을 갖고 들여다봤다.

"이것이 싱어족의 심벌이야."

"황제는 이것이 윈드싱어의 목청이라고 했어요."

"그렇다면 자기들의 심벌을 본떠 만든 모양이구나."

그는 희미하게 지워진 글자들을 맞춰 가며 천천히 읽기 시작했다.

"윈드싱어의 노래…… 너를 자유롭게 하리라. 그러고 나서 고향을 찾아가라……."

그는 눈을 반짝이며 딸을 쳐다보았다.

"오, 케스! 내가 지금 도망칠 수만 있다면……."

그는 좁은 욕실을 왔다 갔다 하면서 빠져 나갈 방법이 없을까 궁리했다. 좋은 생각이 떠올라 희망에 찬 표정을 짓다가도 곧 고개를 흔들며 실망하는 얼굴이 되곤 했다.

"안 돼…… 그러면 아이라하고 애들은 어떻게 하고……." 하노는 몸을 부르르 떨었다. "협조하는 길밖에 없어. 지금의 벌은 그리 심한 것이 아니니까. 국가 시험 때까지 합숙 교육만 받으면 되니까."

"합숙 교육은 교도소라면서요?"

"괜찮아. 거기 가서 열심히 공부해 국가 시험에서 좋은 성적을 올리면 너에 대해서도 재고해 달라고 해볼 거야."

"난 재고고 뭐고 다 필요없어요. 다 싫어요."

"하지만 네게 만약 무슨 일이라도……."

그러더니 갑자기 멈추고 나서 어깨를 으쓱했다.

"너를 위해서라면 무엇이든지 할 거야. 목숨도 아깝지 않아. 하

지만 지금 너에게 아무 도움도 안 되는 것이 무엇보다도 가슴 아
프구나."

그는 물끄러미 지도를 쳐다보았다. 아래층 계단 어귀로부터 미
니시 박사의 못마땅한 어조의 목소리가 들려 왔다.

"갑시다. 더는 못 기다리겠소."

"황제 말씀이 내가 만약 윈드싱어의 목청을 찾아와서 윈드싱어
가 다시 노래를 부르게 되면 시험은 영원히 사라진다고 했어요."

"그런 말을 했어?"

그 말을 듣는 순간, 잠시나마 그의 눈에서는 슬픔이 자취를 감
추었다.

"하지만 너를 보낼 수는 없어. 넌 아직 어린애야. 뿐만 아니라
도시를 빠져 나가는 것부터 쉽지 않을 거야. 모두 두 눈에 불을 켜
고 너를 찾고 있어. 그러니까 내가 돌아올 때까지 꼼짝 말고 기다
리고 있거라."

아래층에 있는 선생들은 오래 기다릴수록 목이 말라 왔다. 헤스
부인이 잠이 든 핀핀을 안고 부엌에서 걸어 나오는 모습이 보였
다. 레몬 주스를 애타게 기다리던 배치 박사는 헤스 부인이 빈손
으로 나오자, 눈살을 찌푸리며 그녀를 쳐다보았다. 미니시 박사는
시계를 다시 한 번 들여다보았다.

"아까 레몬 주스 갖다 주겠다고 말하지 않았던가요?" 배치 박사
가 말을 걸었다.

"레몬 주스라고요?" 헤스 부인이 반문했다.

"아까 마실 것을 주겠다고 했잖아요?" 배치 박사가 불쾌한 표정
을 지었다.

"그랬었나요?" 헤스 부인은 의외라는 표정을 지었다.

"그랬어요. 레몬 주스 좋으냐고 물었어요."

"아, 기억해요."

"그래서 우리는 그렇다고 했지요."

"네, 그것도 기억해요."

"하지만 갖다 주지 않았잖아요?"

"갖다 주다니오? 저는 무슨 말씀이신지 모르겠네요, 배치 박사님."

"부인이 우리보고 레몬 주스 마시고 싶냐고 했잖아요?" 배치 선생은 바보 학생에게 설명하듯 천천히 말했다. "그리고 우리가 그렇다고 했으니까 갖다 주셔야지요."

"왜요?"

"왜냐면……어……우리가 원하기 때문이죠."

"배치 박사님, 뭔가 오해를 하신 모양인데…… 우리 집에는 레몬 주스가 없어요."

"아니, 레몬 주스가 없다니? 우리한테 주스를 권해 놓고 이제 와서 어떻게 잡아뗄 수 있습니까?"

"집에 레몬 주스가 없는데 어떻게 권했다고 하시죠? 저는 그냥 레몬 주스를 좋아하시냐고 물어 봤을 뿐이에요. 저는 권한 적은 없습니다."

"아니, 갖다 주실 생각도 없으면서 왜 싱겁게 물어 본단 말입니까?"

"아니, 그렇다면 배치 박사님, 박사님이 좋아하시는 것은 제가 다 갖다 바쳐야 한다는 말인가요? 긴 여름날 저녁을 좋아하신다면 그것도 제가 가져다 바쳐야 하겠네요?"

미니시 박사는 자리에서 벌떡 일어났다.

"경찰을 부르시오."

"나도 더는 못 참겠소." 배치 박사도 덩달아 일어났다.

"당신 딸을 꼭 붙잡아서 벌을 받게 하고야 말 거요. 그것만은 확실하다는 것을 알아두시오."

미니시 박사는 위층을 향해 소리쳤다.

"내려올 거요, 아니면 경찰을 보내리까?"

욕실 문이 열리며 하노가 나왔다. 하노가 계단을 내려오는 중에 배치 박사가 현관문을 열고 경찰들에게 알렸다.

"헤스 씨는 떠날 준비가 다 됐소."

길거리의 구경꾼들은 더욱 바싹 다가섰다.

하노 헤스는 현관에서 가족들에게 작별 인사를 했다. 그는 아직도 엄마 품에서 쌔근쌔근 잠자는 핀핀의 뺨에 키스했다. 눈물을 더 이상 감추지 못하는 아내에게도 키스했다. 그러고 나서 보우맨 뺨에 키스하기 위해 고개를 숙이며 귀에 대고 속삭였다.

"케스를 잘 부탁한다."

그는 가방을 집어 들더니 현관문을 걸어 나갔다. 경찰 두 명이 양옆에 바싹 붙어 섰고 그 뒤를 선생 두 명이 뒤뚱거리며 쫓아갔다. 구경꾼들은 조용히 그들이 걸어가는 것을 지켜보았다. 헤스 가족은 문밖까지 나와서 그를 배웅했다. 그들은 얼굴을 떳떳하게 쳐들고 마치 어디 여행 가는 아버지를 배웅하듯 손을 흔들었다. 그것을 지켜보던 구경꾼들이 고개를 설레설레 흔들며 중얼거렸다.

"불쌍한 사람들 같으니라구."

길모퉁이에 이르렀을 때, 하노 헤스가 잠시 걸음을 멈추고 뒤돌아보았다. 그는 환하게 웃으며 손을 번쩍 들어 머리 위로 한 번 크게 저었다. 보우맨은 아버지의 그 동작, 그 미소를 결코 잊을 수 없을 것 같았다. 그 순간 아버지의 감정을 그대로 느낄 수 있었기 때문이었다. 무엇보다 가족에 대한 아버지의 깊은 사랑이 느껴졌다. 그와 함께 혹시 '이것이 마지막이 아닐까?' 하며 괴로워하는 좌절감 또한 강하게 느껴졌다.

옆에서 구경하고 있던 루피 블레시의 아버지가 자기 부인에게 하는 소리가 보우맨 귀에 들려 왔다.

"아직까지도 정신 못 차리고 저렇게 웃고 난리지만 이제 가족들 다시 보기는 글렀어."

그 순간 보우맨은 아라맨스를 모조리 부숴 버려서라도 꼭 아버지를 구하고야 말겠다고 속으로 깊이 맹세했다. 아버지의 그 따뜻한 미소가 이 판에 박힌 듯한 숨막히는 사회에서 평생 사는 것보다 훨씬 더 소중하다고 느꼈던 것이다.

아라맨스 탈출

그날 밤, 헤스 집 앞문에는 경찰이 보초를 섰다. 케스트렐이 밤이 되면 돌아올지도 모른다는 생각에서였다. 케스트렐은 집 안에 숨어서 창문 쪽으로는 얼씬도 하지 않았다. 밤이 되어 커튼을 치고 나서야 마음놓고 집 안을 돌아다닐 수 있었다.

아이라 헤스는 당황해하거나 눈물을 보이지 않았다. "아버지는 꼭 돌아오실 것이다"라고 믿는 어머니의 굳은 신념 때문에 보우맨과 케스트렐도 다소 안심할 수 있었다. 여느 때와 마찬가지로 어머니는 핀핀에게 젖을 먹인 후 목욕을 시켰다. 그리고 모두 하나가 되어 기도를 드렸다. 아버지가 그 자리에 없는 것이 허전했지만, 그가 돌아오기를 모두 함께 기원하면서 외로움을 달랬다. 그러고 나서 핀핀을 잠자리에 눕혔다. 핀핀이 잠이 든 것을 확인하고 나서야 아이라 헤스는 쌍둥이 남매를 앉혀 놓고 두 손을 무릎 위에 포개며 말했다.

“자, 이제 모두 얘기해 보렴.”

케스트렐은 자기가 겪은 일, 그리고 아버지가 한 말을 빠짐없이 들려주었다. 지도를 꺼내 보여 주면서 잊기 전에 아버지가 해석해 준 내용을 문자 옆에 적어 넣었다. **위대한 길, 갈라진 땅, 모라의 소굴, 불 속으로.**

뒷면에도 번역한 내용을 적었다. “윈드싱어의 노래가 너를 자유롭게 하리라. 그러고 나서 고향을 찾아가라.”

“아, 고향이라…….” 아이라 헤스가 한숨을 내쉬며 말했다. “이곳은 우리의 진정한 고향이 아닌가 보구나.”

“그렇다면 고향은 어디에 있을까요?”

“글쎄다. 하지만 일단 찾고 나면 그때는 확실히 알 수 있을 거야.”

“어떻게 알아요?”

“고향같이 느껴질 테니까.”

지도를 조금 더 들여다보더니 헤스 부인은 그것을 다시 말기 시작했다.

“어쨌거나 이 일은 아버지가 돌아오실 때까지 기다리기로 하고, 네 일을 어떻게 해야 할지 그것이 당장 큰 문제로구나.”

“집 안에 숨어 살면 안 되나요?”

“아마 이 집에서 앞으로 얼마 살 수 없을 거야.”

“난 죽어도 잡혀가기는 싫어요.”

“물론 너를 숨겨 줘야지. 대책을 강구해 보자꾸나.”

케스트렐은 물론이고 다들 그날 너무나 많은 일을 겪었기 때문에 몹시 피곤했다. 그래서 다음날 아침에 이야기를 계속하기로 하고 일단 잠자리에 들었다. 그들의 고난이 얼마나 빨리 다가오고 있는지 까맣게 모른 채.

해가 겨우 뜰 무렵, 밖에서 현관문 두드리는 소리가 났다.

"일어나시오. 퇴거 명령이오!"

침실 창문을 열고 헤스 부인이 내다보니, 거리에 경찰들이 빙 둘러서 있었다.

"빨리 짐을 챙기시오. 당신들을 쫓아내라는 명령이오." 경찰 한 명이 말했다.

밤색 구역이 아니라 그보다도 못한 회색 구역으로 가야 한다는 것이었다. 새로 입주할 곳은 300가구가 사는 10층 빌딩에 방 하나짜리 아파트였다. 현재 살고 있는 오렌지 구역의 집은 늦어도 정오까지는 비워 주어야 한다고 했다.

그래도 헤스 부인은 태연하게 "집이 작으면 청소해야 할 면적이 작아져서 더 좋지" 하면서 핀핀을 깨웠다. 문제는 케스트렐이었다. 지금도 케스트렐을 잡으려고 경찰들이 집 앞뒤로 쫙 깔려 있었다. 케스트렐을 놔두고 어떻게 이사를 나갈 수 있단 말인가?

조금 있으니까 빈 수레를 끌고 일꾼 두 명이 도착했다. 헤스 가족의 짐을 회색 구역으로 옮겨 주기 위해 온 것이었다. 이웃들은 벌써 일어나 앞으로 벌어질 상황을 구경하기 위해 집 밖에서 서성댔다.

"결국 울고 말 거야. 쫓겨날 때 여자들은 항상 울게 마련이거든. 새로 입주하는 사람들은 입이 함박만해져서 들어오지만."

"아기는 어떻게 하고요? 아기도 있잖아요? 아직 어려서 뭐가 뭔지도 모를 텐데."

"그런데 쌍둥이는 달라요. 얼마나 똑똑한데."

"그 계집애가 무슨 짓 했는지 들었어요? 커서 뭐가 되려는지."

"지금 후회해 봤자 너무 늦었지."

집 안에서는 이불 넣는 트렁크 속에 케스트렐을 숨길 것이냐 말 것이냐로 토론이 한창 벌어지고 있었다. 보우맨은 창 밖에서 서성대는 경찰과 일꾼, 이웃들을 내다보고는 고개를 저었다.

"너무 위험해요."

구경꾼들 저만치 뒤로 눈에 익은 모습이 보였다. 다름 아닌 멈포였다. 멈포는 현관문 쪽을 뚫어져라 쳐다보고 서 있었다. 아마도 케스트렐을 기다리는 눈치였다.

"멈포가 저기 있네."

"냄새 나는 그 멈포가?" 케스트렐이 말했다.

"나한테 좋은 생각이 있어."

보우맨은 침실의 옷장으로 가더니 케스트렐의 겨울 망토를 끄집어냈다. 두건까지 달린 오렌지 색깔의 두터운 옷이었다. 보우맨은 그것을 둘둘 말더니 자기 웃도리 밑으로 쑤셔 넣었다.

"가서 멈포하고 얘기 좀 하고 올게. 내가 돌아올 때까지 아무 짓도 하지 말고 있어."

"보우, 하지만—"

보우맨은 벌써 문 밖으로 뛰어나가고 있었다. 보우맨이 밖으로 나오자, 기다리던 일꾼이 물었다.

"준비 다 됐니?"

"아직 아니오." 보우맨은 일꾼 옆을 지나 도로 쪽으로 뛰어가며 대답했다. "우리 엄마는 짐 꾸리는 데 시간이 좀 걸려요."

구경꾼들이 말을 걸까 봐 보우맨은 행길을 마구 뛰다가 길모퉁이를 돌고 나서야 멈춰 섰다. 예상했던 대로 멈포가 코를 질질 흘리며 거기 서 있었다.

"보우!" 멈포가 불렀다. "어떻게 된 거야? 케스는 어디 있어?"

"너, 케스를 도와주고 싶어?"

"물론이지. 지금 어디 있는데?"

보우맨은 오렌지색 망토를 끄집어내더니 툭툭 털어 폈다.

"그러면 내가 시키는 대로 꼭 해야 해."

보우맨이 집 안으로 돌아오고 나서 한 시간 후, 어머니가 앞문을 열고 일꾼들을 불러들였다. 놀랍게도 트렁크들은 입구에서 가장 먼 위층 끝 방에 쌓여 있었다.

"아니 하필이면 그곳에서 짐을 쌀게 뭐람. 이 계단을 통해 들고 내려오기가 얼마나 힘든데……" 하며 짐꾼이 투덜댔다.

그렇지 않아도 혼잡한 판에 워미시라는 입주자 가족이 예정보다 일찍 수레 두 개에 짐을 잔뜩 싣고 나타났다. 그들은 어서 들어가서 한번 둘러보고 싶은 눈치였다. 그러나 아이라 헤스는 그들이 못 들어가게 문턱에 떡 버티고 서서 그들에게 미소 지었다.

"부엌이 어느 정도 넓은가요?" 워미시 부인이 물었다. "조그만 탁자 하나 들어갈 자리가 있나요?"

"웬걸요, 아주 넓어요. 손님 서른여섯 명 정도는 거뜬히 앉을 수 있어요."

"서른여섯 명이라고요? 정말이에요?"

"욕실은 어떻고요. 어른 여덟 명이 한꺼번에 같이 목욕을 한 적도 있어요. 탕 안에 여덟 명이 다 들어가도 끄떡없더라고요."

"어쩜!" 워미시 부인은 그 소리를 듣고 깜짝 놀라 어쩔 줄 모르며 헤스 부인 너머로 조금이라도 집 안을 엿보기 위해 기웃거렸다.

"마루는 니스 칠을 했나요?"

"니스 칠이오? 누가 그런 싸구려 칠을 해요? 최고급 왁스를 칠했지요."

트렁크가 한 개씩 밖으로 들려 나와 수레에 실렸다. 새로 입주할 아파트가 비좁아 가구는 모두 남겨 놓고 가야 했다. 맨 마지막 트렁크가 들려 나가자, 그때까지도 워미시 일가를 못 들어가게 막고 서 있던 헤스 부인이 핀핀을 들어 안고서 보우맨에게 눈짓을 보냈다. 보우맨은 고개를 끄떡해 보이고 나서 어머니 옆을 비집고 문밖으로 나섰다. 그는 수레 쪽으로 가는 척하다가 갑자기 구경꾼들 뒤쪽을 가리키며 외쳤다.

"케스!"

모두들 돌아보니 거리 저편에 망토에 두건까지 뒤집어쓴 아이가 서 있는 것이 보였다.

"케스, 도망쳐!" 보우맨이 소리쳤다.

그러자, 그 아이는 뒤돌아 도망치기 시작했다.

경찰과 짐꾼들 모두 그 아이를 뒤쫓기 시작했다. 구경꾼들도 체포 순간을 놓치지 않으려고 그쪽으로 옮겨 갔다. 그 사이 케스트렐이 앞문을 살짝 빠져 나와 아무도 눈치채지 못하게 발걸음을 몇 발짝 떼었을 때였다.

"케스!"

케스트렐을 본 핀핀이 반가워 소리쳐 부른 것이었다. 트렁크를 수레에 붙들어 매고 있다가 제일 꼴찌로 남들 뒤를 쫓아 뛰기 시작하던 짐꾼이 그 소리를 듣고 뒤돌아보았다. 케스트렐과 보우맨이 번개같이 골목길을 향해 달리는 모습이 보였다.

"저기다! 저쪽으로 달아났다!" 일꾼이 소리지르며 그들을 뒤쫓기 시작했다.

그러나 아이들은 짐꾼보다 훨씬 빨랐다. 그래서 거리는 좀 벌려 놨지만 도대체 어느 쪽으로 가야 할지 알 수 없었다. 집에서 빠져나가는 것에만 신경을 썼지, 그 다음부터는 본능과 운에 맡기기로 했던 것이다.

게다가 숨이 차서 더 이상 뛸 수가 없었다. 한쪽에 쓰레기통들이 세워져 있는 것이 보였다. 그들은 그 뒤에 몸을 숨기고 잠시 쉬기로 했다.

"이 도시를 빠져 나가야 해." 케스트렐이 말했다.

"어떻게? 통행증도 없는데. 통행증 없으면 성문을 열어 주지도 않아."

"소금굴을 통해서 가면 갈 수 있어. 내가 가 봤다고 했잖아? 문제는 소금굴을 어떻게 찾아가는가야."

"소금굴은 쓰레기 처리장으로 쓰이고 있다고 했지?" 보우맨이 물었다.

"응."

"그렇다면 모든 쓰레기들은 거기로 가겠네."

"보우, 아주 훌륭한 생각이야!"

거리를 이리저리 둘러보니 그다지 멀지 않은 곳에 맨홀 뚜껑이 보였다. 저쪽 뒤에서 사람들이 몰려오는 소리가 들렸다.

"저들이 점점 가까이 오고 있어."

"정말 소금굴을 빠져 나갈 수 있는 것 확실해?"

"아니."

거리 저편에 짐꾼이 모습을 나타냈다. 더는 머뭇거릴 시간이 없었다. 그들은 맨홀을 향해 뛰었다.

쇠로 된 둥근 뚜껑은 몹시 무거웠다. 손잡이가 달려 있었지만 녹이 슬어 파인 홈으로부터 끄집어내는 게 여간 힘든 게 아니었다. 그때 짐꾼이 쌍둥이를 발견하고는 동료들을 향해 외쳤다.

"저기 있어! 모두들, 저쪽이야!"

두려움 때문에 없는 힘이 솟아났다. 둘이 힘을 합쳐 용을 쓰니까 뚜껑이 조금 움직였다. 마침내 한 사람이 겨우 빠져 나갈 만큼 뚜껑이 열렸다. 쇠로 된 사다리 아래로 물 흐르는 소리가 들렸다.

케스트렐이 먼저 내려가고, 보우맨이 그 뒤를 따랐다. 머리 위로 뚜껑을 닫으려 해 보았지만 그것은 불가능했다.

"그냥 두고 빨리 가자." 케스트렐이 외쳤다.

쇠로 된 사다리를 다 내려가자, 아래에는 시커먼 물이 흐르고 있었다. 너무 급해서 위를 쳐다볼 겨를도 없었지만, 올려다보았더라면 열린 맨홀 위로 덮이는 그림자들을 보았을 것이다.

"괜찮아. 별로 깊지 않아. 물을 따라 가자." 케스트렐이 말했다.

그 둘은 위에서 비치는 빛을 등지고 발목 깊이의 물을 따라서 터널을 걸어 나가기 시작했다. 한참을 그렇게 걸어 들어갔다. 입밖에 내지는 않았지만 보우맨은 어둠이 두려웠다. 물 흐르는 소리, 물방울 떨어지는 소리, 저 멀리 반사되어 되돌아오는 자기들의 발소리…… 이상한 소리들이 사방에서 들려 왔다. 터널 벽을 뚫고 나온 하수관들에서 더러운 물이 쏟아져 나왔다. 가면 갈수록 터널은 점점 더 넓어지는 것 같았다.

처음으로 물소리가 아닌 소리가 저만치 뒤쪽에서 들려 왔다.

첨벙, 첨벙, 첨벙.

누군가 그들을 뒤쫓아오고 있는 것이 분명했다.

보우맨과 케스트렐은 더 빨리 걷기 시작했다. 하지만 물이 점점 깊어져서 발걸음을 떼기가 힘들었다. 앞쪽으로부터 희미한 불빛과 함께 마치 천둥이 치는 것처럼 요란한 물소리가 들렸다. 뒤에서 쫓아오는 발소리도 쉬지 않고 들렸다.

갑자기 터널이 끝나며 기다란 동굴이 모습을 드러냈다. 동굴 가운데로 강이 사납게 흐르고 있었다. 동굴 저편에 난 구멍으로부터 흘러 나오는 희미한 불빛은 젖은 암벽에 반사되어 반짝반짝 빛이 났다. 강물은 그 구멍을 향해 전 속력으로 달려가 구멍 저편에서 폭포가 되어 떨어지는 듯했다. 터널을 타고 온 물도 이 강에 합류했다. 그들은 강변에 있는 메마른 바위 위에 서서 강물을 잠시 쳐다보았다. 보우맨은 갑자기 무시무시한 존재가 다가오고 있다는 것을 몸으로 느낄 수 있었다.

"여기서 멈추면 안 돼. 빨리 가자."

"집으로 돌아가."

어디선가 낮은 음성이 들렸다. 케스트렐이 깜짝 놀라서 어둠 속을 뚫어져라 쳐다보며 말했다.

"보우, 네가 그랬니?"

"아니, 여기 누가 있어." 보우맨이 떨리는 목소리로 대답했다.

"우린 친구일 뿐이야. 도움이 필요한 친구." 낮은 음성이 말했다.

"당신 누구예요? 안 보여요."

대답 대신 '북–' 하며 성냥 긋는 소리가 나더니 횃불이 동굴 안을 밝혔다. 횃불은 포물선을 그리며 공중을 날아서 그들에게서 얼마 떨어지지 않은 곳에 떨어지더니 요란한 소리를 내면서 탔다. 저 멀리 어둠 속에서 흰머리의 키 작은 사람이 모습을 나타냈다. 늙은이같이 느린 걸음으로 다가왔지만 가까이서 보니 그들 또래밖에 안 돼 보였다. 하지만 그의 머리는 새하얗게 센 데다 피부도 쭈글쭈글했다. 그는 쌍둥이를 가만히 쳐다보더니 입을 뗐다.

"자, 이제 내가 잘 보이지?"

그는 조금 전의 그 낮은 목소리로 말했다. 어린아이에게서 그런 늙은이 목소리가 나온다는 사실 하나만으로도 소름이 끼쳤다.

"내가 전에 봤던 그 애늙은이야." 케스트렐이 말했다.

"네가 우리 반에 들어오기를 얼마나 기대했는데." 머리 하얀 아이가 말했다. "하지만 아직도 늦지는 않았지. 날 따라와. 내가 나가는 길을 안내할 테니까."

"우린 안 돌아갈 거야." 케스트렐이 말했다.

"안 돌아가겠다고?" 그 아이가 노숙한 목소리로 되물었다. "내 도움 없이 너희는 영원히 이곳에서 나가지 못해. 여기서 죽는다고."

갑자기 뒤에서 사람들 웃는 소리가 났다. 흰머리 아이가 씩 웃으며 말했다.

"내 친구들도 네 말이 우스운 모양이야."

애늙은이들이 한 명씩 어둠 속으로부터 모습을 드러내기 시작했다. 더러는 머리가 하얗고 더러는 대머리였다. 처음에는 몇 명밖에 안 되는 줄 알았는데 수가 점점 불어나 열 명에서 스무 명,

이내 서른 명이 넘었다. 보우맨은 그들을 쳐다보고는 몸을 부르르 떨었다.

"우리는 너희를 도우러 온 거야." 흰머리 소년이 말했다.

그러자 모두들 와— 하고 웃음을 터뜨렸다.

"네가 우리를 도와주면 우리가 너희를 도와줄게. 어때? 괜찮은 제안이지?"

그는 한 발짝 앞으로 나서더니 손을 앞으로 내밀었다.

"나하고 같이 돌아가자."

그 뒤를 이어 모든 애늙은이들이 총총걸음으로 다가오기 시작했다. 그들은 하나같이 손을 앞으로 내밀었다. 악의가 있는 것 같지는 않았다.

"우리 친구들이 너희들을 쓰다듬고 싶대."

우두머리인 듯한 아이가 깊고 부드러운 음성으로 말했다.

보우맨은 너무 겁이 나서 어떻게 하면 이들로부터 벗어날 수 있을까 궁리했다. 보우맨은 자기 몸을 더듬기 위해 앞으로 다가오는 수십 개의 손들을 피하기 위해 한 발짝 뒤로 물러섰다. 그러나 뒤에는 빛이 나오는 구멍을 향해 쏜살같이 달리는 급류가 있을 뿐이었다. 애늙은이들은 종종걸음으로 다가왔다. 그 중 한 명의 손이 보우맨의 팔을 스치자, 보우맨은 온몸에서 힘이 빠져 나가는 듯한 기분을 느꼈다. 그리고 갑자기 졸음과 피곤이 몰려왔다.

케스, 도와줘!

보우맨이 속으로 외쳤다.

"보우맨한테 가지 마!"

케스트렐이 성난 소리로 외쳤다.

케스트렐은 머리 하얀 소년에게 다가가 그를 때려눕힐 생각으로 주먹을 휘둘렀다. 하지만 주먹이 그의 몸에 닿자마자 케스트렐의 팔은 기운을 잃고 흐느적거렸다. 다른 주먹을 휘둘러 봤지만 결과는 마찬가지였다. 갑자기 주위의 공기가 천 근이나 되는 것처럼 무겁게 느껴졌다. 주변의 소리도 아득해지면서 정신이 혼미해져 왔다.

보우, 내 몸이 이상해.

기운을 잃고 땅에 털썩 무릎 꿇는 케스트렐의 모습을 보며 보우맨은 발만 동동 구를 뿐이었다. 케스트렐을 도와줘야겠다는 생각은 하면서도 두려움 때문에 몸을 움직일 수가 없었다.

도망쳐, 케스. 빨리!

못하겠어.

그는 느낄 수 있었다. 아득하게 멀어지는 케스의 정신 상태를.

몸을 움직일 수가 없어. 나 좀 도와줘, 보우.

애늙은이들이 케스트렐을 에워싸는 모습을 지켜보면서도 보우맨은 두려움 때문에 손가락 하나 까딱할 수가 없었다. 자신의 무기력이 부끄러워 울음이 나왔다.

그때였다. 자기들이 걸어 나온 터널로부터 검은 그림자가 물보라를 일으키며 앞으로 튀어나왔다. 그는 마치 맹수처럼 울부짖으며 양팔을 휘둘러 댔다.

"칵카-칵카-카! 버바-버바-버바-칵!"

애늙은이들은 깜짝 놀라 몸을 사렸다. 검은 그림자가 보우맨을 스치고 지나며 급류 속으로 밀쳐 넣었다. 보우맨이 물에 빠지면서 일으킨 물보라 때문에 바닥에 놓여 있던 횃불이 꺼지며 주변이 깜

깜해졌다. 어둠 속에서 케스트렐도 누가 자기를 잡아당기는 것 같
더니 이내 급류 속에 빠지고 말았다. 뒤이어 누군가가 물에 뛰어
드는 소리가 '첨벙!' 하고 들렸다. 세 사람은 급류에 떠밀려 벽에
난 구멍을 향해 쏜살같이 흘러갔다.

　차가운 물 속에서 간신히 정신을 되찾은 케스트렐은 수면을 향
해 발버둥치며 올라갔다. 얼굴을 물 위로 내밀고 숨을 쉬려는 순
간 낮게 드리워진 바위가 바로 이마 앞으로 다가오는 것이 보였
다. 그것을 피하기 위해 머리를 다시 물 속으로 처박는 순간, 케스
트렐은 구멍 저편으로 빨려 나갔다. 물의 소용돌이에 휘말려 뱅글
뱅글 돌다가 갑자기 공중에 내팽개쳐지는 것 같더니 다시 물 위에
'첨벙!' 하고 떨어졌다. 물에 휩쓸려 갈 때에는 거의 숨을 쉴 수가
없었다. '이제 마지막이구나!' 하는 생각이 들었다. 바로 그때, 케
스트렐은 부드러운 땅바닥에 내던져졌다. 정신을 차리고 주위를
둘러보니 부드러운 진흙밭이었다.

소금 동굴

극심한 충격으로부터 몸이 서서히 회복되면서 케스트렐이 처음 느낀 것은 코에 와 닿는 심한 악취였다. 케스트렐은 자기가 지하 호수에 와 있다는 것을 직감했다. 머리 위로 아치 모양의 소금 바위로 된 천장이 눈에 띄었고 별로 멀지 않은 곳에 뚫려 있는 구멍에서 희미한 불빛이 내리비치고 있었다. 그러한 구멍은 몇 군데 더 나 있어 약하나마 주위를 밝혀 주고 있었다. 바로 눈앞에는 시커먼 물과 고약한 냄새의 진흙탕이 보였다. 뒤를 돌아보니 자기가 떨어져 내려온 폭포가 보였다. 전에 와 봤던 선착장을 찾아봤으나 아마 지금의 위치는 그곳으로부터 동떨어진 곳인 듯했다.

끙끙거리는 소리가 나서 돌아보니 보우맨이 진흙탕 속에서 허우적대고 있었다.

"보우, 괜찮아?"

보우맨은 "응" 하더니 흐느끼기 시작했다. 충격도 충격이었지만 자신이 부끄럽게 느껴졌기 때문이었다.

"보우, 울지 마. 지금 울 시간 없어."

"미안해."

그는 말없이 용서를 구했다.

내가 너를 구해 줬어야 하는 건데…… 너무 무서워서…….

"여기가 바로 지하 호수야." 케스트렐이 화제를 돌렸다. "분명히 평원 쪽으로 빠져 나가는 길이 있을 거야."

케스트렐은 진흙밭을 한번 훑어보았다. 저편에서 낯설지 않은 그림자가 신음 소리를 내며 일어나 앉는 모습이 보였다. 그는 얼굴에 묻은 진흙을 닦아 내더니 케스트렐을 향해 활짝 웃어 보였다.

"멈포!"

"안녕, 케스." 멈포가 즐거운 목소리로 인사를 건넸다.

"바로 너였구나!"

"너희가 수챗구멍으로 내려가는 것을 보고 쫓아왔지. 난 네 친구니까."

"네가 우릴 구해 줬어!"

"놈들이 너를 해치려고 하는 것을 보고 가만히 있을 수 없었어. 난 너를 보호할 거야, 케스."

머리 위부터 발끝까지 진흙을 뒤집어쓰고서도 흐뭇해 못 견디겠다는 표정을 하고 있는 멈포의 모습을 보며 케스트렐은 어쩌면 저럴 수 있을까 하고 의아해했다. 하지만 진흙을 뒤집어쓰고 몸에서 고약한 냄새를 풍기고 있는 사람은 멈포만이 아니었다.

"멈포, 너 참 용감하구나. 우릴 구해 줘서 고마워. 이 은혜 잊지 않을게. 하지만 넌 이제 돌아가야 해."

멈포의 표정이 곧 시무룩해졌다.

"나, 너하고 있을 거야."

"안 돼, 멈포." 케스트렐은 어린아이 달래듯이 말했다. "쫓기는 사람은 나지 네가 아니잖아. 그러니까 너는 돌아가야 해."

"갈 수 없어. 다리가 빠지지 않는걸."

그제야 보우맨과 케스트렐은 자기들의 몸이 서서히 진흙 속으로 빠져들고 있다는 사실을 알았다.

"걱정하지 마. 무릎 깊이까지밖에 빠지지 않아."

케스트렐은 다리를 빼 보려고 애썼지만 허사였다.

케스, 하고 보우맨이 무성으로 말을 걸어 왔다. **놈들이 우릴 뒤쫓아오면 어쩌지?**

서둘러 주위를 살펴보았지만 애늙은이들의 모습은 보이지 않았다.

놈들이 오면 자기들도 진흙에 빠지겠지 뭐.

그들은 물독에 빠진 생쥐 꼴이 되어 꼼짝 못하고 점점 깊이 빠져 들어갔다. 무릎 깊이 이상 빠졌을 때 보우맨이 외쳤다.

"아직도 계속 빠지고 있어!"

"언젠가 밑에 닿겠지 뭐." 케스트렐이 대답했다.

"어떻게 알아?"

"설마 사람 키만큼이야 깊겠어?"

"깊지 말라는 법도 없잖아?"

그들은 모두 말없이 서서히 빠져 들어가는 자신의 몸을 지켜보았다. 그 침묵을 제일 먼저 깬 사람은 멈포였다.

"난 네가 좋아, 케스. 우린 친구지?"

"조용히 해, 멈포. 구해 준 은혜는 고맙지만 지금이 어느 때인 데……."

또 침묵이 흘렀다. 이제 그들은 허리 깊이까지 빠졌다.

"너도 날 좋아하니?" 멈포가 물어 왔다.

"조금은." 케스트렐이 대답했다.

"우린 친구야. 우린 서로를 좋아해." 멈포가 싱글벙글 웃으며 말했다.

케스트렐은 멈포가 좋아하는 꼴이 보기 싫어 여태까지 혼자서 속으로 끙끙 앓으면서도 입 밖에 내지 않았던 생각을 내뱉어 버렸다.

"야, 이 바보 퐁고야. 우리가 지금 빠져 죽게 된 것도 모르고 뭐가 좋아서 싱글벙글이니?

그제야 멈포의 눈이 휘둥그레졌다.

"정말이야?"

"생각해 봐. 우리를 끌어내 줄 사람이 여기 어디 있어?"

멈포는 서둘러 주위를 둘러봤다. 정말 아무도 눈에 띄지 않았다. 그는 얼굴을 일그러뜨리며 소리를 지르기 시작했다.

"살려 줘요. 진흙탕에 빠졌어요!"

"시끄러워! 여기서 우릴 도와줄 사람은 아무도 없어."

하지만 멈포는 멈추지 않고 더 크게 소리를 질렀다. 다행히도 틀린 쪽은 케스트렐이었다. 실은 도와줄 사람이 있었던 것이다.

그곳으로부터 멀지 않은 곳에서 월럼이라는 땅딸막한 진흙인이 '틱사'라는 풀을 찾아 허리를 굽히고 호수를 들여다보고 있었다.

틱사초는 전혀 예상치 못한 곳에 자생하기 때문에 먼 곳을 바라보며 몇 시간씩 꿈꾸듯 천천히 걸어다니며 채집해야 했다. 일부러 찾으려고 호수의 시커먼 수면을 자세히 들여다보면 틱사초는 수면과 색깔이 같기 때문에 되려 눈에 띄지 않았다. 오히려 똑바로 안 보고 멍하니 앞을 바라보고 걷노라면 눈가에 아련히 그 모습을 드러냈다. 틱사초를 발견하면 이파리를 따서 자루 속에 넣고 보통 한두 개는 입에 넣고 씹으며 걸었다. 틱사초를 씹으면 모든 것이 꿈같이 느껴지기 때문에 채집을 하는 데도 도움이 되었다.

윌럼은 멀리서 들려 오는 비명 소리를 듣고는 허리를 펴고 희미한 어둠 속을 바라보았다.

"어렵쇼?"

그는 미소를 흘리며 중얼거렸다. 하지만 자기가 미소 짓고 있다는 사실조차 모르고 있었다. 윌럼은 하루 종일 틱사초를 씹으면서 돌아다녔기 때문에 그만 집으로 돌아갈 때가 됐다고 생각했다. 목에 두른 자루도 꽤 불렀겠다, 게다가 다른 때보다 훨씬 늦은 시간이었다.

하지만 비명 소리가 그치지 않았기 때문에 소리 나는 쪽을 향해 발걸음을 옮겼다. 진흙인은 진흙 속에 빠지지 않고 다닐 수 있는 길에 밝았다. 진흙 밑으로 난 이 길들은 보통 발목 깊이 정도밖에 안 빠지지만 간혹 가다 무릎까지 빠지는 곳도 있었다. 진흙인들은 이 길을 좌우로 몸을 기울이면서 한쪽 발을 넣고 다른 쪽 발을 빼고 하는 그들 특유의 보법으로 걸어다녔다. 서두르지 않고 일정한 속도로 행진하는 것이 요령이었다.

아이들은 계속 진흙 속으로 빠져 들어갔다. 목 깊이까지 빠졌는

데도 발끝에 단단한 땅이 짚이지 않았다. 케스트렐은 겁에 질려 울고 싶었으나 멈포가 하도 크게 소리치며 우는 바람에 그것도 마음대로 할 수 없었다.

"야-와-와-!" 멈포는 마치 아기처럼 울어 댔다.

그 때문에 윌럼이 뒤에서 다가오는 것을 아무도 알아차리지 못했다. 진흙길에서 가장 가까이 갈 수 있는 데까지 접근해서 윌럼이 소리쳤다.

"야, 이게 웬일이야?!"

"야-와-와- 꿀꺽!"

갑자기 멈포가 조용해졌다. 구해 줄 사람이 나타나서 멈춘 것이 아니라 입 안으로 진흙이 들어갔기 때문이었다. 아이들은 머리를 돌려 소리나는 쪽을 보려고 버둥거려 봤지만 허사였다.

"살려 줘요." 보우맨이 소리쳤다.

"그래야겠구나." 윌럼이 대답했다.

지하 호수에 사는 진흙인들은 모두 허리에 밧줄을 친친 감고 다녔다. 윌럼은 밧줄을 풀어서 아이들 손에 닿을 만한 곳에 던졌다.

"그것을 잡거라."

아이들이 진흙 속으로부터 팔을 끄집어내어 밧줄을 잡으려 할 때였다. 마침 그들 바로 옆에 자라고 있는 틱사초가 윌럼 눈에 띄었다. 보기 드물게 잎사귀들이 크고 좋은 놈이었다.

"저기 저거, 나오면서 좀 따다 줄래?"

밧줄을 잡으려고 허우적대는 바람에 아이들은 더 빨리 가라앉고 있었다. 그 때문에 아이들은 숨도 제대로 쉬지 못하고 괴로워했다. 하지만 윌럼은 틱사초를 보고 너무 반가운 나머지 아이들에 대해서는 잊고 있었다.

"저기 저거 빨리 따 와."

가까스로 밧줄을 잡은 보우맨이 하도 세게 잡아당기는 바람에 윌럼은 하마터면 길에서 떨어져 진흙탕에 빠질 뻔했다. 보우맨은 다른 손으로 케스트렐을 잡아당겼다. 케스트렐은 한 손으로 밧줄을 잡고 나서 다른 손으로 멈포를 붙잡았다. 틱사초는 멈포에게서 가장 가까운 곳에 있었다.

"잡아당겨요!" 보우맨이 외쳤다.

"응, 곧 할게." 윌럼은 그렇게 말하면서도 잡아당기지 않고 "거기 있는 풀 좀 뽑아다 줘" 하고 말했다.

밧줄을 찾아서 더듬던 멈포의 손에 생각지도 않던 틱사초가 잡혔다. 그것을 본 윌럼은 그제서야 밧줄을 끌어당기기 시작했다. 몸을 앞으로 굽히고는 마치 노새처럼 진흙길을 따라 천천히 걸어 나갔다. 진흙인들의 다리힘은 매우 강했다. 서서히 아이들의 몸이 진흙탕으로부터 솟아오르기 시작했다.

먼저 케스트렐의 얼굴이 떠올랐다. 케스트렐은 진흙을 뱉어 내며 숨을 몰아쉬었다. 멈포는 진흙을 뱉자마자 엉엉 울어 댔다. 보우맨은 터질 듯한 가슴을 진정시키며 아무도 그들을 구하러 나타나지 않았으면 어떻게 됐을까를 생각하며 몸서리쳤다.

발밑으로 굳은 땅을 확인하고 나서야 아이들은 쓰러져서는 가쁜 숨을 내쉬었다. 윌럼은 몸을 굽혀 멈포 손으로부터 틱사초를 낚아챘다.

"고마워. 수고했어."

좋아서 어쩔 줄 모르며 윌럼은 잎사귀 하나를 떼어 내서 묻은 진흙을 쓱쓱 닦더니 입에 넣고 씹기 시작했다. 그리고 나머지는 자루 속에 넣었다.

월럼은 그제서야 아이들에게 눈을 돌렸다. 애들은 누구일까? 진흙인이 아닌 것은 분명했다. 진흙인이라고 하기에는 너무 몸이 가늘었고 진흙인이라면 밧줄도 없이 깊은 수렁에 들어갈 리가 없었다. 위쪽 세계에서 온 아이들이 틀림없었다.

"니들이 누군지 알아! 니들 빼빼족이지?"

아이들은 땅딸보 진흙인의 뒤를 따라 걸어갔다. 너무 지쳐서 물어 보는 것도 잊은 채 밧줄을 여전히 붙들고는 한 줄로 걸었다. 진흙탕에서 하도 심하게 발버둥친 탓에 팔다리가 쿡쿡 쑤셔 왔다. 저녁때가 되었는지 천장에 난 구멍을 통해 들어오는 빛이 점점 희미해졌다.

월럼은 노래를 부르며 가다가 혼자 웃곤 했다. 빼빼족을 만나다니 얼마나 신기한 일인가! 집에서 기다리는 '점'이 보고 놀랄 것을 생각하니 절로 웃음이 나왔다.

그날 월럼은 보통 때보다도 멀리 채집을 나갔기 때문에 집으로 돌아갈 즈음에는 이미 밤이 되고 말았다. 아이들은 어두워 아무 것도 보이지 않았기 때문에 밧줄만 꼭 쥐고 따라 걸었다. 이윽고 월럼이 걸음을 멈추더니 숨을 길게 내쉬며 말했다.

"어디를 가 봐도 집만한 곳이 없어, 안 그래?"

집에 왔다고 했지만 집은 보이지 않고 땅에 난 구멍에서 연기가 조금 나는 것이 전부였다. 아이들은 두려움과 피곤에 지쳐 몸이 떨려 왔다.

"날 따라와, 빼빼족 꼬마들아. 계단 조심하고."

그 말과 함께 월럼은 땅속으로 쑥 꺼져 들어갔다. 그의 바로 뒤를 따르던 케스트렐은 발이 진흙 속으로 쑥 빠지는가 싶더니 계단이 발밑에 닿는 것을 느꼈다.

"입하고 눈 꼭 다물어."

진흙탕이 목에 닿는 듯하더니 다음 순간 진흙이 눈·코·입을 감쌌다. 그러고 나서 눈을 뜨자, 땅 속에 있는 방안이었다. 방 가운데에는 불이 지펴져 있었다. 보우맨과 멈포도 곧 계단을 따라 내려와 눈과 입에 묻은 진흙을 닦아 냈다. 계단 위를 쳐다보니 입구는 어느새 진흙으로 다시 막혀 있었다.

"월럼, 어디를 쏘다니다가 이제서야 나타나요?"

"점, 여기 와서 좀 봐."

월럼은 아이들 옆에 서서 보라는 듯 손을 들어 가리켰다. 마른 진흙을 온몸에 바른 땅딸보 여자가 불 옆에 앉아서 스튜를 젓고 있었다.

"그 애들은 누구예요?"

"빼빼족이야."

"빼빼족이라고요?"

여자는 자리에서 일어나더니 아이들 쪽으로 다가왔다. 그리고는 진흙 묻은 손을 들어 아이들의 머리를 쓰다듬었다. 아이들은 벌벌 떨고 있었다.

"불쌍한 것들."

점은 갑자기 눈을 월럼 쪽으로 돌리더니 소리쳤다.

"이빨 보여 봐요!"

윌럼은 얼른 이빨을 내보였다. 이빨에는 누런 얼룩이 묻어 있었다.

"틱사초. 그럴 줄 알았지."

"조그만 잎사귀 하나밖에 안 씹었어."

"내일이 추수날인 줄 알면서…… 당신은 참 한심한 사람이에요."

"점, 머드넛 여기 있어."

윌럼은 달래듯이 말하며 자루를 풀더니 누런 덩어리들을 끄집어냈다. 점은 그것들은 쳐다보지도 않고 불가로 되돌아갔다.

"이봐, 사랑 사랑 내 사랑아!"

"그만둬요! 저 양반은 틱사초만 먹으면 저 모양이라니까."

진흙인 부부가 다투는 사이에 아이들은 어정쩡하게 서서 주위를 둘러보았다. 원형으로 생긴 그 방의 천장은 돔 형태로 되어 있고 천장 가운데 난 구멍을 통해 연기가 빠져 나가도록 되어 있었다. 방 가운데 있는 탁자 높이의 화덕에는 불이 피워져 있었고 그 위에 주전자와 냄비가 놓여 있었다.

불가 의자에는 윌럼의 딸과 아주머니, 그리고 할아버지가 앉아 있었는데 덩치가 크고 작다는 점 말고는 모두 진흙을 뒤집어쓰고 있어서 분간하기가 어려웠다. 딸과 아주머니는 호기심 어린 눈초리로 아이들을 쳐다봤지만 할아버지는 윌럼 쪽을 보며 연거푸 윙크를 보냈다. 방바닥에는 진흙으로 얼룩진 양탄자가 너저분하게 포개져 깔려 있었다.

"폴럼, 그릇을 몇 개 더 꺼내 오렴."

진흙 아이는 벌떡 일어나더니 벽에 있는 찬장으로 달려갔다.

"오늘 많이 찾았나?" 할아버지는 은근한 목소리로 윌럼에게 눈을 찡긋 하며 물었다.

"괜찮았죠." 윌럼 역시 눈을 꿈쩍이며 답했다.

"그럼 당신은 저녁 드실 생각이 없겠네요. 틱사초 황홀경에 빠져 있을 테니까." 점이 냄비를 두드리며 말했다.

윌럼은 그녀 뒤로 가서 두 팔로 꼭 껴안으며 말했다.

"점을 사랑하는 사람이 누구겠소? 달콤한 점을 보러 집으로 돌아온 행복한 남편은 누구겠소?"

"하루 종일 밖에서 쏘다니는 사람은 누구고요?" 점이 무뚝뚝하게 대꾸했다.

"점, 점, 어라 둥둥 내 사랑."

"알았어요, 알았어!" 못 이기는 척하며 점은 윌럼이 자기에게 뽀뽀하게 내버려뒀다.

"그래서 이 빼빼 아이들은 어쩔 작정이에요?"

그때까지 조용히 있던 아주머니가 처음으로 입을 뗐다.

"주린 배부터 채워 줘야지."

"물론 그래야죠." 윌럼은 적극 동의하면서 할아버지 옆으로 가앉아 그와 귓속말을 주고받기 시작했다.

점은 스튜를 국자로 퍼서 폴럼이 갖다 놓은 그릇들에 담았다.

"빼빼 아이들아, 거기 앉거라." 그녀가 한결 부드러워진 목소리로 말했다.

케스트렐, 보우맨, 멈포는 자리에 앉아 자기 앞에 놓인 스튜를 들여다보았다. 배는 고팠지만 스튜가 꼭 진흙같이 생겨서 얼른 손이 가지 않았다.

"넛 스튜야." 점이 권하면서, 마치 아이들에게 보란 듯이 자기가 먼저 한 숟가락 떠서 입에 넣었다.

"죄송하지만……" 하고 보우맨이 입을 열었다. "무슨 넛인데요?"

"머드넛이지 무슨 넛이겠어?" 하고 점이 대답했다.

멈포가 제일 먼저 먹기 시작했다. 그가 잘 먹는 모습을 보고 케스트렐도 용기를 내어 한 숟갈 입에 가져갔다. 감자 맛 비슷한 것이 의외로 괜찮았다. 모두 맛있게 떠먹는 모습을 지켜보며 점은 흐뭇한 표정을 지었다. 폴럼은 엄마 옆에 슬며시 가서 넌지시 물었다.

"엄마, 저 애들 누구예요?"

"빼빼족이라고 한단다. 저 위쪽 세계에 사는 사람들이지. 불쌍한 것들."

"왜 여기 왔죠?"

"도망쳐 온 것이겠지."

배가 불러 오자, 아이들은 정신이 맑아지며 주위 환경에 관심을 갖기 시작했다.

"여기가 지하 호수 맞지요?" 케스트렐이 물었다.

"너희가 여기를 뭐라고 부르는지 난 몰라. 우리가 밑에 산다는 것은 확실해." 점이 대답했다.

"이 진흙이…… 어…… 위로부터 떠내려와서 어…….”

말하려다 말고 케스트렐은 어떻게 물어 봐야 이 사람들 기분을 상하게 하지 않을까 머리를 굴렸다.

"여기 있는 진흙에서는 냄새가 별로 안 나네요."

"냄새라고? 달콤한 흙 냄새는 많이 날수록 좋지." 점이 말했다.

"흙뿐이에요?"

"물론이지. 흙 말고 무엇이 또 있겠니?"

갑자기 불가에 앉아 있던 아주머니가 웃음을 터뜨렸다.

"쟤네들은 우리 진흙이 스콰치라고 생각하는 모양이야."

"아니야! 그럴 리가!" 하고 점이 외쳤다.

"물어 봐. 직접 물어 보라고." 아주머니가 부추겼다.

"야, 빼빼 꼬마들아. 너희들, 우리 진흙이 스콰치라고 생각하는 것 아니지?"

"스콰치가 뭔데요?" 보우맨이 물었다.

"스콰치? 어-" 점이 어떻게 설명해야 좋을지 몰라 머리를 긁었다. 폴럼이 키득거리며 말했다.

"스콰치가 스콰치지 뭐야."

윌럼이 갑자기 대화에 끼어들며 말했다.

"스콰치 맞아. 그래서 나쁠 것 뭐 있어? 모든 것은 일단 흙 속에 묻히면 영양분이 된다고. 이것저것 다 집어넣고 끓이면 좋은 맛이 나는 스튜같이."

윌럼이 스튜를 한 국자 뜨며 계속 말했다.

"언젠가 나도 흙 속에 묻히게 되면 흙은 나를 좋게 만들어 되돌려 보낼 거야. 스콰치 걱정 하지 마. 우리 모두 스콰치야. 그리고 우리 모두 흙의 일부야."

윌럼은 국자에 입을 대고 스튜를 한입 먹었다. 점은 흐뭇한 표정을 지으며 말했다.

"윌럼, 당신도 그런 말 할 때가 다 있네요."

스튜를 제일 먼저 먹어 치운 사람은 멈포였다. 식사를 끝내자마자 멈포는 양탄자 위에 몸을 꼬고 눕더니 금세 잠들어 버렸다.

"그래, 잘 자거라. 빼빼야" 하면서 점은 양탄자 한 장을 끌어다 덮어 줬다.

보우맨과 케스트렐도 졸음이 오기는 했지만 온몸에 말라붙은 진흙이 거슬렸다.

"저- 아주머니, 몸은 어디 가서 씻나요?" 보우맨이 물었다.

"목욕하고 싶니?"

"예."

"폴럼, 목욕 준비하거라."

폴럼은 화덕에 가더니 물 주전자를 집어들고 방 한쪽 구석에 쟁반처럼 움푹 파여 있는 곳으로 갔다. 폴럼이 끓는 물을 그 위에 붓자 바닥이 녹으면서 진탕으로 변했다.

"누가 먼저 할래?" 점이 물었다.

보우맨과 케스트렐은 할 엄두가 나지 않아 가만히 지켜보기만 했다.

"폴럼, 네가 먼저 들어가 어떻게 하는지 보여 주거라." 점이 말했다. "불쌍한 것들, 위쪽 세계에서는 목욕을 못 해 본 모양이다."

다른 때 같으면 어른들이 목욕을 모두 끝내고 나서야 자기 차례가 돌아왔는데, 먼저 하라니 폴럼은 웬 떡이냐 싶어 얼른 첨벙 뛰어들었다. 폴럼은 바닥에 등을 대고 누워서 팔다리를 휘젓기도 하고 이리 구르고 저리 구르며 진흙탕 목욕을 맘껏 즐기는 눈치였다.

"그만 하거라 폴럼, 다음은 빼빼 애들 차례다."

케스트렐과 보우맨은 고맙지만 너무 피곤해서 그만 자야겠다며 정중히 사양했다. 그러자, 점은 그들을 위해 양탄자로 잠자리를 만들어 주었다. 보우맨은 그날 너무 많은 충격을 받은 탓인지 이

내 곯아떨어졌다. 하지만 케스트렐은 잠을 이룰 수가 없었다. 그래서 진흙인 가족의 모습을 지켜보면서 그들이 하는 대화에 귀를 기울였다. 윌럼이 주머니에서 무엇인가 꺼내 할아버지에게 건네주었다. 두 사람은 킥킥대면서 방 한쪽 구석으로 갔다. 점은 화덕에서 많은 양의 스튜를 만들고 있었다. 폴럼이 옆에서 물었다.

"엄마, 저 사람들은 왜 저렇게 말랐어요?"

"먹을 게 없어서 그렇단다. 위쪽 세계에는 머드넛이 없거든."

"머드넛이 없다고요?"

"진흙이 없으니 자라질 않지."

"진흙이 없다고요?"

"그러니 네가 얼마나 운이 좋은지 알아야 해."

케스트렐은 그들의 이야기를 더 듣고 싶었지만 그들의 목소리가 아주 멀리서 들려 오는 것처럼 아득하게 느껴졌다. 돔 모양의 천장에 반사되어 너울거리는 불빛 또한 점점 몽롱해졌다. 케스트렐은 잠자리에 더 깊숙이 몸을 묻으며 잠자리에 들 수 있어 참 다행이라고 생각하다가 어느새 잠이 들고 말았다.

머드넛 추수

그들이 잠에서 깨어났을 때에는 이미 회색빛 아침 햇살이 화덕 위에 난 구멍을 통해 스며들고 있었다. 모두 나가고 없고 오직 폴럼만이 불가에 조용히 앉아서 그들이 깨어나기를 기다리고 있었다. 멈포의 모습도 보이지 않았다.

"너희 친구도 추수를 돕겠다면서 호숫가로 갔어." 폴럼이 말했다.

아침은 미리 준비돼 있었다. 비스킷 같아 보였지만 자세히 보니 머드넛을 썰어 튀긴 것이었다.

"너희는 머드넛 말고 딴 것은 안 먹니?" 케스트렐이 물었다.

하지만 폴럼은 그 질문을 이해하지 못하는 것 같았다.

아침을 먹으면서 쌍둥이는 앞으로의 일을 의논했다. 그들은 불안했다. 어머니가 집에서 걱정하고 있을 게 분명했다. 하지만 지금 아라맨스로 돌아간다는 것은 생각조차 할 수 없었다.

"우리를 틀림없이 애늙은이들한테 보낼 거야. 거기 가느니 차라리 죽어 버릴 테야." 케스트렐이 말했다.

"그렇다면 우리가 갈 길은 하나밖에 없네."

"응."

황제가 준 지도를 꺼내 펼쳐 놓고 둘은 열심히 들여다보았다. 보우맨은 '위대한 길'이라고 씌어 있는 길을 손가락으로 짚으며 말했다.

"이 길부터 찾아야 해."

"여길 빠져 나가는 것이 더 급해."

그들은 폴럼에게 위쪽 세계로 나가는 길을 아느냐고 물어 봤지만 폴럼은 듣도 보도 못했다고 대답했다. 질문 자체도 이해를 잘 못하는 눈치였다.

"길은 분명히 있을 거야. 빛이 들어오고 있잖아?"

폴럼은 골똘히 생각하더니 말했다.

"응. 밑으로는 떨어져도 위로는 떨어질 수 없잖아?"

"어른들은 알고 있을지도 모르지. 언제 돌아오셔?"

"늦게까지 안 오실 거야. 오늘은 추수하는 날이거든."

"무슨 추수날?"

"머드넛." 폴럼이 대답했다.

폴럼은 일어서더니 식탁 위의 그릇을 치우기 시작했다. 케스트렐과 보우맨은 목소리를 낮춰 말했다.

"멈포는 어떻게 하면 좋지?" 케스트렐이 말했다.

"우리랑 같이 가는 게 좋을 것 같애. 나보다 더 쓸모가 많거든."

"그런 소리 하지 마. 보우, 또 울라고 한다."

보우맨은 눈물이 나올 것 같았다.

“미안해. 난 용기가 부족해.”

“용감한 것이 다는 아니야.”

“아빠가 나보고 너를 잘 부탁한다고 하셨어.”

“서로 도우면 되잖아? 너는 느끼는 타입이고 나는 행동하는 타입이니까.”

보우맨은 천천히 고개를 끄떡였다. 자기 자신도 그렇게 느껴 왔지만 케스트렐이 참 간단명료하게 표현을 잘 했다고 생각했다.

폴럼은 그릇들을 흙탕물 속에 담가 놓고는 말했다.

“우리도 호수에 나갈 시간이야. 추수날에는 모두 도와야 해.”

보우맨과 케스트렐도 폴럼과 함께 나가서 윌럼을 찾아보기로 했다. 이곳을 벗어나는 방법을 찾아야 했다.

그들이 밖으로 나와 본 지하 호수의 전경은 어제의 어둡고 을씨년스러운 모습하고는 전혀 달랐다. 천장에 난 구멍들을 통해 스며드는 햇살은 바닥에 반사돼 눈이 부실 지경이었다. 마치 물결이 퍼지듯이 뽀얗게 퍼져 나가는 빛으로 인해 호수가 반짝반짝 빛났다. 햇살이 내리비치는 가운데 앞뒤로 움직이며 바삐 일하는 수백 명의 진흙인들이 보였다. 그들은 종렬로 줄지어 일하거나 커다란 뗏목을 타고 일하고 있었다. 커다란 모닥불을 여기저기 피워 놓고 그 곁에 모여서 무엇인가 열심히 하는 모습도 보였다. 사람들이 모여 있는 곳에서는 어김없이 노래를 부르고 있었다. 일할 때 손발을 맞추기 위한 노래였다.

“이젠 나쁜 냄새가 안 나네.” 케스트렐이 놀라서 말했다.

“아직도 날 거야. 이제 익숙해져서 못 맡는 것뿐이지.” 보우맨이 말했다.

혹시 애늙은이들이 어디 있지 않나 해서 조심스레 둘러보았지만 눈에 띄지 않았다. 윌럼 집안 식구들도 찾아보았지만 모두 땅딸막하고 진흙을 뒤집어쓰고 있어 누가 누군지 알 수가 없었다. 폴럼을 따라 근처의 모닥불에 다가갔다. 가까이 가니 그들이 하고 있는 일이 잘 보였다.

그들은 호수의 얕은 물가 보드라운 진흙밭 속에서 머드넛을 수확하고 있었다. 진흙인들은 진흙밭을 천천히 걸으며 허리를 굽혀 손을 진흙 속으로 집어넣는 행동을 되풀이했다. 그들은 한 줄로 서서 단체로 움직였다. 한 발짝 내딛는 것도, 허리를 굽히는 것도, 팔을 뻗는 동작도 모두 하나가 되어 똑같이 했다. 일단 캐낸 사과만 한 크기의 머드넛은 뒤에 끌고 다니는 나무 소쿠리에 던져 넣었다.

넓은 호수를 에워싸고 일렬로 움직이는 무리의 모습은 그야말로 장관이었다. 그들의 합창 소리는 저 높은 굴 천장에 반사되어 메아리가 되어 울렸다. 모닥불 둘레에 있는 사람들도 노래를 부르기는 했지만, 호숫가의 무리들과 같이 한목소리로 부르지는 않았다. 그들이 하는 일은 훨씬 쉬워 보였다. 개중에는 아예 아무 일도 하지 않고 웃고 즐기는 이들도 있었다. 더러는 캐온 머드넛을 불 속에 굴려 굽거나 막대기로 끄집어내는 일들을 했고, 일부는 머드넛을 씻고 진흙을 떼어내는 작업을 했다. 머드넛이 든 소쿠리를 열심히 들어다 나르는 사람들도 보였다.

폴럼은 빈 소쿠리를 세 개 집어 들더니 보우맨과 케스트렐에게 한 개씩 나눠 주며 말했다.

"날 따라와. 어떻게 하는지 가르쳐 줄게."

폴럼은 보우맨과 케스트렐도 당연히 도와야 한다고 생각하는 눈치였다. 윌럼도 보이지 않고, 모두들 열심히 일하고 있는데 자기들만 안 하겠다고 할 수도 없어 쌍둥이 남매는 폴럼을 따라 진흙밭 속으로 들어갔다.

아이들의 임무는 다 채워진 소쿠리를 운반하는 것이었다. 어른들은 한 줄로 서서 머드넛을 캐다가 소쿠리가 다 차면 "소쿠리!" 하고 외쳤다. 그러면 아이들은 얼른 뛰어가 빈 소쿠리를 놓고 꽉 찬 소쿠리를 날라야 했다. 호숫가 두둑에 지펴 논 모닥불 곁에는 그렇게 해서 갖다 놓은 머드넛 더미가 수북히 쌓여 있었다. 머드넛 나르는 일은 만만치 않았다. 무거운 소쿠리를 들고 발이 푹푹 빠지는 진흙길을 걸어 날라야 했던 것이다. 팔다리가 아프고 땀이 비 오듯 쏟아졌다. 그러나 그것도 여러 번 하다 보니 자연히 리듬이 생겨 노래의 장단이 힘을 북돋아 준다는 사실을 깨닫게 되었다.

조금 앉아서 쉴라치면 어느새 누가 "소쿠리!" 하고 외쳤고, 그러면 또 그 중노동을 반복해야 했다. 소쿠리를 들고 모닥불 쪽으로 가면 불의 열기가 훅- 하고 끼치면서 머드넛 굽는 사람의 웃음소리를 들을 수 있었다. 소쿠리를 엎어 비우는 순간 그들의 몸은 공기처럼 가벼워졌다. 빈 소쿠리를 들고 진흙밭으로 돌아갈 때는 마치 하늘을 나는 듯한 기분이었다.

하루 종일 쉬지 않고 머드넛을 캐던 진흙인들은 천장 구멍을 통해 스며드는 햇살이 사라진 후에야 비로소 허리를 펴고 기지개를 켠 다음 모닥불가로 돌아왔다.

"저녁 먹자." 폴럼이 말했다.

진흙인들은 모닥불 주위 이곳저곳에 놓인 양동이하고 물통 옆에 둘러앉았다. 양동이 안에는 갓 구워 낸 머드넛이 가득 담겨 있었다. 그들은 물통에 놓인 국자로 물부터 퍼 마셨다. 하루 종일 일하느라고 목이 탔던 것이다. 그리고 나서 머드넛을 먹으며 이야기꽃을 피웠다.

쌍둥이는 너무 배가 고파 월럼 가족을 찾을 생각도 않고 아무데나 끼여 앉아 머드넛을 먹기 시작했다. 그들은 말도 않고 정신없이 먹다가 얼마 지난 후에야 서로의 얼굴을 쳐다보았다. 세상에 태어나서 그렇게 맛있는 음식은 처음이었다. 달콤하면서도 고소했고 겉은 바삭바삭했지만 속은 한없이 보드라웠다. 불에 살짝 태운 껍데기도 아작아작 씹는 맛이 그만이었다.

"어때? 맛 좋지?"

미소를 지으며 다가오는 사람은 월럼이었다.

"불에 갓 구어 낸 싱싱한 머드넛만큼 맛있는 것이 이 세상에 있을라고."

그는 쌍둥이에게 윙크를 보내고 나서 이유 없이 히죽 웃었다. 저쪽으로 다시 가려고 하는 월럼을 케스트렐이 급히 불러 세웠다.

"아저씨! 우리 좀 도와주세요."

"도와줘? 뭘 어떻게?"

그는 몸을 흐느적거리며 또 실없이 웃었다.

"이 소금굴에서 나가 평지 쪽으로 가고 싶어요."

월럼이 눈을 끔뻑하더니 얼굴을 찡그렸다. 그러나 이내 다시 웃는 얼굴이 되었다.

"뭐? 소금굴에서 나가? 평지? 그런 소리랑 하지도 말아."

그러고 나서 그는 비틀거리며 저쪽으로 가 버렸다.

　주위를 둘러보니 윌럼처럼 비틀거리고 다니면서 실없이 웃는 진흙인이 여럿 보였다. 그들은 빙 둘러서서 으하하 웃음을 터뜨리기도 했다.

　"아마 그 잎사귀를 씹어 먹어서 저러는 것 같아." 보우맨이 말했다.

　"맞았어. 오늘 밤 남자들은 모두 틱시랜드로 가 버렸어."

　누군가 뒤에서 말했다. 뒤돌아보니 점이었다. 그녀는 새로 구운 머드넛을 담은 양동이를 들고 여기저기 더 권하고 있었다.

　"여자들은 저런 바보짓 안 하지. 일이 바빠 할 시간도 없고."

　"저, 여기서 나가는 길을 가르쳐 주세요."

　"여기서 나간다고? 어디로 가는데?"

　"북쪽에 있는 산으로요."

　"산에? 거긴 왜?"

　"모라의 소굴에 가려고 해요."

　그 말을 들은 점의 표정이 갑자기 변했다. 주위에 있던 사람들은 자리에서 일어나더니 그들을 슬금슬금 쳐다보며 자리를 떴다.

　"여기서는 그런 말 꺼내지 않아. 이름조차 입 밖에 안 내."

　"왜요?"

　점은 고개를 설레설레 흔들었다.

　"여긴 그런 것 없어. 원하지도 않아. 저 위쪽 세계만으로 족해."

　점은 굴 천장을 바라보며 말했다.

　"아라맨스 말씀이세요?"

　"저 위엔……" 하고 점이 말했다. "우리가 이름을 입 밖에 내서 부르지 않는 작자가 살아. 너희도 그걸 알아. 그래서 도망왔어."

"아니-" 하고 케스트렐이 말하려는데 보우맨이 가로막았다.

"그래요. 우리도 알아요."

"정말?" 하고 케스트렐이 되물었다.

"정말이야." 보우맨은 지금 갑자기 떠오른 느낌을 어떻게 말로 설명해야 할지 알 수 없었다. 불현듯 여태까지 자기가 살아온 곳, 자기가 잘 아는 단 하나의 세계가 실은 높은 담에 둘러싸인 감옥이라는 생각이 들었던 것이다.

"저 위 세계는 우리가 이름을 입 밖에 내지 않는 그 작자 세상이야." 점이 말했다. "하나 둘 모두 그가 차지했어. 우리가 사는 여기, 아래 세상만 괜찮아."

"하지만 윈드싱어가 다시 노래를 부르면 우린 그 작자로부터 해방돼요." 보우맨이 말했다.

"윈드싱어라고?"

"알고 계세요?"

"옛날 이야기 들었어. 나도 그 윈드싱어 노래가 듣고 싶어. 우리 노래 좋아해."

"그렇다면 우리를 도와주세요."

"글쎄," 하고 점은 생각해 보더니, "늙은 여왕 찾아가 봐. 너희를 도와줄 거야"라고 말했다.

그리고 뭉툭한 손가락을 들어 호수 가운데 있는 흙무덤을 가리켰다. 그 위로 통나무를 세워 만든 담이 보였다.

"저기 왕궁에 살아."

"우리를 만나 주실까요?"

점은 놀라는 표정을 지었다.

"왜 안 만나 줘? 늙은 여왕한테 물어 봐."

보우맨과 케스트렐은 점에게 고맙다고 인사한 후 왕궁을 향해 두둑 길을 따라 걸었다. 진흙인들은 모두 유쾌하게 웃고, 노래하고, 춤추고 있었다. 틱사초 때문에 기분이 좋아져서 모두들 쌍둥이를 보면 손을 흔들고, 미소 짓고, 포옹까지 했다.

조금 더 걸으니까 물이 너무 깊어서 뗏목을 타고 머드넛을 거두어들이던 곳이 나왔다. 뗏목은 뭍과 연결해 놓은 밧줄을 당겨 서서히 움직이게 돼 있었다. 진흙인들은 뗏목 위에 배를 깔고 엎드린 채 팔을 물 속에 담그고 머드넛을 캐냈다. 하지만 지금은 하루 일과가 다 끝난 후이므로 뗏목은 다른 용도로 쓰이고 있었다. 그들은 그들 특유의 진흙 다이빙 게임을 즐기고 있었던 것이다.

보우맨과 케스트렐은 가던 발을 멈추고 그들의 게임을 잠시 구경했다. 진흙 다이빙이란 뗏목 한쪽 구석에 세워 놓은 높고 가는 장대를 타고 올라가 꼭대기로부터 진흙 속으로 뛰어드는 게임이었다. 그곳의 진흙은 하도 보드라워 물과 거의 다를 바 없었기 때문에 높은 곳에서 뛰어내리면 머리끝까지 온몸이 빠졌다. 장대를 기어오를 때 허리에 로프를 감고 올라가서 진흙 속에 빠진 후에는 그것을 끌어당겨 빠져 나왔다. 뛰어내린 사람이 진흙 속으로 자취를 감추면 모두 긴장하다가도 로프가 팽팽해지면서 진흙 밖으로 그 사람이 머리를 내미는 순간 모두 환호했다. 진흙 속에서 가장 오래 견디는 사람이 가장 많은 갈채를 받았다.

케스트렐이 그들의 묘기를 감탄하며 보고 있을 때였다. 갑자기 눈에 익은 모습이 장대를 타고 올라가고 있었다.

"저기 멈포 아니야?"

과연 그는 멈포였다. 다른 경쟁자들보다 몸이 빼빼한 데다 약해 보였지만 가장 대담했다. 멈포는 장대 끝에 오르더니 전혀 두려움 없이 몸을 그네처럼 앞뒤로 흔들어 댔다. 그러고 나서 그 누구보다도 멀리 뛰어내렸고 누구보다도 오래 진흙 속에서 나오지 않았다. 멈포가 드디어 머리를 내밀자, 진흙인 구경꾼들이 큰 소리를 지르며 환호했다.

쌍둥이는 놀라서 벌어진 입을 한동안 다물지 못했다.

"저 애한테 언제 저런 기술이 있었지?"

"멈포!" 케스트렐이 불렀다. "멈포, 이쪽이야."

"케스, 케스!"

멈포는 케스트렐과 보우맨을 보고는 보란 듯이 장대에 다시 한 번 올라 점프하고 나서 로프를 풀더니 그들 쪽으로 뛰어왔다.

"나 하는 것 봤어?"

멈포는 흥분을 가누지 못하고 강아지처럼 깡충깡충 뛰었다. 보우맨은 그의 이빨에 누런 얼룩이 끼여 있는 것을 보았다.

"그 잎사귀를 먹었나 봐."

"케스, 널 사랑해." 멈포가 케스트렐을 껴안았다. "나는 행복해서 미치겠어. 너도 나처럼 행복했으면 좋겠어."

그러더니 진흙 묻은 팔을 잠자리처럼 내저으며 케스트렐 주위를 뺑뺑 맴돌았다.

보우맨은 케스트렐의 표정을 살피더니, 케스트렐이 입을 떼기 전에 조용히 말했다.

"그냥 놔둬, 케스."

"얘가 아주 미쳤어."

“그렇다고 여기 놔두고 갈 수도 없잖아?”

보우맨은 팔을 뻗은 채 주위를 계속 맴도는 멈포의 팔을 잡았다.

“멈포, 이제 그만 하고 여왕 만나러 가자.”

“난 너무 행복해 미치겠어.” 멈포가 킬킬대며 웃었다.

“차라리 우는 얼굴이 보기 나았어.” 케스트렐이 한숨을 내쉬며 말했다.

보우맨은 멈포가 장대로부터 뛰어내리던 순간을 생각해 보았다. 그의 동작은 너무나 유연해서 멈포에 대한 자기의 인상을 아주 바꾸어 버렸다. 멈포는 야생 거위같이 땅 위에서는 어색했지만 공중에서는 더없이 아름다웠다. 보우맨은 그 이미지가 좋았다. 멈포를 동정할 필요가 없었기 때문이었다. 곰곰이 생각해 보면 멈포에 대한 자신의 동정은 무관심에 지나지 않았다. 왜 전에는 그에게 전혀 관심을 기울이지 않았던 것일까? 생각해 보면 멈포는 의문 덩어리였다. 도대체 어디 출신이고 부모는 왜 안 계시는 걸까? 아라맨스에서 부모 없는 자식은 멈포 혼자뿐이었다.

“멈포-” 보우맨은 멈포에게 말을 걸었다.

그러나 멈포는 “행복해, 행복해, 난 행복해” 하며 노래를 계속 불러 댔다.

지금은 멈포에게 질문을 해 봤자 아무 소용이 없었다. 그래서 그들은 계속 걸었다. 왕궁에 도착할 때까지 멈포는 웃고 노래하기를 멈추지 않았다.

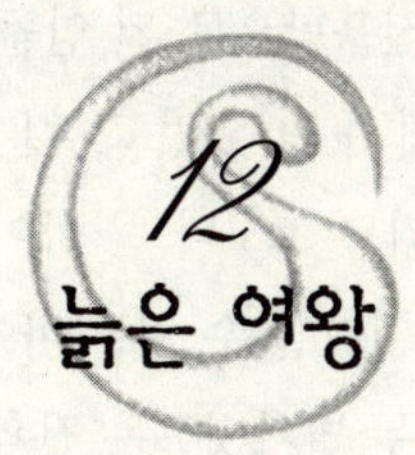

12
늙은 여왕

왕궁에 다가갈수록 담장 안으로부터 괴상망측한 소리가 들려 왔다. 말 배우기 전 갓난아기들이 지르는 괴성과 함께 찰싹찰싹 하고 진흙 위를 달리는 것 같은 수많은 발짝 소리가 어지럽게 들려 왔던 것이다. 그 사이에 간혹 "가만 있어!", "앉아 있어!" 등의 명령도 들려 왔다. 담 너머에서 들려 오는 소리였기 때문에 아이들은 영문을 알 수 없었다.

문 쪽을 향해 가면서 멈포까지도 까불던 행동을 멈추고 호기심 어린 얼굴로 그 소리에 귀를 기울였다. 케스트렐은 멈포가 조용해진 것이 여간 반갑지 않았다.

"야, 너 이제부터 까불면 안 돼. 이제부터 여왕님을 만날 거야. 여기서 제일 높은 분이니까 정중히 대해야 해."

그러고 나서 케스트렐은 문을 두드렸다. 하지만 시끄러운 탓에 안에서는 문 두드리는 소리가 들리지 않는 듯했다. 할 수 없이 조용히 문을 열었다.

　안으로 들어가 보니 진흙탕으로 된 안뜰은 아기들로 가득했다. 갓난아기들은 매트 위에 누워 있었고, 길 줄 아는 아기들은 강아지처럼 기어다녔다. 그리고 그보다 큰 아이들은 서로를 밀어 넘어뜨리며 놀고 있었다. 걸어다닐 수 있는 아이들은 소리소리 지르며 뜰 안을 뛰어다녔다. 모두 발가벗고는 진흙을 뒤집어쓴 채 마음대로 즐겁게 놀고 있었다. 서로 부딪치고 밟고 야단들이었지만 다치는 아이는 한 명도 없었으며, 우는 아이도 별로 없었다. 넘어지면 다시 일어나 뛰어놀았다.

　아기들 난장판 한복판에 뚱보 여인이 여러 명 앉아 있었다. 그들은 아기들과는 대조적으로 꿈쩍도 안 해 마치 풍랑 속에 우뚝 솟아 있는 섬을 연상케 했다. 아기들도 그들을 땅덩어리라고 생각하는지 그들 몸에 기어오르고 올라타고 야단들이었다. 아주 위험한 경우에만 여인들은 팔을 뻗어 아기들을 보호해 주고 경고했다. 그렇지 않은 대부분의 경우에는 거의 방치하다시피 하고 있었다.

　너무나 정신없는 난장판이라서 쌍둥이는 어찌해야 할 줄 몰랐다. 뜰의 가운데쯤에 지하로 향하는 계단이 보이는 것으로 미루어 아마 여왕은 그곳에 있으리라 짐작되었다. 우선 여인들에게 물어보는 것이 좋을 듯싶었다.

　케스트렐은 가까이 있는 중년 여인에게 다가가 물었다.

　"저 아주머니, 여왕님을 뵈러 왔는데요."

　"물론 그렇겠지." 중년 여인이 말했다.

　"어디로 가야 하는지 가르쳐 주시겠어요?"

　"내가 너라면 아무 데도 가지 않을 거야."

"그렇다면 여왕님에게 안내해 주시겠어요?"

"내가 여왕이야. 아니, 여왕들 중 한 명이라고 해야 옳겠지."

"그래요?"

케스트렐은 얼굴을 붉히며 물었다.

"여왕님이 여러 분이세요?"

"여기 있는 여자들 말고도 더 있어."

케스트렐의 혼란스런 표정을 보고 여인은 머리를 흔들며 말했다.

"삐삐 아이야, 걱정하지 말고 원하는 것이 무엇인지 말해 보렴."

"늙은 여왕님을 뵙고 싶어요."

"아, 늙은 여왕이라고?"

그 순간 그 여인의 등을 타고 오르던 아기 셋이 동시에 떨어져 바닥에서 울먹였다. 여인은 그들을 일으켜 세워 주고는 쓰다듬으며 말했다.

"이제 아기들 잠잘 시간이 다 됐으니 애들부터 재우고 나서 늙은 여왕께 안내해 줄게. 그래야 조용하지."

그때 종이 울렸다. 여인들은 벌떡 일어나더니 아기들을 뜰 가운데 있는 계단 쪽으로 몰았다. 보우맨, 케스트렐, 멈포는 조용히 그들 뒤를 따라 내려갔다. 틱사초의 약효가 떨어졌는지 멈포도 조용해졌다.

계단 밑은 윌럼의 집 같은 토굴이었지만, 규모가 훨씬 커서 천장을 받치는 흙 기둥이 수없이 많았다. 일렬로 늘어선 흙 기둥이 저 멀리 끝까지 이어진 것으로 보아 토굴은 무척 넓은 듯했다.

윌럼의 토굴처럼 바닥에는 양탄자들이 겹쳐진 채로 잔뜩 깔려 있었는데, 아기들은 그 위에 아무렇게나 널브러졌다. 여럿이 겹쳐

눕는 바람에 팔다리가 뒤엉켜 낑낑대는 아기들도 있었다. 뚱보 여인들은 아기들 사이를 다니면서 쓰다듬고, 달래고, 기저귀를 채워 주고, 양탄자 덮어 주는 일 따위를 했다. 그러나 대부분의 경우 제 멋대로 누워 자게 내버려두었다. 아기들이 눕자, 그들은 방 한구석으로 가 항아리 깨지는 목소리로 자장가를 부르기 시작했다. 그들의 노래 소리가 토굴을 가득 메우자, 아기들은 하품을 하더니 곧 잠이 들어 버렸다.

멈포는 머리가 아프다며 투덜댔다. 아기들이 자는 모습을 보자 멈포도 하품을 크게 하고 잠시만 앉아 쉬겠다고 했다. 그러더니 말릴 사이도 없이 아기들 틈에 끼여서 잠에 빠져 버렸다.

순식간에 고요가 깃들었다. 들리는 소리라곤 아기들의 숨소리 뿐이었다. 그러자 나이 든 여인이 쌍둥이에게 따라오라는 손짓을 하고는 방 저쪽 구석을 향하여 걷기 시작했다. 걸으면서 그녀는 자기가 '넘' 여왕이라고 밝혔다. 평소에는 아기들을 낮에만 봐주는데 오늘은 추수하는 날이기 때문에 특별히 궁 안에서 재운다고 했다. 케스트렐이 여왕이 아기를 돌봐 주는 것이 이상하다고 하자, 넘 여왕은 크게 웃으며 말했다.

"밭에 나가 일도 안 하는데 그런 일이라도 거들어야지."

토굴의 맨 구석진 곳으로 가니 열한 명의 늙은 여인이 불 주위에 둘러앉아 멍하니 앞만 쳐다보고 있었다. 그 중 한 명은 너무 늙어서 거의 죽었다는 표현이 옳을 것 같았다. 넘 여왕은 그 노파 앞으로 쌍둥이를 데려갔다.

"깨어 계세요?" 넘 여왕이 큰 소리로 물었다. 그러고 나서 쌍둥이보고 속삭였다. "이분이 늙은 여왕이야. 귀가 잘 안 들리시지."

잠시 조용히 있으니 쪼글쪼글한 얼굴로부터 기분 상한 듯한 조그만 목소리가 들려 왔다.

"물론 깨어 있지. 지난 몇 년 동안 내가 잠자는 거 봤니?"

"알아요. 얼마나 힘드시겠어요?"

"네가 알긴 뭘 알아."

"여기 빼빼족 애들이 뵙겠다고 왔어요. 여쭤 볼 것이 있대요."

"수수께끼 같은 것은 아니겠지?" 늙은 여왕은 짜증난 투로 말했다. 아이들이 바로 앞에 서 있었지만 그들이 보이는지 안 보이는지 직접 상대를 하지 않았다. "수수께끼는 재미없어."

"수수께끼가 아닌 것 같아요. 아마 추억인 것 같아요." 넘 여왕이 말했다.

"추억?" 늙은 여왕은 메스꺼운 듯한 얼굴로 말했다. "너무 많아."

갑자기 여왕의 두 눈이 케스트렐을 쳐다보았다.

"난 천 살이나 먹었어. 그것이 믿어지니?"

"아니오." 케스트렐이 대답했다.

"맞았어. 거짓말이야."

늙은 여왕은 천천히 웃기 시작했다. 웃음을 그치자, 그녀의 얼굴은 다시 심술난 듯한 표정으로 돌아갔다.

"이제 그만 돌아가 봐."

"그래도 조금만 상대해 줘요." 넘 여왕이 부탁하는 투로 말했다. "멀리서 일부러 왔는데."

"그러니 바보지. 집에 그냥 있을 것이지."

늙은 여왕은 두 눈을 감더니 다시 뜨지 않았다. 넘 여왕은 아이들을 보며 난처한 표정을 지었다.

"미안하구나. 한번 이러시면 방법이 없단다."

"제가 직접 여쭤 보면 안 될까요?" 보우맨이 나섰다.

"아마 대꾸도 안 하실걸."

"그래도 괜찮아요."

보우맨은 늙은 여왕 옆 바닥에 앉아 눈을 감고 자신의 마음을 늙은 여왕에게 집중했다. 잠시 후 겨울 파리와 같이 천천히 윙윙거리며 날아다니는 늙은 여왕의 생각이 느껴졌다. 늙은 여왕의 불평불만과 후회, 그리고 뼈마디 저리는 고단함이 전해져 왔다. 인내심을 갖고 좀 더 깊이 파고들자, 밤처럼 어둡고 적막한 두려움의 지역이 나타났다. 그리고 그곳에서 갑자기 텅 빈 듯한 허무와 그로 인한 공포가 몰려왔다.

보우맨은 자기도 모르게 소리를 지르고 말았다.

"아! 너무 비참해."

"무슨 일이야? 왜 그래?" 케스트렐이 걱정스러운 얼굴로 물었다.

"여왕님은 곧 돌아가실 거야." 보우맨은 떨리는 목소리로 속삭였다. "아주 가까이까지 가셨어. 죽음이란 것이 그렇게 소름 끼치는 것인 줄 미처 몰랐어."

그러자 늙은 여왕은 혼잣말처럼 중얼거렸다.

"살기는 너무 피곤하고…… 죽기는 너무 두려워."

그 말을 하는 늙은 여왕의 두 뺨에 눈물이 흘러내리기 시작했다. 늙은 여왕은 눈을 뜨고는 보우맨을 바라보았다.

"아, 빼빼 아이야. 너는 어떻게 내 마음속에 들어갈 수 있었니?"

보우맨도 눈물을 감출 수가 없었다. 슬픈 것보다도 늙은 여왕과 마음이 하나가 된 것이 기뻤기 때문이었다. 늙은 여왕이 가느다란 두 팔을 들어올렸다. 여왕의 뜻을 알아차린 보우맨은 주저하지 않고 그녀의 품에 뛰어들었다. 둘이 뺨을 대고 비비자, 두 사람의 눈물이 하나가 되었다.

"너는 꼬마 도둑이야. 마음을 훔치는 꼬마 도둑."

케스트렐은 옆에서 자랑스럽게 보우맨을 지켜보았다. 보우맨과 자기는 쌍둥이기에 늘 한몸인 것처럼 느껴 왔지만 사람들의 감정을 읽는 그의 기술에 대해서는 정말 경탄할 수밖에 없었다.

"자, 이제 그만 울자꾸나." 늙은 여왕은 보우맨과 자신을 달랬다. "울어 봤자 무슨 소용이 있겠니?"

넘 여왕은 놀라서 할 말을 잊었다.

"어머나! 어쩌면……."

"갈 사람은 가야지. 어쩔 수 없는 일이야." 늙은 여왕은 진흙으로 뻣뻣해진 보우맨의 머리카락을 쓰다듬으며 말했다.

"제발 우리를 도와주세요." 보우맨이 말했다.

"나 같은 늙은이가 어떤 도움을 줄 수 있겠니?"

"얘기해 주세요" 하면서 입 밖에 내려는 찰나, 케스트렐의 경고하는 듯한 표정이 눈에 들어왔다. "입에 담지 않는 작자에 대해서요."

"아, 그 얘기였군."

늙은 여왕은 말없이 보우맨의 머리를 쓰다듬었다. 그러고 나서 낮은 목소리로 먼 옛날 기억을 더듬으며 말하기 시작했다.

"입에 안 담는 자가 자고 있는데 깨우면 안 된다고 했어…… 그 이유가 있었는데 하도 옛이야기라 잊어버렸어. 아! 기억난다……."

잊고 있던 공포가 되살아나는지 늙은 여왕은 두 눈을 크게 떴다.

"그들이 행진해 와서 사람들을 죽이고 진군해 나갔지. 동정심이라곤 눈곱만큼도 없었고 아무도 그들로부터 도망칠 수 없었어. 아! 자스가 다시 오기 전에 난 차라리 죽는 게 나을 거야."

마치 지금 당장 자스가 나타나기라도 한 듯, 늙은 여왕은 등을 곧게 펴고 부들부들 떨었다.

"자스! 하도 오래전 얘기라서 잊고 살아왔는데…… 할머니한테 그 무서운 얘기를 들었지. 자스를 직접 겪은 사람은 우리 할머니의 할머니였어. 자스가 다시 일어나기 전에 우리는 모두 차라리 죽는 편이 나을 거야."

심한 스트레스로 인해 늙은 여왕의 호흡이 가빠졌다. 넘 여왕이 앞으로 나서며 말했다.

"그만 하세요. 이제 좀 쉬셔야 해요."

"우린 윈드싱어가 다시 노래를 부르게 하는 방법을 알아요." 케스트렐이 말했다.

"오우……." 늙은 여왕은 그 말을 듣더니 적이 안심하는 눈치였다. "윈드싱어라고…… 윈드싱어의 노래를 들을 수만 있다면 나도 두렵지 않을 텐데……."

케스트렐은 지도를 꺼내 늙은 여왕 앞에 펼쳐 보였다.

"우린 여기를 찾아가야 해요."

늙은 여왕은 눈물 어린 눈으로 지도를 뚫어질 듯 쳐다보았다. 들여다보던 늙은 여왕은 기억이 나는 듯 한숨을 내쉬곤 했다.

"이것은 어디서 난 거냐?"

"황제 폐하가 주셨어요."

"황제라고? 쯧쯧. 누구의 황제란 말인가!"

"보고 아시겠어요?"

"알겠냐고? 응, 응, 알 것 같아."

늙은 여왕은 쪼글쪼글한 손가락을 들어 지도에 난 길을 가리켰다.

"이것을 '위대한 길'이라고 부르지……. 아, 옛날에는 참 멋있었어! 거인 길 안내자가 있었단다. 어릴 때 직접 봤지."

가느다란 손가락이 그 길을 따라 움직였다.

"계곡 위로 다리가 하나 있지. 뭐라고 했더라? 에잇! 늙지 말아야지 원!"

"'갈라진 땅'이에요." 케스트렐이 말했다.

"맞았어. 넌 어떻게 그것을 아느냐?"

"우리 아버지는 맨스 고어를 읽을 줄 아세요."

"그래? 요즘 맨스 고어를 아는 사람이 드문데. 나보다 나이가 많은 모양이구나. 그래 '갈라진 땅'이 바로 여기야. '위대한 길'을 따라가야만 여기 이 다리에 이를 수 있단……."

늙은 여왕의 목소리가 점점 가늘어졌다.

"지금 너무 무리하고 계세요. 휴식을 좀 취하세요." 넘 여왕이 말했다.

"곧 있으면 얼마든지 쉴 수 있는 시간이 와." 늙은 여왕이 힘없는 목소리로 말했다.

"그 다음은 어떻게 되나요?" 보우맨이 재촉했다.

"그 다음에는 산이 나오고…… 불이 있고…… 입에 담지 못할 작자…… 불 속으로 들어가면 영원히 못 나오지……."

"왜요? 무슨 일이 생기는데요?"

"그가 지금 세상에서 무슨 짓을 하고 있니? 모두들로부터 사랑하는 마음을 빼앗지 않니?"

"그러니 방법은 하나밖에 없어요." 케스트렐이 중간에 끼어들었다. "윈드싱어가 다시 노래 부르게 하는 방법밖에. 그렇지 않으면 이 세상에서 사악함은 영원히 사라지지 않을 거예요."

늙은 여왕은 두 눈을 가늘게 뜨고 케스트렐을 바라보았다.

"네 말이 맞아. 사악함은 영원히 사라지지 않지. 그래, 그 방법밖에 없는지 몰라. 넘, 이 애들을 위 세계로 가는 길로 안내해 줘. 그리고 힘이 자라는 데까지 도와줘. 알았어?"

"예, 알겠습니다."

늙은 여왕은 탈진한 듯한 목소리로 중얼거렸다.

"결과야 어떻게 되든 하는 데까지는 해 봐야지."

늙은 여왕은 그 말을 마지막으로 깊은 잠에 빠졌다.

넘 여왕은 아이들에게 눈으로 물러나자는 신호를 보냈다. 그리고 토굴 안 한쪽 구석으로 데리고 갔다. 그곳에는 아이들을 위해 저녁 식사가 차려져 있었다.

"아침이 될 때까지는 아무 일도 할 수 없으니 우선 좀 쉬거라."

넘 여왕은 케스트렐과 보우맨이 저녁을 먹자, 누워 쉴 수 있는 장소를 마련해 주었다. 여왕은 의자에 앉아서 아기들을 돌보며 밤을 새운다고 했다.

"나는 추수날 밤에는 안 잔단다. 아침까지 아기들이 자는 모습을 보고 있으면 마음이 흐뭇해지거든."

쌍둥이는 잠을 청하기 전에 양탄자 위에 무릎을 꿇고는 기도를 올렸다. 어머니, 아버지의 든든한 팔과 동생의 입김이 그리웠지만 아쉬운 대로 위안이 될 것 같았다. 케스트렐은 보우맨의 이마에 자기 이마를 대고 먼저 자기의 소원을 조용히 말했다.

"윈드싱어의 목청을 찾아서 빨리 집으로 갈 수 있기를 기원합니다."

다음은 보우맨 차례였다.

"엄마, 아빠, 핀핀 모두 무사하고, 우리 걱정 안 하고 우리가 꼭 돌아올 것이라고 믿게 해 주십시오."

그들은 서로 부둥켜안고 잠을 청했다.

"케스, 무섭지 않니?" 보우맨이 물었다.

"응. 하지만 무슨 일이 있어도 우리는 같이 있잖아?"

"그래. 너랑 함께라면 무슨 일이 있어도 괜찮아."

둘은 비로소 안심하고 잠들 수 있었다.

헤스 가족의 고난

보우맨과 케스트렐이 자취를 감춘 뒤, 아이라 헤스는 잠을 이루지 못했다. 그날 밤 한 칸밖에 안 되는 회색 구역 아파트에서 핀핀을 잠재운 후 늦게까지 밖에서 문 두드리는 소리가 나기만을 기다렸다. 아이들이 도시의 어느 구석에 숨어 있다가 어둠을 타고 돌아올 것이라고 믿었던 것이다. 하지만 아이들은 나타나지 않았다.

다음날 아침 근엄한 표정의 경찰관이 두 명 찾아와 쌍둥이 신상에 관해 자세히 묻고 나서 그들로부터 연락이 오는 즉시 보고해야 한다고 경고했다. 그들의 방문은 아이라에게 희망을 주었다. 아이들은 아직 잡히지 않은 것이 분명했다. 경찰이 밖에서 망보고 있을 것이 두려워 아파트로 못 온 것이 아닌가 추측되었다. 그렇다면 자기 쪽에서 밖에 나다니면 애들이 혹시 연락해 올지도 모른다는 생각이 들었다.

아이라 헤스는 핀핀을 데리고 밖으로 나섰다. 왠지 지나다니는 사람마다 그녀를 혐오하는 눈빛으로 쳐다보는 것 같았다. 가까이 와서 말을 걸지 않을뿐더러 멀리서 쏘아보고는 코웃음을 치는 것이었다.

아침 식사용으로 옥수수빵을 사러 빵집에 들어가 보았다. 빵가게 주인 여자도 기분 나쁜 표정으로 쳐다보더니 빵을 건네주며 말했다.

"오렌지 구역에서는 옥수수빵 따위는 안 먹겠네요."

"왜 그런 말씀을 하세요?" 아이라 헤스가 놀라 물었다.

"오렌지 구역에서는 고급 케이크나 먹을 테니까. 댁은 등급이 떨어져도 이만저만 떨어진 게 아니군요."

빵집을 나서니 동네 여자들이 모여 서서 모두 아이라를 쏘아보며 수다를 떨고 있었다. 같은 층에 사는 한 여인이 다가오더니 쌀쌀맞게 말했다.

"괜히 혼자서 잘난 체 말아요. 당신이나 우리들이나 똑같은 회색이라고요."

그제야 아이라는 정신없이 집 옮기고 애들 걱정하는 통에 잊어버리고 옷을 안 갈아입은 것을 깨달았다. 자기와 핀핀은 아직도 오렌지색 옷을 입고 있었던 것이다.

또 다른 동네 사람이 소리쳤다.

"벌써 보고했어. 당신 같은 사람은 혼 좀 나야 해."

"잠시 깜박했어요." 아이라 헤스가 변명했다.

"깜빡했다고! 자기가 아직도 오렌지 구역에 사는 줄 아나 봐."

"당신은 우리들보다 하나도 나을 게 없어. 쥐새끼들 모양 도망다니는 자식들을 둔 주제에.”

“어린애도 좀 봐! 애까지 저런 색 옷을 입히다니…….”

핀핀이 울기 시작했다. 아이라는 동네 아낙들의 얼굴을 한 명씩 뜯어보았다. 그들의 얼굴은 증오로 가득 차 있었다.

“제가 여러분보다 낫다고 생각하지 않아요. 이제 저 혼자서 살아가야 하기 때문에 쉽지 않다고요.”

이해해 달라는 의도로 한 말이었지만 너무 담담해서 아낙들 성미만 돋우었다.

“그게 누구 탓인데?” 같은 층 무스 부인이 캐물었다. “당신 남편이 더 열심히 했어야지. 이 세상에 공짜가 어딨어?”

아이라 헤스는 속으로 ‘아! 불행한 사람들이여!’ 하고 외쳤다. 하지만 겉으로는 더 이상 아무 말도 하지 않았다. 우는 핀핀을 안고 계단을 올라 새 주소, 회색 구역, 29블록, 318동, 단칸방 아파트로 돌아갔다.

일방적으로 당하면서도 참긴 했지만 방으로 돌아와 핀핀을 내려놓고 나자 노여움이 끓기 시작했다. 남편이 그리웠고, 쌍둥이 남매가 걱정됐고, 회색 구역 동네 사람들이 미웠다.

방의 반을 차지하는 침대 위에 앉아 창 밖으로 길 건너 28블록을 내다보았다. 회색 콘크리트 건물들이 보였다. 방안의 벽도 페인트칠을 하지 않은 회색 그대로였다. 커튼 색도 회색, 문 색도 회색이었다. 자기가 입고 있는 옷, 그리고 오렌지 구역에서 갖고 온 이불만이 회색이 아니었다.

“아, 사랑하는 이들이여! 제발 내게 돌아와 주오.” 아이라 헤스는 혼자 중얼거렸다.

바로 그 시간 하노 헤스는 '합숙 교육 센터' 본회의실에서 마흔 두 명의 학생들 틈에 끼여 필리시 교장의 연설을 듣고 있었다.

"에— 여러분은 모두 과거에 국가 고시에서 좋은 성적을 내지 못해서 여기 오게 되었습니다."

그는 전에도 여러 번 그 연설을 반복해 써먹은 듯했다.

"여러분은 가족에게, 그리고 자신에게 실망을 안겨 주었고 그에 대해 깊이 반성하고 있습니다. 이제 새로운 마음으로 재도전하려는 여러분을 돕기 위해 내가 여기 있습니다. 하지만 궁극적으로 현재의 불행한 상황으로부터 벗어나는 길은 여러분 자신의 노력에 달렸습니다."

그는 자기의 말을 강조하기 위해 손뼉까지 치면서 반복해 말했다. "노력!"

그리고는 갈색 표지의 책을 네 권 꺼내 보였다.

"국가 고시는 크게 어렵지는 않지만 여러 분야에 걸쳐 출제됩니다. 자기 재능만 믿고 노력하지 않는 사람들에게는 어려울 수도 있습니다. 하지만 열심히 노력하는 사람에게는 쉬울 것입니다."

그는 책을 하나씩 집어 들어 보였다.

"계산, 문법, 일반 이공, 그리고 일반 교양과 국가 고시에 나오는 모든 문제는 이 네 권의 교과서에서 출제됩니다. 그러니 읽고, 외우고, 반복하십시오. 그렇게만 하면 됩니다. 읽고, 외우고, 반복하십시오."

하노 헤스는 교장의 연설을 한마디도 듣지 않고 있었다. 그는 가족들 걱정에 다른 생각을 할 겨를이 없었다. 쉬는 시간이 되자, 그는 마음을 달래고 생각을 정리하기 위해 높은 담으로 둘러싸인 운동장을 홀로 거닐었다. 그는 집을 떠나온 이래 아무런 소식도 듣지 못하고 있었다. 그렇다면 케스트렐은 아직 붙잡히지 않고 도시 어딘가 숨어 있을 가능성이 컸다. 하지만 아라맨스 성 밖으로 나간다는 것은 불가능하므로 붙잡히는 것은 시간 문제였다.

참담한 생각에 사로잡혀 같은 장소를 뺑뺑 맴돌고 있는데 어디선가 울음소리가 들렸다. 하노 헤스는 그제야 혼자만의 생각으로부터 벗어나 주위를 둘러보았다. 자그만 체구에 대머리가 돼 가고 있는 수험생 한 명이 벽에 얼굴을 묻고 울고 있었다.

하노가 그에게 다가가서 물었다.

"무엇 때문에 그러세요?"

"아무 것도 아니에요." 그 남자는 눈물을 닦으며 대답했다. "가끔 가다가 이래요."

"국가 고시 때문에 그러시나요?"

체구가 작은 사나이가 고개를 끄떡였다.

"암만 노력해도 책상 앞에 앉기만 하면 공부한 내용을 까맣게 잊어버리고 말아요."

그의 이름은 미코 미밀리스였다. 그는 밤색 구역에 가족들을 두고 온 재봉사였다. 자기는 일도 열심히 하고 자기 직장 일도 잘하는데 해마다 보는 국가 고시 때마다 죽을 쑨다고 했다.

"난 올해 마흔일곱이 돼요. 국가 고시를 스물다섯 번이나 봤는데 언제나 결과는 똑같아요."

"답을 하나도 모르세요?"

"너무 긴장만 하지 않으면 계산은 좀 할 줄 아는데, 다른 것들은……."

"그 정도면 나보다는 나은 거예요." 노랑머리 젊은이가 대화에 끼어들며 말했다. "내가 계산이라도 할 줄 안다면 얼마나 좋을까. 나비에 대한 질문이 출제된다면 문제없이 맞힐 수 있을 텐데……."

"구름에 관한 것이라면 나도 자신 있어요." 또 다른 사내가 끼어들며 말했다.

"아라맨스에 살았던 모든 나비에 대해서 전 잘 알고 있어요." 노랑머리 사내가 믿어 달라는 투로 말했다. "30년 전에 사라진 종류라 할지라도 말이에요."

"구름에 관해 아무 질문이나 해 보세요." 세 번째 사내가 마치 경쟁이라도 하려는 듯이 말했다. "풍속, 풍향, 기온만 말해 보세요. 언제 어디서 비가 올 것이라는 것을 알려 드릴 테니까."

"나는 옷감에 대한 질문이 출제됐으면 좋겠어요." 미코 미밀리스가 보드라운 손가락으로 공기를 어루만지며 말했다. "세밀한 목양, 시원한 린네르, 따뜻한 모직, 뭐든지 자신 있어요. 눈을 가리고도 촉감으로 감을 가려 낼 수 있을 뿐 아니라 원산지까지 맞힐 수 있어요."

하노 헤스는 이 사내들의 얼굴을 번갈아 보았다. 멍하던 표정들은 어느새 사라지고 정열적으로 자기가 알고 있는 분야에 대해 더 말하지 못해 안달이었다.

"아! 우리가 잘 아는 분야에 대해서 시험을 치를 수만 있다면 얼마나 좋을까?" 구름 사나이가 한숨을 내쉬며 말했다.

"그래야 정상인지 모르죠." 하노 헤스가 말했다.

말을 계속하려는 참에 필리시 교장의 목소리가 운동장을 쩌렁쩌렁

울리며 들려 왔다.

"고시생 후보 하노 헤스, 교장실로 오시오."

하노 헤스가 책들이 가득 찬 방 안으로 들어서니 필리시 교장이 누군가와 이야기를 나누고 있었다. 다름 아닌 마슬로 인치였다.

"아, 여기 왔군요. 제가 자리를 비켜 드릴까요?" 필리시 교장이 물었다.

"그럴 필요 없습니다." 마슬로 인치가 대답하며 하노 헤스를 향해 차가운 미소를 보냈다. "여, 친구. 공부하는데 방해하러 와서 미안하군. 하지만 아이들 일 때문에 걱정할 것 같아서 말일세."

하노는 겉으로는 전혀 내색하지 않았지만 가슴은 두방망이질하고 있었다.

"불행히도 좋은 소식이 아닐세. 어제 정오쯤 지하 호수에 빠졌다는 소식이 보고됐어. 다시 나타나지 않았으니 아마 죽었을 가능성이 크다고 봐야겠지."

그는 말하는 중에도 하노의 표정을 살폈다. 하노는 끝까지 무표정하게 버텼지만 속으로는 희망이 솟는 것을 느꼈다.

그곳에도 햇볕이 스며들었어. 케스도 그것을 보았지. 애들이 길을 떠난 것이 분명해!

그의 가슴은 위험한 모험을 자진해서 택한 자식들에 대한 긍지로 뿌듯해져 왔다. 하지만 불안감 역시 밀려왔다.

마치 누구에게 기도라도 하듯이 그는 속으로 외쳤다. 그 애들을 돌봐 주세요. 아직 어린애들이에요. 보호해 주세요!

"모든 것이 자네 탓이라네."

"맞아. 그 사실을 이제야 깨달았네."

　수석 시험관은 하노가 괴로워하는 모습을 직접 눈으로 확인하기 위해 그 소식을 전하러 온 것이었다. 하노는 그 사실을 잘 알고 있었다. 그는 뉘우치는 척하기 위해 고개를 밑으로 떨구었다. 의심 사는 행동은 하고 싶지 않았다.

　"이제 자식이라곤 하나밖에 안 남았네. 아직 어려서 자네의 못난 모습을 보고 배울 기회가 별로 없었을 것이라고 생각되네. 그러니까 앞으로는 열심히 해서 개과천선하기 바라네. 이 불행한 사건을 거울 삼아 자신을 다스려 목적 의식을 갖고 열심히 노력하도록 하게."

　"노력!" 하고 필리시 교장이 옆에서 엄숙하게 되뇌었다.

　"자네 부인한테도 내가 알리겠네."

　"아마 충격이 클 텐데……." 하노가 조용히 말했다. "내가 직접 말해 주면 안 되겠나?"

　수석 시험관은 교장 선생을 쳐다보며 말했다.

　"상황을 참작해서 짧은 면회 정도는 허용해도 괜찮겠지."

　아이라 헤스가 회색 옷을 입고 합숙 교육장 면회실로 안내되어 들어왔다. 하노 헤스 역시 회색 옷을 입고 그녀를 기다리고 있었다. 필리시 교장은 닫힌 창문 너머로 그들이 만나는 모습을 감시했다. 그는 헤스 부부가 서로 얼싸안고 슬퍼하는 모습을 만족스러운 얼굴로 지켜보았다.

　하지만 헤스 부부는 행동만 그렇게 했지 실제로 나눈 대화 내용은 전혀 딴판이었다. 이제 쌍둥이가 탈출했다고 믿을 만한 이유가 생겼으므로 새로운 용기가 솟아올랐던 것이다. 보우맨과 케스트렐은 모두의 삶을 짓누르고 있는 잔혹한 지배 세력을 쳐부수기 위

해 모든 위험을 무릅쓰고 있었다. 아이들이 그러는데 부모라고 가
만히 있을 수 없었다.

"나도 싸울 거야." 하노가 말했다.

"나도요. 나도 싸울 수 있어요." 아이라가 말했다.

다시 나타난 애늙은이들

보우맨과 케스트렐이 눈을 떠 보니 아기들은 어디론가 가고 없고 멈포 혼자서 아침을 잘 먹고 기운이 뻗쳐 있었다. 지하 호수로부터 나가는 길을 안내하기 위한 길잡이들이 도착했다. 그 중에는 윌럼도 끼여 있었다. 그는 속이 안 좋은지 얼굴이 몹시 창백했다.

"추수날에 일을 너무 열심히 해서…… 피곤해 죽겠어." 윌럼은 혼자 중얼거렸다.

"우리는 모험의 길을 떠나요." 멈포가 자랑스럽게 말했다. "케스는 내 친구예요."

굴 천장의 구멍에서 햇볕이 스며들고 있었다. 보우맨과 케스트렐은 아침을 서둘러 먹고 작별 인사를 했다. 넘 여왕이 그들을 쓰다듬으며 작별을 몹시 아쉬워했다. 그녀는 아이들에게 머드넛이 잔뜩 든 자루들을 건네주었다.

"한 사람 앞에 두 개씩이면 충분할 거야. 빼빼 애들아, 조심하거라. 저 위쪽 세계는 잔인하고 메마른 곳이란다."

아이들은 진흙인들이 하는 식으로 자루 두 개를 하나로 묶어 목에 감았다. 걷기 시작하자, 머드넛 자루가 가슴과 배에 부딪쳤다. 하지만 얼마 안 가서 그들은 그것에 익숙해졌다. 발걸음과 보조를 맞춰 규칙적으로 부딪치는 것이 오히려 안정감마저 주었다.

그들은 20명이나 되는 길잡이들과 함께 진흙 왕궁을 떠났다. 밝아 오기 시작하는 새벽 길을 걸어 나가려니까 진흙인들이 한두 명씩 합류해 왔다. 그리하여 이내 100명도 넘는 큰 무리가 되었다.

"우리는 삼총사, 우리는 삼총사."

멈포가 노래를 지어 불렀다. 하지만 얼마 못 가 케스트렐로부터 면박당하고 입을 다물어야 했다.

지하 호수로 통하는 소금굴 입구가 가까워 올수록 지면은 거의 느낄 수 없을 정도로 완만한 오르막길로 변하고 있었고 발밑의 진흙도 점점 단단해졌다. 얼마 후 그들의 얼굴에 시원한 바람이 불어오면서 동굴의 천장이 밝아 왔다.

이윽고 저 앞으로 길고 좁다란 동굴 입구가 찬란하게 빛났다. 축축하고 단단한 모래 위를 걸어 가까이 다가가자, 동굴의 폭이 점점 좁아지기 시작하더니 큰 나무의 키를 넘지 않는 높이의 동굴 어귀가 나왔다.

햇볕이 직접 닿는 지점 가까이 이르자, 안내를 맡은 진흙인들이 그곳에서 발길을 멈추었다. 거기서 헤어져야 한다는 사실을 아이들은 직감했다.

"도와주셔서 고마웠습니다." 아이들이 말했다.

"우리가 작별의 노래를 불러 줄게." 윌럼이 말했다.

아이들이 떠나가자, 진흙인들은 손을 흔들면서 노래를 부르기 시작했다. 가사는 없고 멜로디만 있는 달콤하고 부드러운 곡이었다.

"그들은 사랑을 노래에 담아 우리에게 보내 주는 거야." 케스트렐이 말했다.

아이들이 소금굴 입구를 걸어 나와 모래 바람 부는 평지를 향하는 동안에도 진흙인들의 노래는 계속되었다. 그러나 그 소리는 점점 작아지더니 곧 바람 소리에 묻혀 버렸다.

동굴에서 나와 본 평지는 끝이 보이지 않을 정도로 넓었다. 오직 북쪽 저 멀리로 산맥이 회색 줄 모양으로 가물가물 보일 뿐이었다. 해가 높이 뜨면서 대지는 달아올라 지평선에 아지랑이가 뭉게뭉게 피어 올랐다. 이 넓은 대지에 생명체라고는 자기들밖에 없는 것처럼 느껴졌다.

처음 얼마 동안은 뒤돌아보면 자기들이 걸어 나온 동굴의 입구를 볼 수 있었다. 하지만 그것조차 이내 모래 바람이 삼켜 버려 어디가 어딘지 도무지 알 수가 없었다.

그들은 대충 북쪽을 향해 걸으면서 '위대한 길'을 찾아보았다. 강하게 부는 바람 때문에 모래가 날렸다. 보우맨과 케스트렐은 말은 하지 않았지만 서로의 근심을 너무나도 잘 알고 있었다. 멈포 혼자서 천진난만하게 히죽대며 모래 위에 난 케스트렐의 발자국을 밟으며 따라갔다.

"케스, 나도 너랑 똑같아. 우린 똑같아!"

모래 바람이 심하게 부는 탓에 태양마저 희끄무레하게 보였다.

모래가 얼굴에 와 부딪치면 몹시 쓰렸기 때문에 얼굴을 돌리고 걸어야 했다. 그때 저 멀리서 희미하지만 지붕이 날아가 버린 오두막처럼 생긴 네모난 모양의 물체가 나타났다. 그들은 바람을 피하기 위해 서둘러 그곳으로 향했다.

가까이 가서 보니 수레 같은 것이 옆으로 넘어져 있었다. 회전축은 부러졌고 바퀴는 모래에 거의 반쯤 묻혀 있었다. 바람 부는 쪽으로는 모래가 쌓여 있었지만 그 뒤에 숨어서 바람을 피할 수는 있어 보였다. 그들은 그곳에 앉아서 머드넛으로 점심을 때웠다.

고소한 머드넛을 씹자 추수하던 진흙인들의 밝은 얼굴이 떠오르며 지하 호수를 떠나온 것이 후회스럽기까지 했다. 바람이 너무 강해 앞으로 나가는 대신 보우맨과 케스트렐은 지도를 꺼내 연구하기 시작했다.

사막에는 그들의 위치를 확인시켜 줄 아무런 목표물도 없었다. 다만 해와 산맥의 위치로 북쪽 방향을 어림잡을 뿐이었다. 어떻게 해서든 위대한 길을 찾아내야만 했다.

"늙은 여왕은 거인이 있다고 했는데……."

"그것은 옛날 이야기야. 요즘 거인이 어디 있어?"

"바람이 잠잠해지면 계속 북쪽으로 가는 수밖에 없겠어."

케스트렐이 지도에서 눈을 떼고 위를 쳐다보자 멈포가 자기를 내려다보며 미소 짓고 있었다.

"뭐가 좋아서 야단이야?" 케스트렐이 말했다.

"아무 것도 아니야."

멈포의 목에 두른 자루 두 개가 텅 비어 있는 것이 눈에 띄었다.

"아니! 너 벌써 다 먹어 버렸어?"

"거의 다." 멈포가 시인했다.

"맙소사! 하나도 안 남았잖아!"

멈포는 텅 빈 자루를 집어 들고 놀란 얼굴로 들여다보았다.

"정말 하나도 없네!"

그는 마치 다른 사람이 훔쳐 가기라도 한 것처럼 놀란 목소리로 소리쳤다.

"너 이 퐁고! 오랫동안 아껴 먹어야 하는 거야."

"미안해, 케스."

말은 그렇게 했지만 배도 든든하겠다, 멈포의 표정은 환한 것이 조금도 미안해 보이지 않았다.

보우맨은 자기들이 기대어 쉬고 있는 수레와 주위에 흩어져 있는 잔해를 주의 깊게 살펴보기 시작했다. 아주 크고 가는 수레바퀴 말고도 길고 굵은 부러진 장대, 두터운 천 조각, 그물, 로프 등이 마치 난파선을 연상케 했다. 보우맨은 일어나 모래 바람이 눈에 들어가지 못하도록 눈을 가늘게 뜨고서 수레 주위를 둘러보았다. 장대는 한때 수레 위에 달려 있던 돛대로 보였으며, 수레는 사막의 배로 추정되었다. 다시 수레 뒤로 돌아가서 모래 밑을 파 보니 도르래 바퀴와 가죽으로 된 벨트가 나왔다. 보우맨은 기다란 칼날에 하마터면 손을 베일 뻔했다. 이 부속품들은 수레에서 나온 것임이 분명했다. 그렇다면 그것들은 무슨 용도로 쓰인 것이었을까?

따로 할 일도 없는 데다 워낙 머리 속으로 상상하기 좋아하는 터라 보우맨은 흩어져 있는 기계 부속들을 마음속으로 재조립해 보았다. 그 수레에 돛대가 두 개 있었던 것만은 거의 확실했다. 대단히 큰 바퀴도 네 개 달려 있었을 것이다. 뱃머리는 뾰족하고 단단하게 고안되어 있었다. 양옆으로 통나무를 뻗어 나오게 하고 그것들에 그물을 부착시켰던 것 같았다. 그렇다면 이 사막의 배는 무엇 때문에 두 통나무 팔을 잔뜩 벌린 채 그물을 드리우고 사막을 달렸단 말인가?

해답을 찾으려는 듯 보우맨은 모래 폭풍 속으로 눈을 돌렸다. 갑자기 전에 보지 못했던 무엇인가가 움직이는 듯했다. 휘몰아치는 모래 바람 저편의 물체를 확인하려고 눈을 크게 뜨자 물체 두 개가 보였다. 아니, 세 개였다. 희미한 물체는 이쪽으로 다가오고 있었다. 그의 가슴은 두방망이질치기 시작했다.

"케스, 누가 오고 있어."

케스트렐은 지도를 치우고 모래 바람 저편을 바라보았다. 이제는 제법 잘 보였다. 어두운 형체가 줄지어 다가오고 있었다. 옆을 둘러보니 그들은 옆에서도, 그리고 뒤에서도 접근해 오고 있었다.

"놈들이야." 보우맨이 외쳤다.

"누구?" 하고 멈포가 물었다.

"애늙은이들."

멈포는 주먹을 휘두르며 자신 있게 말했다.

"그렇다면 내 다시 한 번 맛을 보여 주지."

"멈포, 놈들이 네 몸에 손대게 해서는 안 돼." 케스트렐이 날카롭게 경고했다. "놈들이 손을 대면 몸이 이상해져. 그러니 놈들 가까이 가지 마."

애늙은이들은 특유의 종종걸음으로 아이들이 있는 사막의 배 주위로 포위망을 좁혀 들어왔다. 모래 바람 속으로부터 예의 묵직

한 음성이 들려 왔다.

"기억하니? 우리는 너희들을 도우러 왔다."

그러자 주위에서 웃는 소리가 들렸다.

"아무리 도망치려 해도 그것은 불가능해. 그러니 조용히 우리를 따라오는 것이 어때?"

멈포는 펄쩍펄쩍 뛰면서 허공에 주먹을 휘둘렀다.

"나는 케스의 친구다. 더 가까이 오면 얻어터질 줄 알아!"

보우맨은 그들을 물리치기 위한 무기가 없나 해서 주위를 둘러보았다. 부러진 돛대를 들어올리려 해 봤으나 꼼짝도 하지 않았다. 애늙은이들은 이제 얼굴이 보일 정도로 가까이 다가왔다. 그들은 쪼글쪼글한 손을 앞으로 내밀었다.

"우리가 잠재워 줄까?" 아주 깊은 곳에서 우러나온 듯한 목소리가 말했다. "우리가 어루만져 주면 너희들도 우리같이 늙어 버리지."

그 소리를 듣자, 나머지 애늙은이들이 웃음을 터뜨렸다. 그 웃음소리가 모래 바람에 휩싸여 돌개바람처럼 맴돌았다.

뛰어 도망치는 수밖에 없어.

케스트렐이 보우맨에게 무성으로 말했다.

포위망 사이에 틈이 보이니?

아니, 우리는 완전히 포위됐어.

딴 방법이 없어. 우리가 놈들보다 달리기는 더 빠를 거야.

그러는 사이에 애늙은이들은 종종걸음으로 더욱 포위망을 좁혀 왔다.

"버바버바 칵!" 멈포가 허공에 대고 주먹을 휘두르며 외쳤다.

"너희 코피 터지고 싶어?"

멈포가 놈 하나를 때려눕히면 우리는 그 구멍을 통해 도망칠 수 있어.

하지만 멈포는 어떻게 하고?

둘이 소리 없는 대화를 나누고 있을 때, 멈포가 벌써 한 놈에게 덤벼들어 그의 코를 향해 주먹을 휘둘렀다. 그 순간 멈포가 뒤로 비틀거리면서 물러나며 괴로운 듯 비명을 질렀다.

"케스, 케스!"

케스트렐은 쓰러지는 멈포를 받아 안았다. 멈포는 그녀의 두 팔 안에서 울먹였다.

"케스, 내 몸이 이상해. 날 도와줘."

애늙은이들이 낄낄댔다. 놈들의 우두머리가 나서며 말했다.

"이제 돌아갈 시간이다. 너, 벌써 학습을 얼마나 많이 빼먹었는지 아니? 네 등급 걱정도 좀 해야지."

"싫어! 난 차라리 여기서 죽을 거야."

"넌 안 죽어." 낮은 목소리가 다가오며 말했다. "다만 늙을 뿐이야."

도망칠 구멍이 없었다. 공포에 질려 보우맨은 두 눈을 감고 그 뼈다귀밖에 안 남은 손들이 자기 몸에 와 닿기를 기다렸다. 놈들의 종종걸음 소리가 점점 가까이 다가오고 있었다. 그때 갑자기 사이렌 같은 나팔 소리가 바람을 가르며 울려왔다. 광풍에 잔뜩 부푼 돛을 단 사막의 배가 무시무시한 속력으로 그들을 향해 질주해 오고 있었다.

순식간에 사막의 배는 통나무로 된 양팔을 잔뜩 벌리고서 아이들을 덮쳐 왔다. 순간적으로 케스트렐은 보우맨과 멈포의 손목을 잡고 배 앞으로 뛰어들었다. 배가 스쳐 지나가면서 아이들은 배의 그물에 걸려 휩쓸려 들어갔다. 배는 광풍 속을 미친 듯이 달렸고 그물 속 아이들은 날다시피 하며 끌려갔다.

정신을 차리자, 케스트렐은 통나무 팔을 향해 기어 올라갔다. 통나무를 양팔로 껴안자, 모래 바람이 얼굴을 따갑게 때렸다. 얼굴을 숙이고 아래를 내려다보니 멈포가 덫에 걸린 동물 마냥 양다리가 그물에 끼인 채 거꾸로 매달려 소리소리 지르고 있었다. 보우맨은 어느새 그물을 빠져 나와 케스트렐이 있는 통나무를 향해 기어오르는 중이었다. 배의 바퀴가 돌부리에 부딪치거나 할 때마다 배는 몹시 흔들렸다. 돛대 높이 달려 있는 경적은 계속 시끄럽게 울어 대고 있었다. 통나무 팔 끝에 부착되어 있는 칼날들은 바람개비처럼 씽씽 소리를 내며 돌아갔다.

케스트렐이 배 안을 들여다보니 아무도 없었다. 바람을 조정하기 위한 조종간이 없나 둘러보았지만 그것도 눈에 띄지 않았다. 사막의 배는 완전히 무방비 상태로 광풍에 몸을 맡긴 채 질주하고 있었다. 눈앞에 장애물이라도 나타나면 그대로 충돌할 판국이었다.

"괜찮아?" 케스트렐이 보우맨을 향해 외쳤다.

"응."

"멈포를 배 안으로 끌어올려. 돛을 끊어 버려야겠어."

보우맨은 멈포 쪽으로 기어 내려갔다. 보우맨의 도움으로 몸을 바로 세운 멈포는 그물을 기어오르기 시작했다. 배 안으로 기어오른 둘은 돛대를 꼭 껴안았다. 케스트렐은 돛의 밧줄을 조정하는 도르래를 발견하고는 그것을 돌려 풀기 시작했다. 갑자기 배가 요동을 쳤다. 그 충격으로 인해 케스트렐은 배 밖으로 퉁겨 나갔다. 다행히 밧줄을 단단히 쥐고 있었기 때문에 케스트렐의 몸은 일단 날아 오른 이후에 선체 쪽으로 되돌아가 부딪쳤다. 간신히 밧줄을 끌어당겨 본체로 돌아온 케스트렐은 돛을 풀었다.

돛을 풀어 배의 속력을 줄이려는 것이 케스트렐의 의도였으나 돛의 한쪽 면만 풀리자 선체가 몹시 기울어지며 한쪽 편의 바퀴 두 쪽이 공중에 뜨고 말았다. 이제 배는 바퀴 두 쪽에 의지해 달릴 수밖에 없었다. 통나무 팔 끝에서 회전하던 칼날이 지면에 닿으면 서 모래를 흩날렸다. 통나무 팔 끝이 땅속에 박히는 순간, 선체는 마침내 달리는 속력을 주체하지 못하고 앞으로 곤두박질치고 말 았다. 그 와중에 통나무 팔과 돛대는 부러지고 바퀴들도 떨어져 나갔다. 하지만 아이들이 있는 본체만은 다행히 아무렇지 않았다. 곤두박질하던 본체가 드디어 멈춰 서자, 아이들은 가쁜 숨을 내쉬 었다. 몸이 쑤시고 아파 왔지만 목숨은 부지했고 다행히 어디 부 러진 데도 없었다.

아이들은 그 자리에 누워 마구 뛰는 심장이 정상으로 돌아오기 를 기다렸다. 모래 바람은 여전히 미친 듯이 불었지만 그 시끄럽 게 불던 경적은 멎었고 사납게 날뛰던 사막의 배도 이제 영원히 잠들어 버렸다. 바람에 돛이 펄럭이는 소리만 귓가에 들려 왔다. 그들은 또다시 선체 뒤에 웅크리고 앉아 바람을 피했다. 광풍이 멎기를 기다리는 방법 말고는 다른 도리가 없었다.

애늙은이들에 대한 공포와 사막의 배 안에서 당한 위기감 때문 에 기진맥진한 아이들은 자신들도 모르게 선잠이 들고 말았다. 비 몽사몽간에 그들은 몸이 광풍 속에 곤두박질치는 것 같아 소리쳐

깨며 서로를 얼싸안았다.

놀란 가슴을 가라앉히며 주위를 둘러보니 어느새 광풍은 멎고 사방이 쥐죽은 듯 고요했다. 일어나서 하늘을 쳐다보니 새파란 하늘이 눈부셨다. 소금굴에서 나온 뒤 처음으로 먼 곳이 눈에 들어왔다.

그들은 들쭉날쭉하게 끝없이 펼쳐진 모래 언덕들 한 곳에 서 있었다. 북쪽 지평선 너머로 선을 죽 그은 듯한 산맥이 눈에 들어왔다. 그것 말고는 방향을 가늠할 목표물이 전혀 없었다. 산들은 처음보다는 가까이 있었지만 아직도 며칠은 더 걸어야 당도할 듯싶었다. 식량은 아껴 먹는다 해도 내일이면 다 떨어질 판국이었다. 그 다음에는 어쩌면 좋단 말인가?

"어쨌든 가고 봐야 해. 무슨 수가 생기겠지."

하늘에 떠 있던 태양이 점점 낮아지고 있었다. 더 이상 걸음을 재촉할 이유가 없었다. 케스트렐은 머드넛 자루를 풀었다. 역시 예상했던 대로 멈포는 배고프다고 졸라 댔다.

"멈포, 떠나올 때 우리 모두 같은 양을 받았어."

"하지만 내 것은 다 없어졌어."

"미안하지만 내 것은 못 주겠어."

"하지만 난 배고프단 말이야."

"미리 그 생각을 했어야지."

케스트렐은 멈포에게 교훈을 주기 위해 매정하게 혼자서 머드넛을 먹기 시작했다. 멈포는 마치 강아지처럼 옆에 앉아서 그녀가 먹는 모습을 안타깝게 지켜보았다.

"그렇게 봤자 아무 소용 없어. 넌 네 것을 다 먹어 치웠고, 나는 지금 내 걸 먹는 중이야."

"하지만 난 배고파."

"그래 봤자야. 너무 늦었다, 그치?"

멈포는 훌쩍이기 시작했다. 보다못한 보우맨이 자기 자루에서 머드넛 한 개를 꺼내 주었다.

"보우, 고마워!" 멈포의 표정이 대번에 환해지며 말했다.

케스트렐은 멈포가 먹는 모습을 보자, 약이 올랐다. 보우맨의 관대한 모습을 보니 자기 자신에게 울화도 치밀었다.

"멈포, 넌 정말 아무짝에도 쓸모 없어."

"알아, 케스."

"우린 아직 갈 길이 멀어, 알아?"

"아니, 몰라." 멈포는 천진하게 대답했다. "난 우리가 어디 가는지도 몰라."

사실이 그랬다. 그들은 멈포에게 지금 자신들이 어떤 상황에 처해 있는지 이야기조차 해 준 적이 없었다. 보우맨은 자신이 부끄럽게 느껴졌다.

"케스, 지도를 보여 줘."

케스트렐은 지도를 펼쳐 놓고 멈포에게 가능한 한 알아듣기 쉽게 이 여행의 목적에 대해 설명해 주었다. 멈포는 케스트렐의 눈을 쳐다보면서 열심히 들었다. 말을 다 듣고 나더니 케스트렐에게 조용히 물었다.

"케스, 너 무섭니?"

"응."

"내가 도와줄게. 난 안 무서워."

"넌 왜 안 무섭니?" 보우맨이 물었다.

"무서울 게 뭐 있어? 여기 우리 친구 셋이 있잖아? 폭풍도 가셨겠다, 밥도 먹었겠다. 문제될 게 없잖아?"

"하지만 앞으로의 일이 걱정되지 않니?"

"걱정을 왜 해? 앞으로 어떤 일이 일어날지 알지도 못하는걸?"

보우맨은 호기심을 갖고 멈포의 얼굴을 빤히 들여다보았다. 어쩌면 그는 생각처럼 어리석지 않은지도 몰랐다. 어쩌면…….

갑자기 보우맨의 몸이 굳어졌다. 케스트렐은 공포를 대번에 느꼈다.

"보우, 왜 그래?"

"들려?"

귀를 기울이자, 저 멀리서 천둥 소리가 들리는 것 같았다. 모두 지평선 쪽으로 눈을 돌렸다.

"무엇인가 거대한 것이 이쪽으로 오고 있어."

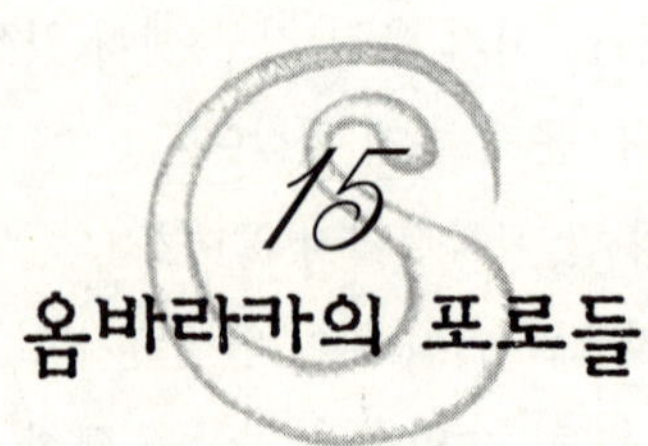

15
옴바라카의 포로들

모래 언덕 저편으로부터 깃발이 보이더니 점점 아이들 쪽으로 다가오고 있었다. 빨갛고 흰색으로 된 깃발이 깃대 높이 바람에 흩날리고 있었다. 깃대 밑의 본체는 아직 모습을 드러내지 않고 있지만, 깃대가 점점 높아지고 있는 사실로 미루어 이쪽으로 다가오고 있는 중이라는 것을 짐작할 수 있었다.

곧 돛이 보이면서 그 깃대라고 생각했던 것이 실은 깃대가 아니라 돛대의 끝이라는 것을 알 수 있었다. 아이들은 부서진 배의 본체 안에 몸을 바싹 숙이고 숨어서 지켜보았다.

돛은 하나가 아니라 여러 개였다. 작은 돛은 위쪽에, 큰 돛은 그 밑에 여러 개 달려 있었다. 그 밑으로 어마어마한 규모의 집합 구조물이 서서히 모습을 드러냈다. 여러 층으로 다닥다닥 붙은 집들의 창문이 줄지어 보였고 그것들 사이를 복잡하게 이어 주는 복도 난간도 보였다. 복도에는 사람들이 다니는 것 같았지만 너무 멀어 자세히 보이지는 않았다. 그 괴물로부터 들려 오는 소음은 땅을 진동시켰다. 복도 난간보다도 낮은 높이의 보조 돛대들과 돛들이 양옆으로 모습을 보이더니, 웬걸! 그 밑으로 위의 것보다 훨씬 넓은 또 한 단계의 구조물이 모습을 나타냈다. 초라한 판잣집들이 수없이 층을 이루며 붙어 있었는데, 그 사이를 로프나 나무로 다리를 놓아 오갈 수 있게 해놓았다. 수많은 사람들이 왁자지껄하게 떠들며 서로에게 이래라저래라 지시하는 소리가 들려 왔다. 그들은 긴 가운을 바람에 날리며 한 층에서 다른 층으로 로프를 타고 옮겨 다니며 법석을 떨고 있었다.

그 괴물은 아직도 계속해서 삐거덕 소리를 내며 언덕 밑에서부터 솟아오르고 있었다. 수많은 돛들이 바람에 펄럭였다. 놀랍게도 본체에는 한 단계가 더 있었다. 그곳의 집들은 정교하고 근사했다. 아름답게 파낸 창문이며 멋진 기둥을 세운 현관들이 보였다. 큰 돛대는 이 단계에서 시작되어 위의 두 단계를 뚫고 계속 뻗어 올라 깃발을 매단 꼭대기까지 이어졌다. 하지만 아직까지도 그 거대한 괴물은 자신을 온전히 드러낸 것이 아니었다. 그것이 내는 소리는 귀청을 찢을 듯했고 그 크기는 하늘을 덮을 듯했다. 이어 그것을 움직이는 집채만한 바퀴들이 서서히 모습을 드러냈다. 바퀴 사이의 공간에는 한 단계가 더 있어 그곳에는 가게와 공장, 밭, 철공소 등이 자리잡고 있었다. 이 괴물은 단순한 육지의 배가 아니었다. 바퀴 달린 도시 바로 그 자체였다.

엄청난 크기에도 불구하고 그 배는 정확하게 조종되어 아이들이 숨어 있는 부서진 선체를 향해 곧바로 다가왔다. 아이들은 몸을 웅크리고는 숨도 제대로 쉬지 못하고 숨어서 그것이 지나가기만을 기다렸다. 하지만 그 배는 그냥 지나치지 않았다. 배의 그림자가 아이들의 몸을 뒤덮는 순간 그 배에 탄 사람들이 자기들끼리 바쁘게 신호하고 떠드는 소리가 들려 왔다. 돛을 일제히 말아올리며 그 초대형 범선은 아이들이 숨어 있는 지점으로부터 불과 몇 미터 앞에서 멈춰 섰다.

다시 명령을 주고받는 소리가 났다. 긴 나무로 만든 기중기 팔이 내려오더니 끝에 붙은 쇠로 된 아가리가 입을 딱 벌렸다. 아이들이 상황을 채 파악하기도 전에 그 아가리는 부서진 선체를 파 올렸다.

아가리 속에서 아이들은 자기들을 가리키며 떠들어대는 사람들을 볼 수 있었다. 기중기가 부서진 선체와 아이들을 갑판 위에 내려놓자마자 초대형 범선은 돛을 올리고 움직이기 시작했다. 갑판 위에 내려진 선체 속에서 아이들이 고개를 들자, 험악한 표정으로 내려다보고 있는 얼굴들이 보였다. 그들은 모두 비슷한 모습을 하고 있었다. 훤칠한 키에 턱수염을 기르고, 모래색 가운을 입었으며, 허리에는 가죽띠를 두르고 있었다. 머리카락은 밝은 색 실을 섞어 가늘게 땋아 치렁치렁 늘어뜨리고 있었다.

"나와." 그 가운데 한 명이 명령했다.

그들은 아이들이 나오자마자 즉시 체포했다.

"차카 스파이 놈들!" 대장이 경멸조로 말하며 침을 갑판 위에 탁 내뱉었다. "파괴 공작원 놈들!"

"저- 아저씨-" 하고 케스트렐이 말을 꺼내려 하자, "시끄러워!" 하고 대장이 소리를 버럭 질렀다.

"차카 놈! 내가 말하라고 할 때까지 입 닥치고 있어."

그는 파괴된 선체에 눈길을 돌렸다. 부하들은 손상 정도를 조사하고 있었다.

"쾌속정은 완전히 파괴됐는가?"

"옛!"

"놈들을 옥에 가둬. 교수형에 처할 것이다."

그는 부하들을 이끌고 사라졌다. 보우맨과 케스트렐, 멈포는 갑판 한쪽에 있는 승강기 쪽으로 끌려갔다. 감시병들은 아이들을 그 안으로 밀어넣고 자기들도 안으로 들어서더니, "맨 밑층!" 하고 외쳤다. 그러자 승강기가 수직으로 세워진 레일을 따라 하강하기 시작했다. 내려가는 승강기 안에서도 두 명의 감시병은 아이들을 증오하는 듯한 눈길로 쏘아보았다.

승강기가 바닥에 닿자, 그들은 아이들을 끌고 긴 복도를 걸어서 쇠창살로 된 문 앞에 섰다. 아이들은 감방 안으로 떠밀려 들어갔다. 그들 뒤로 문이 꽝 하고 닫히며 자물쇠 잠기는 소리가 크게 들렸다.

감방 안에는 앉을 의자조차 없었다. 하나밖에 없는 창문을 통해 운동장이 내다보였다. 아이들이 두리번거리며 자기들이 처한 새로운 환경을 둘러보고 있을 때, 행진하는 발소리가 들렸다. 운동장에서 수염을 기르고 로브(아래위가 내리닫이로 된 길고 푹신한 겉옷―옮긴이)를 입은 병정들이 집합하고 있었다. 상관이 뭐라고 소리치자, 모두들 긴 칼을 빼 들고 큰 소리로 따라 했다.

"차카 스파이를 죽여라!"

그들은 전쟁 의식의 춤 같은 것도 함께 추었다. 상관이 "바라카!" 하고 외치면 졸병들은 칼을 휘두르며 소리 높여 대답했다.

"라카 카! 카! 카!" 그러고 나서 "차카 스파이를 죽여라!"고 복창했다. 횟수가 거듭될수록 그들의 행동은 더 거칠어지고 얼굴은 흥분 때문에 붉어졌다.

케스트렐과 보우맨은 걱정스런 얼굴로 그 광경을 쳐다보았지만 멈포는 신이 나는지 그 전쟁 의식 춤을 흉내내고 있었다. 멈포는 그들의 머리·모양이 특히 마음에 드는 눈치였다.

"어떻게 저렇게 땋는지 알아?" 하더니 자기 머리를 손가락으로 꼬기 시작했다. "빨간색하고 파란색 실을 섞어서 함께 땋았어. 초록하고 노랑색으로 땋은 사람도 있고."

"멈포, 조용히 해!"

자물쇠 여는 소리가 나더니 한 사나이가 얼굴을 들이밀었다. 그는 나이가 많고 뚱뚱하다는 것 말고는 다른 사람들과 다를 바 없었다. 그는 숨을 가쁘게 쉬면서 음식이 담긴 쟁반을 들고 들어왔다.

"왜 너네들에게까지 음식을 줘야 하는지 모르겠어." 그렇게 말하면서 그는 쟁반을 바닥에 '탕' 하고 내려놓았다. "아무래도 목매달아 죽일 건데……. 하지만 그것이 모라의 뜻이라면 할 수 없지."

"모라라고요?" 케스트렐이 외쳤다. "모라에 대해 아세요?"

"내가 왜 몰라?" 간수가 반문했다. "모라는 우리 모두를 지켜보고 있는데. 나까지도."

"보호해 주기 위해서요?"

"보호해 준다고?" 하더니 그는 혼자서 킥킥 웃었다. "그렇지. 모라는 우리를 잘 보호해 주지. 폭풍과 전염병을 주고 젖소까지 이유 없이 죽이니. 모라는 그런 식으로 우릴 잘 보호해 준다고. 너희들도 봐. 지금은 멀쩡하지만 내일이면 죽을 거야. 그런 식으로 모라는 우리 모두를 보호해 주지.”

음식은 옥수수빵에다 치즈와 우유가 전부였다. 멈포는 덥석 달려들어 먹기 시작했다. 잠시 망설이던 쌍둥이도 음식을 먹기 시작했다. 간수는 문 옆에서 그들이 먹는 모습을 의심스러운 눈초리로 지켜보았다.

“스파이 노릇 하기에는 나이가 너무 어려 보이는걸.”

“우린 스파이가 아녜요.” 케스트렐이 대답했다.

“너희가 차카 놈들이 아니라고?”

“아녜요.”

“그럼 너희가 바라카라는 말이냐?”

“아니오.”

“너희가 바라카가 아니면 그것은 바로 차카라는 말이야.” 간수가 설명했다.

케스트렐은 이 단순한 논리에 대해 어떻게 반박해야 할지 알수가 없었다.

“그리고 차카를 죽이는 것이 우리의 임무지.” 간수가 말했다.

“아저씨 머리 스타일 멋있어요.” 음식을 다 먹고 난 멈포가 말했다.

“그래?”

간수는 뜻밖이라고 생각하면서도 기분이 그다지 나쁘지 않은 표정이었다. 그는 자기의 땋은 머리카락을 하나 잡아당겨 보며 말했다.

“요번 주에는 초록하고 파랑을 섞어 볼 생각이야.”

"머리를 땋기 어렵나요?"

"꼭 어렵다고는 말할 수 없겠지. 똑같은 크기로 꽉 쪼매서 땋아야 하니까 연습은 조금 필요할 테지만."

"아저씨 잘 땋으시죠?"

"응, 이래봬도 손재주가 있거든. 너는 차카 주제에 제법 똑똑한 것 같구나."

쌍둥이는 멍한 표정으로 멈포와 간수 사이의 대화를 듣고 있었다. 간수의 목소리는 어느새 부드러워져 있었다.

"파란색은 아저씨 눈 색깔하고 같은 색이에요." 멈포가 말했다.

"응, 그 때문에 파랑색으로 해 본 거야. 대부분의 사람들은 빨간색 같이 야한 색을 좋아하는데 나는 자연스럽게 보이는 것이 좋아서."

"아저씨, 제 머리도 좀 땋아 주시지 않을래요?" 멈포가 애원했다. "나도 아저씨 같은 머리를 하면 얼마나 좋을까."

간수는 잠시 생각에 잠기는 듯했다.

"못 해 줄 것도 없겠지. 아무래도 목매달려 죽을 목숨 그 까짓것 못 들어주겠니? 무슨 색이 좋아?"

"무슨 색이 있어요?"

"다 있어. 원하는 색 다 해 줄게."

"그럼 모든 색깔을 다 넣어 주세요." 멈포가 대답했다.

"너무 야단스러울 것 같은데……. 그러지 뭐. 첫 경험일 테니까."

간수는 문을 잠그고 사라졌다.

"야, 너 참!" 케스트렐이 흥분해서 말했다. "지금 같은 상황에서 넌 헤어스타일 타령이나 하고 있니?"

"그럼 따로 무슨 생각을 하라는 거야?" 멈포가 되물었다.

간수는 빗하고 여러 색깔의 실을 갖고 다시 나타났다. 그는 바닥에 다리를 꼬고 앉더니 멈포의 머리를 땋기 시작했다. 그는 손을 바삐 움직이면서 친근한 어조로 주절대기 시작했다. 그의 이름은 살림바고 본업은 소젖짜기였다. 움직이는 도시 옴바라카에는 소만 1천 마리가 있고, 염소와 양도 기른다고 했다. 케스트렐은 기회를 놓치지 않고 그로부터 중요한 정보를 얻어 내려 했다. 도대체 차카가 누구인지부터 알고 싶었다.

살림바는 이 질문을 받더니 케스트렐이 무슨 속임수라도 쓰려는 것으로 받아들였다.

"아, 그런 수작은 안 부리는 것이 좋아. 여기엔 보라색이 참 좋겠다. 너 가끔 가다가 머리도 좀 감아라, 잉?"

"예, 알아요." 멈포가 겸연쩍게 대답했다.

"차카는 바라카의 적인가요?" 케스트렐이 집요하게 캐물었다.

"무슨 그런 이상한 질문을 다 하냐? 몇 세대에 걸쳐 너네가 우리를 학살하고서⋯⋯. 너희는 우리가 '초승달 대학살 사건'을 벌써 다 잊어버린 줄 아나 보지? 라카 4세 암살은 어떻고? 어림도 없는 소리. 차카가 다 죽어 없어질 때까지 우리 바라카는 잠을 편히 못 자지."

살림바는 너무 흥분하는 바람에 손이 미끄러져 실수를 하고 말았다. 그는 욕을 하면서 땋던 것을 풀고는 처음부터 다시 땋기 시작했다.

케스트렐은 같은 질문을 조금 돌려서 다시 했다.

"그럼 결국에는 바라카가 승리하겠네요?"

"물론이지." 살림바가 대답했다.

그는 열여섯 살 이상의 바라카 남성은 모두 군에 입대하여 매일 훈련을 받는다고 말했다. 그는 조금 전에 군사 훈련이 행해졌던 창 밖을 턱으로 가리키며 설명을 계속했다. 군인들은 선원·목수·사료 공급원 따위의 직업을 갖고 있지만, 그들의 첫 번째 임무는 무엇보다도 국방이라고 했다. 전쟁 나팔 소리가 나면 하던 일을 멈추고 창칼을 집어 들고 집합 장소로 출동해야 한다는 것이었다. 진정한 바라카라면 옴차카의 멸망을 무엇보다도 고대할 것이라며, 모라가 허락한다면 그날은 반드시 오고야 말 것이라고 했다.

멈포의 머리 땋는 작업은 한 시간 넘게 걸렸지만 다 끝내고 보니 과연 그럴 만한 가치가 있었다. 멈포 지저분하기야 전이나 지금이나 다를 바 없었지만 눈썹 위부터는 완전히 달라졌던 것이다. 진흙이 묻은 머리카락은 땋은 후에도 사방으로 곤두서 있었다. 원래는 그래서는 안 되지만 그런대로 개성 있어 보인다면서 살림바는 자기의 작품에 긍지를 느끼는 표정이었다.

감방 안에는 거울이 없었기 때문에 멈포는 자기 모습을 보지 못해 안달이었다.

"나 어때? 네 맘에 드니, 케스? 응?"

케스트렐은 무어라 대답해야 할지 적당한 표현이 떠오르지 않았다. 확실히 사람들의 관심을 끌기에 부족함이 없는 모습이었다. 무지개 고슴도치라고 표현해야 좋을지……. 그래서 "너 정말 달라 보인다"고 말해 주었다.

"그렇담 좋은 거야?"

"응, 그냥 다르다고 해두자."

쟁반 바닥이 반질반질하다는 것을 기억하고는 살림바가 그것을 들어올려 멈포 얼굴 앞에 갖다 댔다. 멈포는 희끄무레하지만 그 위에 비친 자기 모습을 보더니 적이 만족하는 것 같았다.

"고마워요. 잘하실 줄 알았어요."

그때 감옥 밖에서 사람 발소리가 들려 왔다. 간수와 포로들은 동시에 긴장했다. 문밖에서 누군가가 문을 두드렸다. 살림바는 이내 엄격한 표정으로 되돌아와서는 문을 열고 외쳤다.

"포로들, 일어섯!"

아이들은 엉거주춤 자리에서 일어났다.

반백의 머리와 턱수염을 길게 땋은 노인이 한 명 들어섰다. 그 뒤로 열두 명의 군인이 따라 들어와 팔짱을 낀 채 차가운 눈초리로 아이들을 노려보았다. 노인은 멈포의 머리 모양을 보고는 잠시 놀라는 듯했지만 그것에 대해서 언급하지는 않았다.

"나는 켐바라고 한다. 바라카인의 지도자이시자 옴바라카 시의 영주, '바람의 군사' 대장, 대평원의 군주이신 라카 9세의 고문이다. 호위병들은 나가 있도록!"

"옛, 고문님."

병사들과 살림바는 문을 닫고 밖으로 나갔다. 켐바는 창문 쪽으로 가서 보석 박힌 벨트를 만지작거리면서 창 밖을 잠시 내다보았다. 그러고 나서 한숨을 푹 쉬더니 아이들 쪽으로 돌아섰다.

"너희들 때문에 골치가 아프다. 어차피 교수형을 시켜야겠지만 말이야."

"우린 차카가 아니에요." 케스트렐이 말했다.

"차카가 아닐 리 없지. 바라카가 아니면 너희는 차카야. 그리고 차카는 우리의 원수이고."

"우리는 아라맨스에서 왔어요."

"웃기지 마. 너희는 차카임에 틀림없어. 너희는 죽어야 마땅해."

"우리를 교수형에 처한다는 것은 말도 안 돼요." 케스트렐이 단호하게 말했다.

"그것 때문에 나도 골치 아프다고." 고문이 독백처럼 말했다. "협정 때문에 죽이지는 못하고, 그렇다고 살려 둘 수도 없고. 어쩌면 좋담!"

그는 또 한숨을 깊이 내쉬었다.

"골치 아파. 무슨 방법이 있겠지. 방법은 있게 마련이야."

그는 손뼉을 치면서 문밖에 대고 소리쳤다.

"문 열어!"

그러고 나서 아이들을 보고 말했다.

"라카를 뵈러 가자. 형식에 불과하지만 사형을 시키려면 그의 허락을 받아야 하니까."

문이 열렸다.

"호위 행렬!" 그가 외쳤다. "포로들을 법정으로 호송한다."

아이들은 병사들에 둘러싸여 옴바라카 시의 주 승강대로 끌려갔다. 그곳의 승강기는 전에 탔던 것보다 훨씬 커서 일행을 한꺼번에 태울 수 있었다. 승강기는 삐거덕거리며 계단과 복도들을 지나쳐 수직으로 올라갔다. 승강기에서 나와서는 제법 큰길을 지나 굵은 기둥이 여러 개 세워져 있는 공회당 안으로 들어갔다. 호송돼 오는 중에 마주친 사람들은 아이들에게 야유를 퍼붓다가 멈포의 머리 모양을 보고는 경악했다. 호위병들 사이에서도 그것에 대한 의견이 분분했다. "너무 야해!" 하고 한 명이 말하자, 또 다른 쪽에서는 "저 천한 오렌지색 좀 봐!" 했다.

"뭐 내가 부러워서 하는 얘기는 아니지만, 어떻게 해서 머리를 저렇게 세울 수 있었지?" 하는 호기심 어린 목소리도 들렸다.

그들은 공회당 끝에 있는 문을 향해 걸어갔다. 넓어서인지 걸을 때마다 소리가 울렸다. 그들이 다가서자, 문이 안으로부터 열렸다. 길쭉하게 생긴 방에 커다란 테이블이 놓여 있었다. 테이블 표면에는 커다란 지도가 그려져 있었고, 그 둘레에는 지위가 높아 보이는 관리들이 몇 명 서 있었다. 그 중에는 아이들이 붙잡힐 당시 부하들을 지휘하던 대장의 모습도 보였다. 불그레한 얼굴에 주름이 깊게 진 군대 총사령관 타나카는 멈포의 머리 모양을 보고는 깜짝 놀라 소리쳤다.

"내가 뭐랬어? 어느새 한 놈은 바라카로 변장까지 했잖아!"

그 가운데 가장 체구가 작은 사나이가 앞으로 나서며 아이들을 무서운 눈초리로 쳐다보았다. 바라카인의 지도자이자 옴바라카 시의 영주, '바람의 군사' 대장, 대평원의 군주인 라카 9세는 불행히도 키가 몹시 작았다. 그는 키가 작은 것에 대한 자격지심 때문인지 무시무시한 외모를 하고 다녔다. 그의 머리는 날카로운 철샅줄을 넣어 땋은 탓에 움직일 때마다 번쩍번쩍 빛났다. 게다가 어깨에서 허리까지 가죽 벨트를 엇갈려 매고 그것에 온갖 크기의 칼들을 채우고 다녔다. 그는 늘 폭발하기 일보 직전인 것처럼 보였고 말소리 또한 높았다.

"이 차카 스파이 놈들!"

"우리는 스파이가 아니에요!"

"네가 감히 내 말을 부정해? 내가 누군지 아느냐? 내가 바로 라카야!"

그가 하도 불같이 화를 내는 바람에 케스트렐은 더 이상 아무 말도 하지 않기로 했다.

"사령관!"

"옛, 군주님." 타나카가 앞으로 나섰다.

"놈들이 우리 쾌속정을 파괴시켰단 말이지?"

"예."

"차카놈들! 가만두지 않겠다!" 그는 이빨을 뿌드득 갈며 발을 굴렀다. "옴차카를 따라잡을 수 있겠는가?"

"예, 군주님." 지도가 놓인 테이블 옆에 서 있던 사나이가 대답했다. 그는 열심히 계산을 해 보더니 말했다. "하루 정도면 가능합니다."

"그렇다면 가자! 놈들이 먼저 싸움을 걸어 왔으니 본때를 보여 줘야지."

"전쟁을 시작하시겠다는 겁니까?" 켐바가 조용히 물었다.

"그렇다네, 고문. 먼저 날 건드리면 그 열 배로 대가를 치러야 한다는 사실을 놈들은 알아야 해."

"지당하신 말씀입니다."

곧 명령이 하달되기 시작했다. 얼마 안 있어 건물 전체가 진동했다. 옴바라카가 진로를 바꾸고 있다는 사실을 아이들은 짐작할 수 있었다.

"사령관, 새벽까지 공격 함대를 준비시키시오!"

"예, 군주님."

"차카 스파이는 어떻게 할까요?"

"물론 교수형에 처해야지."

"그것은 지혜롭지 못한 방법이십니다." 켐바가 사려 깊은 목소리로 말했다.

"지혜롭지 못하다고? 무슨 소리를 하는 거야?" 조그만 군주가 펄쩍 뛰며 소리쳤다. "스파이를 처형하겠다는데 지혜롭지 못하다니?!"

켐바는 바짝 붙어 서더니 군주의 귀에 대고 속삭였다.

"놈들을 족쳐 차카 함대의 비밀을 캐내게 하심이……."

"그러고 나서 죽일까?"

"예, 군주님."

군주는 고개를 끄떡이더니 생각을 정리하려는지 방안을 왔다 갔다 했다. 모두들 침묵을 지켰다. 갑자기 군주가 걸음을 멈추더니 쩌렁쩌렁한 음성으로 말했다.

"스파이 놈들을 심문하고 나서 교수형에 처하라."

켐바는 다시 한 번 군주의 귀에 대고 속삭였다.

"놈들에게 교수형을 안 시킨다고 해야지 순순히 불지, 그렇지 않으면 아무 말도 안 할 것입니다."

"그러면 그 다음에 죽일까?"

"예, 군주님."

라카는 고개를 끄떡이고는 큰 소리로 외쳤다.

"스파이 놈들이 우리에게 협조한다면 목숨은 살려 줄 것이다."

타나카는 그 소리를 듣고 분개해서 말했다.

"아니 군주님, 목숨을 살려 주시겠다고요?"

"이것은 첩보 차원의 이야기일세." 군주가 못마땅하다는 투로 말했다. "자네는 이해하지 못할 걸세."

"저는 고문이 자기 본분을 지키지 않는 것으로 생각됩니다, 군주님."

그러나 라카는 들은 척도 하지 않고 명령을 내렸다.

"고문, 놈들을 끌어내시오." 그리고 손으로 파리 쫓는 시늉을 하며 말했다. "심문을 하시오."

그러고 나서 지도가 있는 테이블 쪽으로 가서 말했다.

"사령관, 자네와 나는 이제부터 전략을 짜야 해."

아이들은 감방으로 되돌아왔다. 켐바가 따라 들어오며 문을 닫았다.

"겨우 시간을 좀 벌었군. 이 딜레마를 해결하기 위해서는 시간이 좀 필요하거든. 차카 함대 따위를 심문하는 데 허비할 시간이 없어."

"우린 차카 함대에 대해서는 아는 게 없어요."

"그 따위는 중요하지 않아. 내 딜레마를 얘기해 주지. 너희들을 사형시키는 것은 협정을 위반하는 거야. 하지만 살려 주면 우리 옴바라카 전체의 수치일 뿐 아니라 조상들 뵐 면목도 없어지지. 우리 모두 차카를 피로 복수하겠다는 맹세를 했거든. 전에는 한 번도 포로를 잡은 적이 없었기 때문에 문제가 되지 않았는데……."

켐바의 설명에 따르면 바라카와 차카는 몹시 오랫동안 계속되는 전쟁 때문에 쌍방의 피해가 너무 심해 협정을 안 맺을 수 없었다고 한다. 그런데 협정에는 상대편이 먼저 자기 편의 목숨을 빼앗지 않는 한, 상대편을 죽일 수 없도록 규정되어 있다는 것이었다.

"그렇다면 전쟁은 끝난 것 아닌가요?"

"천만에." 쾜바가 대답했다. "전쟁을 끝내는 건 불가능해. 옴바라카는 전쟁을 안 하고는 살아남을 수가 없어. 봐, 우리는 적의 공격을 피하기 위해 이같이 움직이는 섬에서 살고 있어. 게다가 우리는 무사 집단이야. 우리 사회의 서열은 군대식 계급으로 매겨져 있고, 무엇보다도 중요한 것은 우리의 우두머리인 라카는 장군이라는 사실이야. 그래서 전쟁을 할 수밖에 없어. 다만 전사자가 없다는 것이 다를 뿐이지. 바라카와 차카 중 서로 싸우다 죽은 사람은 한 명도 없어."

"아니, 싸우다 죽지 않는 전쟁도 있어요?"

"인간 대신 기계로 싸우기 때문이지."

쾜바는 손가락으로 창 밖을 가리켰다. 운동장 저 멀리 배의 돛대가 보였다.

"우리 함대하고 놈들의 함대하고 붙는 거지. 우리가 이길 적도 있지만 놈들이 이길 때도 있어. 쾌속정, 구축함, 순양함들끼리 서로 부딪쳐 싸우는 거야."

"그렇다면 게임이라고 할 수 있겠네요."

"아니야. 전쟁이야. 실전하고 똑같아. 라카는 언젠가 옴차카를 때려부수고 대평원의 맹주가 되려는 야망을 갖고 있어. 우리 모두 그렇게 되기를 바라고……. 전쟁이 없어지면 우리의 생활 방식은 급격히 변해야 하고 바라카스 자체마저 붕괴돼 버릴지도 몰라."

"그렇다 해도 우리를 죽일 필요까지 있나요? 그렇게 잔인한 분들 같지도 않은데."

“아니야, 필요해.” 고문은 무슨 딴 생각에 정신을 쏟고 있는 듯 힘없는 목소리로 대답했다. “나는 너희들 목숨 따위에는 손톱만큼도 신경 쓰지 않지만 그놈의 협정 때문에 골치야. 우리가 자기네 스파이를 교수형에 처한 것을 차카 놈들이 알면 복수하려고 들 게 뻔해. 그러면 살육이 다시 되풀이될 거란 말이야.”

“그렇다면 우리를 죽이지 않으면 되죠.”

“하지만 옴바라카 전체가 너희들에 대해서 알고 교수형을 손꼽아 기다리고 있어. 우리는 차카를 죽여야 한다고 배우며 컸어. 여기 우리 쾌속정을 파괴하다가 잡힌 차카 스파이가 있는데 그냥 놔줘? 천만의 말씀이지.”

그는 창 밖을 내다보며 혼잣말처럼 중얼거렸다.

“그 협정을 협의한 사람도 바로 나였다고.”

그는 긴 한숨을 내쉬었다.

“그럼 우리를 탈출시켜 주세요.”

“안 돼. 그것은 우리 모두의 수치야.”

“우리를 교수형 하는 척만 하세요.”

“만약 속임수가 성공한다고 치자. 차카 놈들이 우리가 협정을 깼다면서 우리를 죽이려 들 텐데? 속임수에 실패하면 옴바라카 시민들이 우리를 찢어 죽이려 들 거야. 제안을 하려면 좀 그럴듯한 제안을 하든지, 아니면 내가 혼자 생각 좀 하게 말 걸지 마.”

잠시 침묵이 흘렀다. 그 사이에도 옴바라카 시 전체는 삐거덕거리면서 대평원을 가로질러 달리고 있었다.

몇 분 후, 고문이 손뼉을 탁 치며 좋아했다.

“그렇지! 해답을 바로 앞에 두고도 그 생각을 못했어!”

보우맨과 케스트렐은 그가 무얼 보고 그러는지 궁금하여 창가로 달려가 보았다. 운동장에는 아무 것도 보이지 않았다. 그렇다면 무엇을 보고 좋아하는 것일까?

"뭐요?"

"함대! 눈에는 눈이라고 했어!"

그는 흥분된 얼굴로 아이들을 쳐다보았다.

"내가 좋은 수를 생각해 낼 줄 알았지. 내 머리가 얼마나 좋은데! 내 말 잘 들어 봐."

차카와의 전투는 내일 벌어질 예정이었다. 바라카가 함대를 출동시키면 차카 쪽에서도 자기들 함대를 내보내 방어하려고 할 것이다. 전투함들은 서로 충돌하여 부수고 부서질 판이었다. 차카 스파이들을 그 중 하나에 태워 내보내면 자기 편 전투함과 충돌해 죽을 것이 아닌가?

"내 아이디어가 얼마나 기발한지 이제 알겠어? 우리 손으로 너희를 죽이는 대신 차카 손에 죽게 하겠다는 말씀이야. 그러면 협정을 어기지 않아도 되잖아. 어때? 완벽하지?"

그는 감방 안을 왔다 갔다 하면서 심호흡이라도 하는 것처럼 양팔을 벌렸다.

"아! 너무나 멋진 생각이야."

"하지만 그러면 우린 죽잖아요?"

"당연하지! 옴바라카 전체가 구경할 테지. 아! 내 인생 최고의 기발한 생각이야."

그는 더 이상 아이들은 안중에도 없다는 듯이 휙 돌아서 문 쪽으로 향했다.

“간수, 문 열어. 나 나간다.”
“제발, 우리를 어떻게 좀-” 하고 케스트렐이 애원하려 했다.
“시끄러워, 차카 놈!”
그는 매정하게 한마디 던지고 나서 감방 밖으로 나가 버렸다.

16
바람 전쟁

킴바의 계획은 라카의 허락을 받은 것이 분명했다. 살림바는 옴바라카 시민들이 벌써 그 순간을 고대하고 있다고 말했다.

"우리는 전투에서 사람이 실제로 죽는 모습을 본 적이 없어. 이번에는 꼭 지켜봐야지." 살림바가 눈을 번득이며 말했다.

"우리가 죽을지 안 죽을지 어떻게 알아요?" 케스트렐이 물었다. "우리 배가 적의 배와 안 부딪칠 수도 있잖아요?"

"아, 그럴 리 없어." 살림바는 고개를 흔들었다. "차카 함대가 다 뜰 때까지 기다릴 거야. 그리고 그 가운데로 너희를 보내겠지. 차카 구축함에 있는 회전 칼날에 너희들은 난도질당할 게 분명해."

"아저씨는 인정도 없어요?" 보우맨이 눈물이 글썽해서 외쳤다.

살림바는 보우맨을 쳐다보더니 조금 찔리는지 눈을 돌렸다.

"너희들한테야 안 좋겠지. 사실이야 그렇지. 하지만……" 그의 두 눈이 다시 밝아졌다. "우리한테는 흥미로운 일이지!"

그가 나가고 나자, 쌍둥이는 앞으로의 일을 걱정했다.

"참 이상해. 말로는 죽인다 어쩐다 하지만 속은 선량한 사람들 같거든."

"히야!" 갑자기 멈포가 외쳤다.

"멈포?"

"응? 케스, 왜 불러?"

"너, 지금 어떤 상황인지 알고나 있니?"

"난 네 친구고 난 너를 사랑해."

멈포의 두 눈이 조금 이상해 보였다.

"우린 내일 쾌속정에 태워져서 적의 배들과 부딪쳐 죽을 목숨이란 말이야."

"그렇다면 잘됐지."

"잘된 것이 아니야. 빙빙 도는 칼날에 산산조각날 운명이란 말이야."

"큰 조각 아니면 작은 조각?" 하며 멈포는 킬킬댔다. "아니면 코딱지만한 조각?"

케스트렐은 멈포의 얼굴을 자세히 들여다보았다.

"멈포, 아– 해 봐."

멈포가 누런 이빨을 드러냈다.

"너, 또 틱사초 씹었구나?"

"케스, 난 행복해."

"어디 있어? 내놔 봐."

그는 주머니에서 틱사 이파리를 한 움큼 끄집어냈다.

"넌 정말 쓸모 없는 아이야."

"알아, 케스. 하지만 널 사랑해."

"입 닥쳐."

보우맨은 푸르스름하면서도 회색 빛이 도는 틱사초를 바라보았다.

"어쩌면 가능할 것도 같은데."

"뭐가?"

"우리가 부서진 쾌속정에 타고 있을 때 그 배의 구조를 눈여겨 봤는데…… 알 것 같애. 멈포가 진흙탕에 뛰어들 때처럼 돛대에 올라갈 수만 있다면 가능할 것 같아."

다음날 아침, 동틀 무렵 큰 돛대 끝에 올라 망을 보던 대원으로부터 실로 기다리던 보고가 들어왔다. 옴차카 전방 출몰! 옴바라카와 거의 똑같이 생긴 초대형 범선이 동녘을 등지고 돌진해 오고 있었다. 남서풍이 강하게 불고 있었기 때문에 두 대의 움직이는 도시는 맞바람을 피해 침로를 돌려 서로를 향해 다가갔다.

라카는 사령관 자리에 버티고 앉아 있었다. 저 밑으로 함대들이 출정할 태세를 갖추고 대기하고 있었다. 옴바라카 시민들은 두근거리는 마음을 달래며 다가오는 전투를 기다렸다. 바람 측정 전문가들은 도구를 높이 쳐들고 바람의 변화를 살피느라 바삐 움직였다. 사령부에서는 보고돼 들어오는 정보를 분석하여 풍속과 풍향을 정확히 예측하려고 안간힘을 썼다. 사막전에서 가장 중요한 요소는 풍향과 전함의 출항 타이밍이었다. 모함끼리 접근하면서 싸우기 때문에 전함을 늦게 출전시킬수록 표적을 맞히는 정확도가 높아졌다. 반면에 너무 늦게 내보낼 경우 속력이 붙기도 전에 적함의 밥이 될 우려가 있었다.

모함 옴바라카와 옴차카는 바람을 등지고 싸울 수 있는 유리한 위치를 먼저 차지하기 위해 달려나갔다. 하지만 어느 쪽도 우위를 점하지 못하고 서로 옆바람을 받으며 맞서는 경우가 대부분이었다. 그 때문에 전투함들은 옆바람을 안고도 잘 달릴 수 있도록 고안돼 있었다.

지평선 위로 태양이 떠오르며 대평원을 찬란하게 비출 무렵, 라카는 전투 개시를 알리는 나팔을 울리도록 지시했다. 첫 나팔은 제일 높은 전망대에서 울려퍼졌다. 그러자 옴바라카 전역에 배치된 감시탑으로부터 응답하는 나팔이 울렸다. 낮고 굵직한 나팔 소리는 갑판에서 갑판으로 울려퍼졌다.

아이들은 감방 안에서 나팔 소리를 듣고 그것의 의미를 알아차렸다. 곧 달려오는 발소리가 들리더니 문밖에서 멈췄다. 문이 열리고 완전 무장한 군인들이 아이들을 복도로 끌어냈다. 그들은 아무 말도 하지 않고 아이들을 거칠게 몰아 운동장을 가로질러 진수대 있는 곳으로 끌고 갔다. 그곳에는 헤아릴 수 없을 정도로 많은 전함이 대기 중이었다. 각 전함에 기술자들이 붙어서 열심히 마지막 점검을 하고 있었다. 배 한 척마다 배정돼 있는 출정 준비 팀이었다. 그들에게 지금은 매우 의미 깊은 순간이었다. 공들여 조이고 닦으며 애지중지 관리해 온 군함을 옴바라카의 명예를 위해 돌아올 수 없는 길로 내보내야만 하는 시간이 다가온 것이다. 운이 좋으면 적함을 침몰시킬 테지만 결국에는 자기 배도 희생되고야 말 것이다.

아이들을 끌고 대기 중인 군함들 사이로 가던 군인들이 가벼운 쾌속정 앞에 멈춰 섰다. 바라카 군인들은 그곳에 수없이 배치돼 있었다. 그들은 아이들을 볼 때마다 땅에 침을 탁 뱉으며 욕을 해 댔다.

"차카 쓰레기 놈들! 너희 목이 날아가는 모습을 똑똑히 봐 주마."

진수대에서는 대원들이 끝이 굽은 장대를 들고 서서 군함들을 옆으로 대기시키는 작업을 하고 있었다. 아이들을 배에 태우기 위해 세 개의 장대가 쾌속정을 선착장가에 끌어 붙이고 있었다. 새파랗게 간 칼날들이 아침 햇살을 받아 반짝반짝 빛났다. 그것들은 쾌속정이 움직이면 회전하게 고안돼 있었다.

이제 아이들의 운명은 켐바의 손에 맡겨진 듯했다. 그는 아이들에게 친근한 미소를 보내더니 호송병들에게 명령했다.

"차카 스파이들을 돛대에 묶어라!"

"저, 잠깐만요" 하고 케스트렐이 소리쳤다. "모두가 구경할 거라고 안 하셨어요?"

"그랬다면?"

"우리를 묶어 놓으시면 너무 쉽게 끝날 것 아녜요?"

"무슨 얘기를 하고 싶어 그러는 거지?"

"우리가 쾌속정 안에서 우왕좌왕하면 보시기에 더 재미있을 것 같아서요."

켐바는 이 제안을 듣고 잠시 생각하는 눈치였다.

"밖으로 뛰어내려 탈출하면 어떡하고?"

"그러면 우리를 묶어서 돛대에 연결해 놓으면 되잖아요? 우리에게 싸울 수 있는 연장만 주시면 열심히 싸워 구경거리를 만들어

드릴게요."

"칼은 안 돼. 스파이들에게 칼을 줄 수는 없어."

"저 끝이 굽은 장대는 어때요?" 보우맨이 손으로 가리키며 물었다.

"그것을 어디다 쓰게?"

"달려오는 차카 군함을 밀어 물리치는 데 쓰죠."

"장대 갖고 군함을 밀어?"

켐바는 입가에 미소를 떠올렸다. 주위의 군인들은 모두 와- 하고 웃음을 터뜨렸다. 전함들이 얼마나 엄청난 속도로 돌진하는지 그들은 잘 알고 있었기 때문이었다.

"좋아. 아이들에게 장대를 하나 줘라. 어디 차카 구축함을 떠밀어 내는 광경을 구경이나 해 보자."

모두 조롱하며 웃는 사이에 군인들은 아이들을 쾌속정에 태우고 로프로 묶은 후, 그 끝을 돛대에 붙들어맸다. 로프는 가늘었지만 무척 질겼고 매듭은 아주 단단했다. 군인들이 내리자, 끝이 굽은 장대 하나가 던져 올려졌다. 사람들은 또 한 번 와- 하고 웃었다. 그 장대는 한 번 퉁기더니 바닥에 떨어졌다. 케스트렐이 멈포에게 뭐라고 말하자, 멈포가 웃으면서 장대를 집어 들었다.

옴바라카 선체의 서쪽 편에서는 즐비하게 늘어선 군함들이 명령이 떨어지기만을 기다리고 있었다. 아이들이 타고 있는 쾌속정 앞으로 구축함이 14척, 뒤쪽으로 쾌속정 9척이 대기하고 있었다. 저 멀리에서 옴차카의 실루엣이 모습을 드러냈다. 차카 쪽에서도 전쟁 준비를 알리는 나팔 소리가 희미하게 들려 왔다.

두 대의 모함은 서로 사이를 좁히며 다가가고 있었다. 전함들의 돛은 아직 올리지 않은 상태였다. 케스트렐이 고개를 쳐들고 보자, 머리 위 갑판에서 남녀노소 할 것 없이 모두 난간에 붙어 서서 평원 저 멀리를 바라보고 있었다. 그들 위의 전망대에서는 전망 요원이 망원경으로 옴차카 쪽의 일거수일투족을 놓치지 않으려는 듯 관찰하고 있었다. 저쪽에서 선제 공격할 경우를 대비하여 잔뜩 긴장하는 모습이었다.

적끼리 서로 마주 보고 서서히 다가가는, 손에 땀을 쥐게 하는 순간이었으나 멈포만큼은 전혀 긴장하지 않았다. 멈포는 끝이 굽은 장대를 머리 위로 돌리면서 혼자 히죽거리고 있었다. 바라카 시민들이 주먹질을 하며 야유를 보내도 웃으며 손을 흔들 뿐이었다. 보우맨과 케스트렐은 조용히 사태를 지켜보고 있었다. 그들은 배의 구조와 기술자들이 전함의 궤도를 조준하는 모습을 눈여겨 보고 있었다.

드디어 명령이 하달되었다.

"교전 준비!"

진수대의 기술자들은 정신을 모으고는 출발 명령을 기다렸다. 건너편 옴차카 진수대의 움직임도 바빠졌다. 곧 차카의 함성이 들리기 시작했다.

차-차-차카! 차-차-차카!

우렁찬 함성과 함께 돛이 펼쳐지며 차카의 구축함들이 땅 위에 내려졌다. 구축함들의 회전 칼날이 급히 돌면서 앞으로 달려나오는 모습을 옴차카 시민들은 조심스럽게 지켜보았다.

"한 척 내보내!"

명령이 떨어지자마자, 출정 준비 팀들은 익숙한 솜씨로 마무리 작업을 하기 시작했다. 돛을 올리고, 회전 칼날의 안전 장치를 풀고, 마지막으로 풍향을 재점검하고, 궤도를 조준했다. 마침내 준비가 끝났다고 고개를 끄떡이자, 팀의 지도자가 외쳤다.

"출발!"

고정 장치가 풀리자 무거운 전함은 진수대로부터 굴러 나갔다. 바람에 돛이 부풀면서 칼날이 돌아가기 시작했다. 바람을 막아 주던 모함으로부터 벗어나자, 전함은 불어닥치는 옆바람을 받아 돛대 끝에 달린 경적을 요란하게 울리며 무서운 속도로 달리기 시작했다. 옴바라카의 모든 시민들은 하나가 되어 외치기 시작했다.

라카-카-카-카! 라카-카-카-카!

두 번째, 그리고 세 번째 차카 구축함이 떴다. 모든 시민들의 시선이 앞장서 달려오는 차카 구축함에 집중되고 있는 사이에도 진수대에서는 발사 명령이 계속해서 울려 퍼졌다. 그 와중에서도 두 모함은 서서히 거리를 좁혀 가고 있었다.

처음 출전한 차카 전함 두 척은 이쪽에서 출전한 전함들과 정면충돌하며 산산조각이 났다. 양쪽 모함으로부터 승리를 축하하는 환호성이 울려 퍼졌다. 어느 편이 더 큰 피해를 입었는지는 거리가 너무 멀어 알 수가 없었다.

곧이어 양쪽은 전면전으로 돌입했다. 양편 모두 조준이 너무 정확해서 두 모함 사이의 평지는 곧 군함들의 무덤으로 변했다. 어느 편에서도 상대방의 수비를 뚫지 못했다.

차카는 출항 횟수를 점점 빨리 늘리기 시작했다. 숫자로 바라카의 수비벽을 뚫고 모함을 파괴하려는 작전 같았다. 라카는 전함 중에서 가장 빠르고 기동력 있는 쾌속정들을 아껴 두었다가 결정적인 순간 풀어놓을 계획이었다.

양편 시민들이 질러 대는 고함 소리는 군함들끼리 충돌하며 내는 소음으로 인해 간간이 끊겼을 뿐, 그치지 않고 계속되었다. 어느 쪽이 우세하다고 속단할 수는 없었으나 차카의 군함이 더 많이 깔려 있는 것은 확실했다.

아직까지도 옴바라카 진수대 쪽에서는 결사적으로 군함들을 계속 출발시키고 있었다.

"출발! 출발! 출발!"

사령실은 고함 소리로 몹시 어수선했다. 라카는 그 한복판에서 창 밖을 바라보며 서성이고 있었다.

"풍향 서쪽으로 2도 변환!"

"차카 서른한 대째 출항."

"명중! 완전 명중!"

"적함 110미터 앞까지 접근 중!"

"차카 서른둘, 서른세 대째 출항!"

"놈들에게 몇 척이나 더 있는 거야?" 라카가 외쳤다.

"아군 제2함대 전부 출전. 쾌속정 대기 중."

군대 총사령관 타나카가 군주 옆으로 달려갔다.

"쾌속정을 내보낼까요?"

"안 돼. 놈들이 원하는 것이 바로 그거야."

"차카 서른넷, 서른다섯, 서른여섯 대째 출항!"

"적함 90미터 앞까지 접근!"

"내보내야 합니다. 그렇지 않으면 막을 길이 없습니다!"

"차카 놈들! 도대체 몇 대나 더 갖고 있단 말야?"

"서른일곱 대째 출항."

"쾌속정을 푸셔야 합니다."

"그러면 놈들의 작전에 우리가 말려든단 말이야. 놈들이 원하는 것이 바로 그거야!" 라카가 외쳤다.

"차카 구축함 아군 수비선 통과!"

그 소리를 듣고 사령실은 찬물을 끼얹은 듯 조용해졌다. 모두들 우려하던 상황이 벌어지고 만 것이었다. 수비선을 뚫고 적함이 옴바라카 본진을 향해 돌진해 오고 있었다.

"충돌 예상 지점을 파악하라. 위험 경보를 울려라!" 타나카가 외쳤다. 그러고 나서 라카를 돌아보며 긴급하게 호소했다.

"군주시여, 쾌속정을!"

"내보내." 라카는 내키지 않는 어조로 말했다. "쾌속정을 출항시켜!"

진수대에서도 위험을 알리는 나팔 소리가 들려 왔다. 차카 구축함대가 수비진을 뚫었다는 사실을 알게 되면서 군중들의 함성 소리도 주춤해졌다. 출정 준비 팀은 우물쭈물할 여유가 없었다. 위험 경보와 거의 동시에 쾌속정 출항 명령이 떨어졌기 때문이었다.

아이들이 탄 쾌속정이 1순위였지만 그들은 그것 대신에 다른 쾌속정을 내보냈다. 수비선을 뚫은 차카의 구축함 한 대는 벌써 옴바라카 모함 앞까지 다가오고 있었다. 제일 앞서 출발한 쾌속정이 앞으로 달려들었지만 그 무서운 기세를 막기에는 역부족이었다. 차카 구축함은 쾌속정을 받아 하늘로 날려 보냈다. 쾌속정이 옴바라카 선체에 떨어져 박살나면서 사방으로 파편이 튀었다. 시민들은 파편을 피해 비명을 지르며 여기저기로 도망쳤다.

하지만 진수대원들은 태연했다. 그들은 침착하게 계속해서 쾌속정을 출항시켰다. 자기들이 탄 쾌속정이 나갈 차례를 기다리면서 보우맨과 케스트렐은 눈앞에 벌어지고 있는 전투를 조용히 지켜보고 있었다. 멈포는 장대를 휘두르며 흥분해서 소리쳤다.

"깨부숴라! 빨리빨리! 여기 하나 온다. 꽝! 꽝! 히히히."

갑자기 명령이 하달되는 소리가 모함 이곳저곳에서 어지럽게 메아리쳤다. 선원들은 급히 돛을 거두어들이기 시작했다. 움직이는 도시는 서서히 멈추어 섰다. 라카가 최후의 보루를 정한 것이었다. 그 자리에서 끝장을 보고야 말겠다는 의지였다.

그러나 옴차카는 몇 분 가량 계속해서 그들 쪽으로 다가왔다. 최후의 일전을 접근전으로 하려는 것일까? 하지만 옴차카도 이내 돛을 접더니 그 자리에 우뚝 섰다. 두 모함의 사이는 불과 50미터 정도!

최후의 승패는 바로 그곳에서 갈릴 것이었다.

사령실에서 라카는 고통스러운 얼굴을 감추지 못하고 있었다.

"더 있을까? 더 있는지 알아내야 해!"

"없습니다."

"벌써 있는 총알을 다 쐈단 말이야? 믿을 수 없는걸."

"명중! 명중!"

"풍향 남서쪽으로 3도!"

"쾌속정이 세 척 남았습니다. 띄울까요?"

"놈들의 배는 몇 대나 남았는가?"

"차카 진수대에는 배가 한 척도 안 보입니다."

"그러면 다 내보내!"

라카는 두 눈을 번쩍이며 두 팔을 치켜들고 외쳤다.

"놈들이 너무 성급히 최후의 일격을 던졌어. 이제 어느 쪽 수비진이 뚫리나 보자구."

이제 상대방의 얼굴이 보일 만큼 가까운 위치에서 마주 보고 선 두 도시 사람들은 함성으로 대결을 벌이기 시작했다.

"차-차-차카! 차-차-차카!"

"라카 카! 카! 카! 라카 카! 카! 카!"

양편 군함은 서로 뒤엉키고 충돌했다. 군함이 부딪칠 때마다 양편 시민들은 함성을 질러 댔다. 양쪽 모두 상대 진영으로 침투하지 못한 상태였다. 바라카 쪽에서 쾌속정을 출항시켰지만, 차카 쪽에서는 아무런 반응을 보이지 않았다.

아이들이 탄 배는 남은 세 척 중에서 제일 마지막으로 출항할 예정이었다. 켐바는 전투의 최종 클라이맥스를 그들의 죽음으로 장식하려는 듯했다. 드디어 그들이 타고 있는 배의 돛이 펴지며 부풀어올랐다. 배가 지면에 닿자 머리 위의 도르래가 끽 하는 소리를 냈다. 조준사가 궤도를 정한 후 큰 돛의 활대를 비끄러맸다. 켐바는 마지막으로 손을 흔들며 외쳤다.

"내 생애 최고의 아이디어야. 멋진 구경거리를 보여 줘."

"출발!"

마침내 명령이 떨어졌다. 고정 장치가 풀리면서 선체가 앞으로 튀어나가는 바람에 그 반동으로 아이들은 모두 바닥에 구르고 말았다. 양옆에 있는 칼날이 회전하기 시작했고, 돛대 끝에 붙은 경적은 요란하게 울었다.

옴바라카 난간에 붙어 구경하던 시민들은 세 척의 쾌속정이 출정하자 승리를 확신하는 듯 환호했다. 적어도 맨 나중의 한 척은 적진에 침투할 것이 틀림없었다. 그 배 안에 타고 있는 아이들을 보자, 그들은 또다시 욕설을 퍼붓기 시작했다.

"차카 쓰레기! 차카 스파이 놈들아, 죽어라!"

하지만 그들의 욕설은 오래가지 못하고 순간 멈췄다. 옴차카 모함 선체에 있는 커다란 문들이 열리면서 감춰 두었던 함대가 그 자태를 나타냈기 때문이었다.

사령실에서 그 모습을 본 라카의 얼굴이 새파랗게 질렸다. 적의 계략에 걸려든 게 틀림없었다. 마지막 카드를 다 써버린 터라 속수무책이었다.

"몇 대야?"

그는 멍한 얼굴로 물었다. 하지만 물을 필요도 없었다. 받침대로 굴러 나오는 함대를 직접 눈으로 확인할 수 있었던 것이다. 50미터 가량을 사이에 두고 여덟 대의 구축함이 출항 준비를 갖추고 있었다. 최고의 속력을 내기에는 거리가 너무 가깝긴 하지만 옴바라카 모함에 큰 손실을 입힐 것임에는 틀림없었다. 수비 부담이 전혀 없으므로 차카 사령관은 마음놓고 발사시킬 것이 틀림없었고, 옴바라카 쪽에서는 속수무책으로 당할 수밖에 없는 위기에 처한 것이었다. 그렇게 되면 옴바라카 모함은 절름발이가 될 것이 분명했다.

옴바라카 시민들도 모두 그 사실을 알고 있었다. 그들은 소리 없이 이미 떠 있는 구축함들에게 쾌속정들이 돌진하여 부딪치는 모습을 지켜보았다. 명중했음에도 불구하고 환호는 튀어나오지 않았다. 오직 옴차카 쪽에서의 함성만이 평원에 메아리쳤다.

"차-차-차카! 차-차-차카!"

바로 그 순간, 기괴한 일이 벌어졌다. 최후의 쾌속정, 차카 스파이들이 탄 바로 그 배가 크게 원을 그리면서 방향을 틀고 있었던 것이다. 아이 하나는 큰 돛을, 그리고 다른 한 아이는 전방의 삼각 돛을 조정하고 있었다. 세 번째 아이는 돛대를 어느새 타고 올라가 그 꼭대기에서 장대를 휘두르고 있었다. 그 쾌속정은 격전지에서 멀어지는 듯하더니 삥 돌아서 원래의 방향으로 달려나갔다.

쾌속정 안에서 보우맨과 케스트렐은 돛대를 조정하는 데 온 신경을 곤두세우고 있었다. 처음에는 중심에 중점을 두고 배를 돌리는 연습을 해 보았다. 그 때문에 네 개의 바퀴는 도는 중에도 모두 땅 위에서 뜨지 않았다. 그들은 다시 한 번, 이번에는 더욱 작은 원을 그리며 돌아보았다. 배는 조금 기울었지만 멋지게 회전했다. 그들은 소리 없이 말을 주고받으며 손발을 맞췄다.

돌려! 풀어! 잡고 있어! 좋았어!

두 번 그렇게 연습을 하고 나자, 보우맨과 케스트렐은 운전에 자신이 생겼다. 그들은 자신감 넘치는 표정으로 서로의 얼굴을 쳐다보았다.

"멈포, 준비됐니?" 케스트렐이 위를 올려다보며 물었다.

"기분 좋다!" 장대를 휘두르며 멈포가 대답했다. "고기 잡으러 가자!"

감춰 두었던 구축함들 중 첫 번째 배가 달려나왔다. 보우맨과 케스트렐은 쾌속정의 방향을 돌린 후 그놈을 추격하기 시작했다. 그리고 차카 구축함과 충돌하는 대신 나란히 서서 같은 방향으로 달리기 시작했다.

옴바라카 시민들은 그 모습을 보며 경악했다. 옴차카 사람들도 어리둥절해서 고함 지르던 것도 잊어버리고 지켜볼 뿐이었다. 도대체 무슨 속셈일까? 쾌속정은 차카의 구축함과 함께 옴바라카 모함을 공격하려는 것일까? 크고 무거운 구축함 옆으로 가벼운 쾌속정이 점점 가까이 붙고 있었다.

"더 가까이! 더 붙여!"

케스트렐이 뱃머리에서 소리쳤다. 보우맨은 활대를 잡고 서서 가능한 한 구축함에 가깝게 붙이려고 애를 썼다. 그러나 구축함의 회전 칼날을 조심해야 했다. 돛대 꼭대기의 멈포도 장대를 앞으로 내밀면서 소리쳤다.

"더 가까이 대!"

이윽고 윙- 윙- 하고 부는 구축함 회전 칼날의 바람이 아이들 얼굴에 와 닿을 정도로 쾌속정은 구축함에 근접했다.

"고기 잡자!" 멈포가 외쳤다.

"지금이야!" 케스트렐이 소리쳤다.

보우맨이 큰 돛을 틀자 쾌속정의 선체가 옆으로 기울며 두 바퀴로 달리기 시작했다. 멈포는 돛대 끝에 매달린 채 장대를 뻗어 고리를 구축함의 돛줄 끝에 걸었다.

"이제 떨어져 나가!" 케스트렐이 큰 소리로 외쳤다.

보우맨이 활대를 반대로 틀자 떠 있던 바퀴 두 개가 내려앉으면서 쾌속정은 급선회하며 구축함으로부터 떨어져 나갔다. 멈포는 죽을 힘을 다해 장대를 끌어당겼다. 그러자 차카 구축함이 기우뚱했다. 멈포가 장대 끝 고리를 풀자마자 쾌속정은 전의 반대쪽 두 바퀴로 돌면서 총알같이 달려나갔다. 구축함은 중심을 잃고 전복

되며 자신의 회전 칼날에 의해 산산조각이 나고 말았다.

옴바라카 시민들은 발을 구르며 환호했다. 쾌속정은 중심을 되찾고 다시 네 바퀴로 달리기 시작했다. 멈포도 굽혔던 등을 똑바로 펴고 챔피언처럼 두 팔을 높이 쳐들었다.

"멈포, 빨리!" 하고 케스트렐이 외쳤다.

그들은 배를 돌려서 다시 적진을 향해 달려나갔다. 한번 피 맛을 본 맹수와 같이 그들의 눈에는 살기가 돌았다. 그들은 공격을 되풀이할수록 더 대담해져 갔다. 구축함이 뜰 때마다 그들의 쾌속정은 사슴을 쫓는 사냥개처럼 적함을 뒤쫓아 땅에 메다꽂았다. 두 번 놓친 적이 있었지만, 재빨리 선체를 돌려 육중한 구축함이 제 속력을 내기 전에 따라잡곤 했다. 적함을 침몰시킬 때마다 옴바라카 시민들의 열광은 더해 갔다.

라카는 사령실에서 보석 박힌 벨트를 무의식적으로 만지작거리면서 경탄의 눈으로 그 광경을 바라보며 나직한 목소리로 혼자 중얼거렸다.

"저 아이들은 차카 스파이가 아니야."

눈앞에 다가왔던 참패가 대승으로 바뀌는 순간이었다. 네 번째 구축함마저 침몰하자 차카 쪽에서는 더 이상 구축함을 내보내지 않았다. 옴차카는 전함들을 감추어 두었던 문들을 닫고 후퇴하기 위해 돛을 펼치기 시작했다.

바라카의 라카는 그 모습을 보고는 승리를 알리는 나팔을 불게 했다. 나팔 소리가 울리자 옴바라카의 남녀노소는 열광했다. 보우맨과 케스트렐이 선체를 돌려 모함으로 되돌아올 때 수천 명의 시민들이 그들을 칭송하는 구호를 외치기 시작했다. 쾌속정은 모함의 그림자 안에까지 들어와서 돛을 내리며 서서히 구르다 멈춰 섰다. 멈포는 돛대를 타고 내려와서 쌍둥이와 얼싸안았다. 그들의 몸은 그때까지도 전투의 긴장감 때문에 떨리고 있었다.

"멈포, 너는 영웅이야! 보우, 너도 영웅이야!"

"우리 모두 영웅이야." 멈포가 소리쳤다.

그는 태어나서 이렇게 기쁜 순간을 경험한 적이 한 번도 없었다.

"우린 3인의 영웅들이야!"

그들이 타고 있던 쾌속정이 갑판 위로 들어올려졌다. 쾌속정에서 내려 라카를 만나러 사령관실로 가는 길에도 군중들의 환호는 끊이지 않았다.

"오늘 싸우는 모습을 보고 너희들이 차카가 아님을 알게 되었다. 너희가 차카가 아니라면 바라카라는 뜻이니 너희는 우리 형제들이로다."

"그리고 자매도요." 켐바가 미소를 머금으며 덧붙였다.

라카는 너무 감동해서 몸을 부들부들 떨며 아이들 한 명 한 명을 얼싸안았다.

"나와 우리 시민들은 이 은혜를 잊지 않을 것이로다!"

감사의 표시로 라카는 최고 미용사를 시켜 아이들의 머리를 땋아 주도록 명령했다. 참모들은 논의 끝에 금색 실을 넣어 어린 영웅들의 머리를 땋아 주기로 결정했다. 이는 군주의 날카로운 철삿줄 다음의 영광이라서 그 발표를 듣고 지나친 포상이라는 의견도 적지 않았다. 하지만 아이들이 옴바라카에 계속해서 살 것도 아니고 떠난 후에는 금색 실이 바래고 말 것이라며 켐바가 설득하자,

모두들 안심하는 눈치였다.

멈포는 금실을 넣어 머리를 땋아 준다는 이야기를 듣고는 흥분을 감추지 못했으나, 보우맨과 케스트렐은 시큰둥한 표정이었다. 거절하면 실례가 될까 봐 아무 말도 안 하고 있을 뿐이었다. 하지만 정교한 머리 손질 작업이 시작되자 의외로 그것을 즐기게 되었다. 우선 미용사 보조원들은 그들의 머리를 세 번씩이나 감아 지하 호수에서 묻은 진흙을 말끔히 씻어 냈다. 그리고는 빗질을 했는데, 빗질 전문가들은 고운 빗으로 머리를 정성껏 빗어 꼬인 머리끝을 말끔히 풀어 낸 후 수백 개의 가는 단을 만들었다. 빗질은 부드러우면서도 강하여 머리 가죽을 묘하게 자극했다. 그 다음은 최고 미용사의 지휘 아래 머리땋기 전문가들이 머리를 꼬기 시작했다. 각 단에 금실을 섞어 엇갈리게 엮어 정성껏 땋고 나서 맨 끝은 금색 덩어리 모양으로 매듭을 지었다. 멈포 머리를 땋았던 살림바의 작품과 달리 각 단은 직선으로 자연스럽게 흘러내려야 했기 때문에 많은 시간과 노력이 들었다. 조금이라도 흐트러진 부분이 최고 미용사 눈에 띄면 그 단은 풀어 처음부터 다시 땋았다.

이 작업이 거의 끝나 갈 무렵, 켐바 고문이 그들을 찾아왔다.

"내 어린 친구들이여, 바라카의 라카께서 너희들의 공을 축하하기 위해 특별히 만찬을 준비했다네. 너희들의 공에 보답하기 위해 바라는 것이 무엇인지 알고 싶다고 하시는데."

"우리 갈 길을 도와주는 것 말고는 아무것도 없어요." 케스트렐이 대답했다.

"가는 길이라면?"

"위대한 길을 찾아가야 해요."

"위대한 길이라고?"

켐바의 친근하던 목소리가 갑자기 어두워졌다.

"위대한 길은 뭐 하러 가려느냐?"

"우리가 가야 할 길이거든요. 어디 있는지 아세요?"

"알긴 알지. 위대한 길은 안 쓴 지가 오래됐어. 그 지역은 몹시 위험해. 늑대들이 살지."

"늑대들이라고 해서 두렵지 않아요." 멈포가 말했다. "우린 3인의 영웅들이거든요."

"그 실력은 봐서 안다만은……" 하며 켐바가 얄팍한 미소를 흘렸다. "아무리 그렇다 해도 너희 고향이라는 아라맨스로 가는 쪽이 안전할 텐데……."

"아니에요. 우리는 북쪽으로 가야만 해요."

켐바는 알아들었다는 듯이 고개를 끄떡이더니 자리를 떴다.

아이들의 머리는 다 땋고 보니 정말 근사했다. 그들은 거울에 비친 자기들의 모습을 보고는 할 말을 잊었다. 머리 속에 섞인 금실은 아이들의 얼굴을 환하게 만들어 주었으며, 그들이 머리를 움직일 때마다 찰랑찰랑 춤추었다. 최고 미용사는 만족스러운 미소를 입가에 띠었다.

"금색이 하얀 피부에 어울릴 줄 알았지. 우리 바라카 사람들은 진한 색깔이 보통 어울리는데…… 내가 금색으로 하면 보이지도 않을 거야."

최고 미용사가 자신의 빨간색, 오렌지색, 초록색의 머릿단을 만지작거리면서 말했다.

아이들이 연회장에 들어서자, 모두 일어나 박수를 보냈다. 촛불에 비친 아이들의 머리 모양을 보고 모두들 입을 딱 벌렸다. 바라카의 라카는 아이들을 자신의 양 옆자리에 앉도록 했다. 그리고 아이들이 자기 말을 들으면 기뻐할 것으로 생각하며 자신 있게 입을 열었다.

"우리는 지금 남쪽으로 향하고 있다. 너희들이 아라맨스로 가고 싶어한다고 켐바가 와서 그러더구나. 그래서 남쪽으로 가라고 명령했지."

"그렇지 않아요. 우린 북쪽으로 가기를 원해요!" 케스트렐이 외쳤다.

라카의 얼굴에서 미소가 가셨다. 그는 해명하라는 듯이 테이블 건너편에 앉은 켐바 쪽을 바라보았다. 켐바가 천천히 입을 뗐다.

"군주시여, 우리 영웅들의 안전을 생각하는 것이 저의 의무라고 생각합니다. 북쪽 길은 통과가 불가능합니다. 협곡을 잇는 다리는 파괴되어서 그 누구도 그쪽으로 가지 않습니다."

"여기 우리가 있습니다." 케스트렐이 강력하게 반발했다.

"그 밖에 또 하나의 이유가 있습니다." 켐바는 언급하기조차 괴롭다는 듯이 말했다. "우리는 옴차카와 오랫동안 전쟁 중이긴 하오나 그보다 몇백 배 더 무서운 자스 걱정은 안 하며 살고 있습니다."

"무엇이? 자스라고?" 라카가 자기도 모르게 외쳤다.

그러자 그 이름은 마치 메아리처럼 입에서 입으로 테이블에 앉은 일동에게 퍼져 나갔다.

"만약 아이들이 실수해서 자스를 깨우기라도 하는 날에는……."

"그래, 아무래도 남쪽으로 가는 쪽이……." 라카가 재빨리 말했다.

쌍둥이는 놀란 모습으로 그들을 바라보았다.

지금은 가만 있어, 하고 보우맨이 얼른 무성으로 케스트렐을 말렸다.

그 소리를 듣고 케스트렐이 가만 있자, 아이들의 반응을 유심히 살피던 켐바는 만족하는 듯한 눈치였다.

만찬이 끝나자 보우맨은 라카에게 단 둘이 만나 줄 것을 요청했다.

"물론이지."

잘 먹고 마신 다음이라 라카는 기분 좋게 허락했다.

"안 만나 줄 이유가 없지."

하지만 켐바는 벌써 수상한 낌새를 차리고 그 자리에 끼어들려 했다.

"군주님, 저……."

"켐바, 걱정 말게나."

그는 보우맨을 데리고 자기 서재로 향했다. 켐바는 옆방에서 엿듣는 것으로 만족해야 했다.

엿들은 내용은 자기가 예상했던 것과는 전혀 다른 내용이었다. 보우맨과 군주는 오랫동안 말없이 가만히 앉아 있기만 했다. 라카는 이미 잠에 빠져 버린 것 같았다. 잠시 후 보우맨의 조용한 목소리가 들렸다.

"기억을 더듬고 계신 것을 느낄 수 있습니다."

"응, 그래……."

"아기 때군요. 아버지랑 같이 여기저기 다니고 있군요. 아버지는 아기를 높이 쳐들고 웃고 계십니다. 군주님은 어린 나이에도 불구하고 아버지의 사랑과 긍지를 몸으로 느끼시는군요.”

“그래, 그래…….”

“이제는 좀 더 커서 소년이 됐군요. 아버지 앞에 서 있습니다. 아버지가 ‘머리를 쳐들어!’ 라고 명령하십니다. 아버지는 소년의 키가 더 크기를 바라십니다. 소년도 그러기를 간절히 바랍니다.”

“그래, 그래…….”

“이제는 자라서 성인이 되었습니다. 아버지는 군주님을 쳐다보지도 않습니다. 키가 작기 때문이지요. 군주님은 겉으로는 아무 말도 하시지 않지만 속으로는 절규하십니다. ‘저를 자랑스럽게 생각해 주세요! 저를 사랑해 주세요!”

“그래, 그래…….” 라카가 흐느끼기 시작했다. “넌 어떻게 그런 것을 아니? 응? 어떻게?”

“군주님 속에서 느끼고, 또 내 마음속에서 느낍니다.”

“나는 그 사실을 한 번도 입 밖에 낸 적이 없었는데…….”

문밖에서 엿듣던 켐바는 더 이상 가만히 지켜보고만 있을 수가 없었다. 자기의 계획과 상관이 있는지 없는지는 단정할 수 없었지만 옴바라카의 대장이 아기같이 훌쩍인다는 것은 아무래도 불안했다. 그래서 딴 일을 핑계삼아 두 사람만의 분위기를 망쳐 놓기 위해 뛰어들었다.

“군주시여, 웬일이십니까?”

그러자 바라카인의 지도자이자 옴바라카 시의 영주, 바람의 군사 대장, 대평원의 군주인 라카 9세는 벌겋게 부은 눈에서 눈물을 쏟으며 자기의 고문을 올려다보며 말했다.

"자네는 자네 걱정이나 하게."

"하지만 군주님—"

"나가서 자네 머리나 꼬고 있으라고. 나가!"

켐바는 할 수 없이 방에서 쫓겨나고 말았다. 그리고 얼마 안 있어 항로를 북쪽으로 돌리라는 명령이 항해사에게 떨어졌다. 모함은 서서히 방향을 틀어 산맥을 향해 달려나갔다.

다음날 아침, 해가 뜨자 케스트렐은 옴바라카에서 가장 높은 전망대에 올라 대평원을 내려다보았다. 선선하고 맑아서인지 시야는 탁 트여 있었다. 저 멀리 대평원이 끝나는 지점에 우거진 수풀과 그 뒤로 시커먼 산의 모습이 보였다.

자세히 쳐다보자 모래 먼지 밑으로, 그리고 숲의 나무들 사이로 넓은 길이 산 쪽을 향해 나 있는 것이 가물가물 보이는 듯했다. 케스트렐은 지도를 꺼내 펼쳤다. '위대한 길'을 가로질러 지그재그로 그어진 선과 그 옆에 '갈라진 땅'이라고 적혀 있었다. 그 길이 끝나는 지점, 가장 높은 산의 정상에는 '불 속으로'라고 씌어 있었다.

옴바라카 시민들은 작별을 아쉬워하며 손을 흔들었지만 켐바의 모습은 어디에서고 찾을 수 없었다. 라카는 아이들을 한 명씩 얼싸안았다.

"도움이 필요하면 언제든 알리거라."

살림바는 식량이 든 가방을 세 개 들고 왔다.

"이 아이들이 스파이가 아닌 줄 난 처음 보고 대번에 알았다니까요. 그래서 머리도 땋아 준 것 아녜요?"

아이들이 모함에서 내리자, 군중들은 마지막으로 한 번 더 승리의 구호를 외쳤다. 그들의 구호를 들으며 아이들은 수풀 쪽으로 발걸음을 옮겼다. 아이들은 가던 걸음을 멈추고 다시 한 번 돌아서서 손을 흔들었다. 거대한 모함은 돛들을 활짝 펴더니 대평원 저편으로 사라져 갔다. 싸늘한 바람이 불어와 아이들의 땋은 머리를 날렸다. 바람은 찼고 그들이 가야 할 길은 어두웠다.

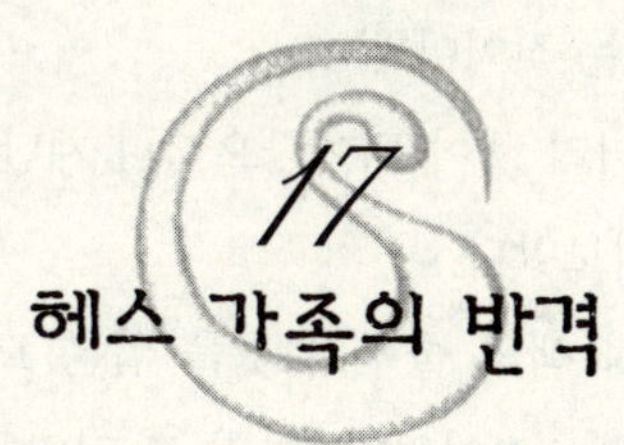

헤스 가족의 반격

"보우 어딨어?" 핀핀이 물었다. "케스는 어디 갔어?"

"산으로 갔어." 아이라 헤스가 대답했다. 그녀는 상대가 아무리 어린아이일지라도 거짓말하고 싶지 않았다. "팔 들어."

"아빠 어디 갔어?"

"시험 공부 하러 가셨어. 가만히 좀 있어. 거의 다 입었어."

아이라 헤스는 물러서서 딸의 옷을 점검했다. 이불로 두 사람의 가운을 만들기에는 감이 모자라 핀핀에게는 소매 없는 웃옷을 만들어 오렌지색 원피스 위에 입혔다. 그렇게 입혀 놓고 보니 보기에 그다지 나쁘지 않았다. 모녀가 똑같이 생긴 줄무늬 옷을 입으면 너무 야해 보일 위험이 있었다.

외출 준비가 끝나자, 아이라는 미리 준비해 두었던 큰 바구니를 집어 들고 다른 쪽 팔로는 핀핀을 안고 복도로 나섰다. 무스가의 문 앞을 지날 때 살짝 열린 문 안에서 경악하는 소리가 흘러나왔다.

"이번엔 또 뭐 하는 짓이야?!"

문 뒤에서 놀란 머리 셋이 튀어나오더니 계단 쪽으로 향하는 모녀의 뒷모습을 지켜보았다.

거리에 여러 가지 색의 줄무늬 옷을 입은 모녀가 나타난 것은 그들에게 대단히 큰 충격이었다. 마침 그 지역을 순찰하던 경찰이 그 모습을 보고는 손을 높이 쳐들며 호각을 불었다.

"당신 불법이야!"

나무통을 잔뜩 실은 수레를 끌고 가던 사내는 모녀의 모습을 보는 데 정신을 팔다가 머리에 소쿠리를 이고 가던 사내와 부딪쳤다. 소쿠리는 엎어지고 나무통들은 길 위에 굴렀다. 소쿠리 속에 담겨 있던 분홍색 게들—흰색 구역에서 인기 있는 특미—이 사방으로 기어 도망치기 시작했다. 맞은편에서 오던 뚱뚱한 여인 두 명도 아이라와 핀핀을 보느라고 한눈팔다가 나무통에 걸려 넘어졌다. 그 중 한 명은 나무통을 깔아 부수며 넘어지는 바람에 그 안에 있던 당밀이 바닥에 쏟아져 흘렀다. 경찰은 교통 정리를 하느라고 허둥대다가 자기도 모르게 당밀을 밟았다. 그리고는 길에 기어다니는 게들을 밟지 않으려고 발끝으로 요리저리 피해 뛰다가 몸의 중심을 잃고 길 위에 쓰러져 있는 뚱보 여인을 덮쳤다. 그는 얼른 일어나려고 발길질을 하다가 발바닥에 붙은 당밀과 게들을 그 여인의 머리에 바르고 말았다.

핀핀은 그 모습을 보고는 우스워 못 견디겠다는 표정이었다. 하지만 아이라 헤스는 주위에서 벌어지고 있는 상황에 대해서는 전혀 아랑곳하지 않고 계속 걸어갔다. 사람들의 눈길, 경찰의 명령,

머리에 게를 붙이고 소리 지르는 뚱보 여인의 모습도 그녀의 걸음을 멈추게 하지는 못했다. 아이라 헤스는 시내 중심부로 향하는 큰길로 접어들었다.

아이라 헤스가 한 손에는 바구니, 다른 손에는 핀핀을 안고 걸어가자 몇몇 사람이 그녀 뒤를 따라 걷기 시작했다. 그들은 행여 아이라 귀에 들릴까 봐 자기들끼리 귓속말을 주고받으면서 조금 사이를 두고 쫓아갔다. 어쩌면 아이라 헤스는 지금의 상황을 즐기고 있는지도 몰랐다. 여러 가지 색 줄무늬 옷을 입었다고 모두 대경실색하는 모습을 보니 갑자기 힘이 용솟음쳤다.

밤색 구역과 전에 살던 오렌지 구역을 지나는 사이 그녀의 뒤를 따르는 행렬은 점점 불어나 이제 50명이 넘는 사람들이 그녀 뒤를 따라왔다. 빨간 구역에 들어설 무렵, 아이라 헤스가 갑자기 가던 길을 멈추고 휙 뒤돌아보았다. 그러자 사람들도 걸음을 멈추고는 마치 소 떼같이 말없이 그녀의 얼굴을 쳐다보았다. 그들이 따라오는 이유를 아이라 헤스는 잘 알고 있었다. 자기가 벌받는 모습을 구경하기 위해서였다. 아라맨스 사람들이 좋아하는 최고의 구경거리는 남이 사람들 앞에서 모욕당하는 모습이었다.

멍한 눈으로 자신을 쳐다보는 그들을 보면서 아이라 헤스는 자기도 모르게 소리쳤다.

"아, 불행한 사람들이여! 내일이면 슬픔이 닥칠 것이나 그 다음 날에는 웃음이 찾아오리로다! 모든 색깔들이 섞이는 시대에 대비하라!"

그러고 나서 다시 돌아서서는 앞장서 가기 시작했다. 사람들은 자기들끼리 이야기를 주고받으면서 그녀 뒤를 바삐 쫓아갔다.

아이라는 당당하게 앞으로 걸어 나갔다. 아내와 엄마의 역할도 괜찮지만 자기는 예언가가 체질에 맞는다는 생각이 들었다.

왕궁 옆 광장에 도착할 때까지 아라맨스에서 할 일 없는 사람들은 모두 그녀를 쫓아온 것같이 보였다. 하지만 아라맨스에서는 모두 일을 해야 했기 때문에 실제로 할 일이 없는 사람은 한 명도 없었다. 그러니 여러 가지 색 줄무늬 옷을 입은 모녀를 보겠다고 줄줄이 따라다니는 사람들의 모습이 도시 관리들의 눈에 좋게 보일 리 없었다.

대리석 기둥 입구를 통해서 원형 극장 안으로 걸어 들어가 9단계의 층을 내려갈 때도 사람들은 그녀가 다음에 무슨 짓을 할지 궁금해하며 쫓아 내려갔다. 원형 극장 한가운데 윈드싱어의 단 앞에 가서야 아이라 헤스는 걸음을 멈췄다. 그녀는 단 위에 바구니를 올려놓더니 핀핀도 들어 그 위에 앉혔다. 그리고는 자기도 그 위로 기어 올라갔다.

가지고 온 담요를 꺼내 단 위에 펼치고 그 위에 핀핀과 함께 주저앉은 아이라 헤스는 바구니 속에서 레몬 주스와 빵을 꺼냈다.

군중들은 또 그녀가 무슨 해괴망측한 짓을 할까 해서 넋놓고 쳐다보았다.

"아, 불행한 사람들이여!" 예언가가 소리쳤다. "앉아서 빵 먹을 시간이 왔도다!"

그리고 나서 아이라는 빵을 먹기 시작했다.

군중들은 참을성 있게 다음 사건이 벌어지기를 기다렸다. 잠시 후 흰 가운을 입은 고등 시험관이 네 명의 경찰과 함께 나타났다. 그리스 박사라고 하는 그 시험관은 아라맨스 시의 규율 유지를 맡고 있었다. 그가 경찰 네 명을 대동하고 9단계 층을 내려오는 모습을 보고 사람들은 침을 꿀꺽 삼켰다.

"부인." 그가 깔보는 듯한 음성으로 불렀다. "여기가 서커스 하는 곳인 줄 아시오? 부인은 광대가 아니지 않소? 거기서 얼른 내려와 지명된 색깔의 옷을 입도록 하시오."

"싫습니다." 아이라 헤스가 대답했다.

그리스 박사는 경찰들에게 고개를 끄떡해 보였다.

"끌어내려!"

예언가는 일어서서 외쳤다.

"오, 불행한 사람들이여! 지금 보라, 아라맨스에는 자유가 없나니!"

"아라맨스에 자유가 없다고?" 그리스 박사는 기가 막히다는 듯이 반문했다.

"나는 그 유명한 예언가 아이라 맨스의 직계 예언가인 아이라 헤스다. 나는 민중들에게 예언할 것이로니-"

그리스 박사는 경찰들보고 잠깐 기다리라는 신호를 보냈다.

"부인!" 그는 군중들도 들으라고 일부러 큰 목소리로 말했다. "당신은 지금 말도 안 되는 소리를 하고 있소. 이 세상에서 진정한 자유를 영위하는 사회는 여기밖에 없소. 당신은 여기에 살 수 있다는 것에 대해 고맙게 생각해야 하오. 아라맨스에서는 남녀 구별 없이 모두가 평등하며 높은 위치로 상승할 수 있는 기회를 누구에게나 주고 있소. 이곳에는 가난, 범죄, 그리고 전쟁이 없소. 그러니 예언가도 필요 없소."

"그렇다면 왜 당신은 나를 두려워합니까?" 아이라 헤스가 물었다.

그리스 박사는 이 여자의 계략에 넘어가면 안 되겠다고 자신을 다잡았다. 과대 반응을 보일 경우, 사람들에게 좋지 않게 보일 것이기 때문이었다.

"부인은 잘못 생각하고 있소. 우리는 부인을 두려워하는 것이 아니라 조금 시끄럽다고 생각할 따름이오."

관중은 와- 하고 웃었다. 그리스 박사는 만족스러웠다. 완력은 쓰지 않는 것이 좋을 성싶었다. 괜히 군중들로부터 그녀를 동정받게 만들 필요가 없었다. 춥고 배고픔을 견디다 못해 제풀에 내려오게 하는 것이 좋을 것 같았다. 그는 경찰들에게 관중을 해산시키라고 명령했다.

"모두 직장으로 돌아가시오. 저녁으로 무엇을 먹을 것인지 혼자서 예언하게 놔둡시다."

하노 헤스는 합숙 교육장에 갇혀 있었기 때문에 아내의 농성 소식에 대해서는 그날 점심때나 되어서야 얻어들을 수 있었다. 식당에서 음식 퍼주는 여자들이 흥분해서 자기들끼리 떠드는 소리를 듣고 안 것이었다. 광대같이 차려 입은 여자가 윈드싱어 위에 앉아서 모두들보고 불행한 사람들이라며 재잘댄다는 것이었다. 하노 헤스는 그 여자가 아내인 줄 대번에 알아차리고 아내에 대해 긍지를 느끼면서도 한편 불안해졌다. 하노는 밥 퍼주는 여자를 붙잡고 경찰이 그 여자를 끌어내렸는지 자세히 물어 보았다.

"아니오, 경찰도 그냥 웃고 말았대요."

하노는 아내의 소식을 듣고 나서 자신의 결의를 다시 한 번 다졌다. 국가 시험은 이제 이틀 앞으로 다가왔다. 그동안 자기도 나름대로 반기를 들 준비를 마친 상태였다. 그는 자기 계획에 다른 수험생들을 하나 둘 끌어들여서 결국 공장 청소부 스쿠치 한 명만 빼놓고 모두가 합세한 상태였다. 그 때문에 뜻하지 않게 수험생들의 수강 분위기는 완전히 달라져 버렸다. 전에는 멍한 눈으로 책을 내려다보면서 교장의 강의를 듣는 둥 마는 둥하던 학생들이 언제부터인지 열심히 노력하는 모습을 보이고 있었다.

　필리시 교장은 그러한 모습을 보고 흐뭇해 어쩔 줄 몰랐다. 수험생들이 스스로 부정적인 자세를 극복하고 서로 용기를 북돋아 주고 있었기 때문에 이번만큼은 좋은 결과가 나올 것을 믿어 의심치 않았다. 원래 말이 별로 없는 하노 헤스가 그 원인을 제공했음이 분명했다. 도대체 그가 어떻게 해서 수험생들에게 그런 변화를 일으켰는지 궁금하여 한번은 그를 교장실에 불러 직접 물어 보기도 했다.

　"자네 정말 대단하네. 그 비결이 무엇인가?"

　"아, 아무 것도 아닙니다. 시험의 가치에 대해서 우리 모두 깊이 생각해 본 것뿐이죠. 시험이란 것은 우리 모두의 재능을 측정하는 것 아닙니까? 그러니 결과에 연연하지 말고 우리 모두 최선을 다해 보기로 한 거죠."

　"브라보!" 필리시 교장은 흥분해서 외쳤다. "정말 180도로 변했어. 자네 기록부를 보면 태도에 문제가 많은 것으로 나와 있는데, 이건 정말 훌륭해! 최선을 다한다! 그렇지, 나라도 그보다 더 낫게 표현할 수 없겠네!"

　하노 헤스는 자기와 동료 수험생들이 어떤 방법으로 최선을 다할 것인지에 대해서는 설명하지 않았다. 그 아이디어는 자기가 잘 아는 옷감에 대해서 열정적으로 설명하던 미코 미밀리스의 모습을 보면서 생각해 낸 것이었다.

'출제 내용이 옷감에 관한 것이라면 미코는 결코 두려워하지 않겠지……' 그런 생각이 들자 또 이런 생각도 났다. '미코의 전문 분야이자 열정의 대상은 옷감인데 실패할 줄 뻔히 알면서 왜 번번이 다른 분야에 대한 시험을 치러야만 하는 것일까? 우리 모두 우리가 제일 잘 아는 분야에 대해서 시험을 치를 수 있어야 하지 않을까?'

그는 교실에서 사람들을 모아 놓고 자기 생각을 들려주었다.

"그야 그렇지요. 하지만 그렇게 될 리가 있겠어요?"

국가 고시에 나오는 100여 개의 질문 중에서 옷감이나 구름 형태에 대한 질문이 하나라도 나오면 다행일 것이었다.

"시험에 나오는 질문을 무시하면 되지요. 자기가 제일 자신 있는 분야에 대해 적으세요. 자기 최고의 재능을 마음껏 뽐내 보세요."

"그러면 우리를 낙제시킬 텐데요?"

"우리가 그들의 질문에 답한다고 해서 낙제 안 당할 것 같아요?"

모두들 고개를 끄떡였다. 그 말은 사실이었다. 늘 낙제 점수를 받아 왔기에 지금도 합숙 교육장에 와 있는 것이 아닌가? 이번이라고 해서 다를 이유가 없지 않은가?

"그러니 무의미한 일 아녜요?" 하노 헤스가 주장했다. "마치 물고기보고 공중 비행 시험을 보라는 것이나 다름없잖아요? 그러니 우리 모두 잘할 수 있는 분야에 대한 시험을 치릅시다."

"그러면 우린 미움 받을 텐데."

"미워하라고 그러죠, 뭐. 무려 네 시간 동안 또 시험장에서 초조와 긴장 속에서 보내고 싶습니까?”

모두들 시험 결과 자체보다 수험장에 장시간 앉아서 당해야 하는 그 모멸감이 싫었다. 그때의 기분은 기억조차 하기 싫었다. 자기 자리를 찾아가 앉아야 하는 번호가 지정된 책상들이 싫었고, 수천 명의 수험생들이 동시에 의자를 뽑아 앉을 때 나는 소음, 시험지 넘기는 소리, 새로 등사된 잉크 냄새도 싫었다. 뿐만이 아니었다. 읽어도 읽어도 의미조차 알 수 없는 질문들, 답을 아는 학생들이 주위에서 답 쓸 때 나는 연필심 소리, 시험관들이 왔다 갔다 하면서 내는 조용한 소리도 생각조차 하기 싫었다. 무엇인가 써내야 한다는 압박감. 하지만 써내 봤자 자기 답은 결코 옳거나, 좋거나, 아름다울 수 없다는 것을 너무도 잘 알기에 느껴야 하는 무기력함. 천천히 움직이는 시계 바늘…… 온몸을 서서히 마비시키는 절망감.

아! 그런 고통을 모면할 수만 있다면!

그래서 그들은 한 명씩 하노 헤스의 비밀 결사에 합류했다. 자습 시간에는 자기가 잘 아는 분야에 대해 답안을 쓰는 연습을 했다. 배수 시스템, 양배추 농사, 줄넘기 등의 주제를 정하고 논문을 준비하고 있었던 것이다. 미코 미밀리스는 양모의 등급 기준에 대해 준비했다. 하노 헤스는 맨스족 고서 해독에 대해 연구했다. 그들 중에서 오직 스쿠치 혼자만이 아무 준비도 안 하고 있었다. 그는 자리에 앉아서 벽만 쳐다보고 있었다.

“당신도 뭔가 하나라도 잘 아는 것이 있을 텐데…….” 하노 헤스가 말했다.

“하나도 없어요. 난 아는 것이 하나도 없고 남이 시키는 일만 할 줄 알아요.”

“직장 일을 끝내고 나서 개인적으로 즐기는 것이 없나요?”

“그냥 앉아 있는 것을 좋아해요.”

하노 헤스는 한숨을 푹 내쉬었다.

“무엇인가에 대해서 논문을 써야 하는데……하루 일과를 묘사하면 어때요?”

“묘사하라니오?”

“그냥 아침에 일어나서부터 그날 해 왔던 일들을 쭉 써 나가면 돼요.”

“아침 먹고 직장 나갔다가 집에 오죠. 저녁 먹고 잠자리에 들어요.”

“좋아요. 거기다 조금만 더 자세하게 설명을 붙이면 돼요. 가령 아침으로 무엇을 먹는다든지…… 통근 길에 무엇을 본다든지…….”

“별로 재미있는 일 같아 보이지 않는 걸요?”

“벽 쳐다보고 있는 것보다야 낫지요.”

스쿠치는 하루 일과에 대해 적어 보기로 했다. 한 시간 정도 그러고 있자니 전에 전혀 생각해 보지 않았던 새로운 발견을 할 수 있었다. 그는 쉬는 시간에 자신이 새로 발견한 사실에 대해 이야기를 나누고 싶어 하노 헤스에게로 뛰어갔다.

“내가 잘 아는 분야가 있어요. 국가 고시 때 써낼 주제를 발견했어요.”

“잘 됐군요. 그게 무엇인데요?”

“차 마시는 시간이오.”

스쿠치는 자신에 찬 표정으로 하노 헤스를 바라보았다.

"하루 일과에 대해 적어 보기 전에는 미처 생각을 못했는데, 전 차 마시는 시간을 무척 좋아해요."

그는 한 30분 동안 하노 헤스를 붙잡고 자기 취미에 대한 설명을 늘어놓기 시작했다. 그는 하루 일을 시작하기 전부터 차 마시는 시간을 고대한다고 했다. 그 시간이 다가올수록 그의 가슴은 기대감으로 부풀어오른다는 것이었다. 하던 일손을 멈추고 보온병을 꺼낼 때의 그 완벽한 기쁨이란! 그는 뚜껑을 열고 피어 오르는 수증기를 들이켜면서 뜨거운 갈색 차를 컵에 따른다고 했다. 그리고 가져간 과자 세 개를 꺼내 하나씩 차에 찍어 먹는다는 것이었다. 아! 차에 과자 찍어 먹기야말로 차 마시는 시간의 클라이맥스라고 했다. 그 순간이야말로 긴장감과 만족감, 기술 발휘, 예상치 못했던 상황과의 조우 등 모든 것이 교차하는 흥분되는 시간이라고 그는 열변을 토했다.

타이밍을 정확히 맞출 경우 차를 적신 과자는 그의 입 안에 무사히 들어가서 혀 위에서 사르르 녹는다. 하지만 과자를 너무 오래 차 속에 담그거나, 너무 성급하게 아니면 날카로운 각도로 입에 가져올 경우 과자의 일부분을 컵 속에 빠뜨리게 된다. 언제 어떤 상황에서 이러한 사건이 재발될 것인지 알 수 없기 때문에 차 마시는 시간에는 팽팽한 긴장감을 느낀다고 했다.

"정말 그러네요." 하노가 옆에서 거들었다. "차 속에 담그더라도 눅눅해지거나 문드러지지 않는 과자를 누가 발명하면 좋겠네요."

"그런 과자요?" 스쿠치가 놀라는 얼굴로 말했다. "전혀 새로운 과자를 만들어 낸다고요?"

"예."

"정말 그러네요!" 스쿠치는 골똘히 생각하기 시작했다. 내가 그런 과자 발명가가 된다면…… 얼마나 멋질까!

이런 식으로 하노 헤스의 자상한 리더십에 자극받아 합숙 교육장의 수험생들은 국가 고시 수험 준비에 열을 올리고 있었다. 당국에서 원하든 원치 않든 개의치 않고 생애 처음으로 자신의 자질을 마음껏 발휘해 보려고 벼르는 것이었다.

아이라 헤스와 핀핀은 그날 밤을 윈드싱어에서 보냈다. 그녀는 큰 바구니 안에 저녁으로 먹을 음식과 덮을 담요까지 준비해 왔던 것이다. 뿐만 아니라 그 안에는 핀핀의 잠옷과 베개까지 있었다.

그 다음날 아침까지도 그 자리를 떠나지 않고 있자, 그들 주위로 군중들이 다시 모여들며 야유를 보냈다.

"예언을 또 해 보시오!" 하며 그들은 깔깔댔다.

"'오, 불행한 사람들이여' 하고 한 번 더 해 보시오."

"오, 불행한 사람들이여." 아이라 헤스가 말했다.

그들이 원했던 것보다 더 낮은 어조로 아이라 헤스가 심각하게 입을 떼자, 왠지 웃음거리로 들리지 않았다. 아이라 헤스는 부드럽고 슬픈 어조로 읊조리기 시작했다.

"오, 불행한 사람들이여. 가난 없고, 범죄 없고, 전쟁이 없는데 자비심마저 없나니……."

웃고 넘길 내용이 아니었다. 군중들은 우물쭈물하면서 서로의 눈길을 피했다. 아이라 헤스의 독백은 계속되었다.

"오, 불행한 사람들이여. 자비를 그리워하며 우는 우리 마음의 울음소리가 내 귀에 들리도다.”

아라맨스에서 그런 말을 하는 사람은 아무도 없었다. 충격과 고요 속에 그 말의 의미를 곱씹어 보던 사람들은 하나 둘 그 자리를 뜨기 시작했다. 자기 말을 감히 계속 듣지 못하고 떠나는 군중을 지켜보며 아이라 헤스는 자기가 실제로 예언가가 됐음을 알 수 있었다.

그날 아침, 시험관위원회 회의에서는 아이라 헤스 사건이 논의되고 있었다. 그리스 박사는 그때까지도 아이라 헤스를 끌어내리는 것에 반대하고 있었다.

“그 여자는 오래 버티지 못할 겁니다. 그런 행동이 얼마나 쓸데없는 짓인지 모두에게 보여 주는 것이 좋을 듯싶습니다. 아마 얼마 못 가 그 여자도 그것을 알게 될 것입니다. 그러면 스스로 기어 내려오겠지요.”

그리스 박사는 자기가 발표한 의견에 대해 자못 만족해하고 있었다. 하지만 수석 시험관은 웃지 않았다.

“나는 그 가족에 대해서 잘 알고 있습니다. 아버지는 불평불만으로 꽉 차 있는 사회 낙오자입니다. 어머니는 정신이상자이고요. 게다가 큰 아이들은…… 그 아이들 때문에 앞으로 골치 썩을 일은 없을 테고…… 남은 것은 그 어린아이 하나뿐입니다.”

“제 의견에 동의하시는지 반대하시는지 잘 모르겠습니다.” 그리스 박사가 조심스럽게 말했다.

“원칙에는 동의합니다. 하지만 국가 고시가 시작되기 이전에 그 여자를 끌어내려야 합니다.”

"설마 그때까지 견디기야 하겠습니까?"

"그리고 대가를 치르게 해야 합니다."

"수석 시험관님, 무슨 계획이신지……?"

"그 가족은 우리 아라맨스 시 전체를 모독했습니다. 전 사회를 대상으로 사과를 하게 해야 합니다."

"그 여자는 꽤 기가 센 여자 같던데……."

"기가 셀수록 그 기를 꺾어야지요."

수석 시험관의 입가에 차가운 미소가 흘렀다.

18
갈라진 땅

바퀴 달린 도시, 옴바라카의 전망대 위에서는 잘 보이던 위대한 길도 아이들이 땅에 내려 걷기 시작하면서부터는 도무지 눈에 띄지 않았다. 낮은 언덕에는 둔덕과 도랑이 있었고 여기저기 키 작은 나무들이 몇 그루 있긴 했지만, 그 사이를 뚫고 지나가는 큰길은 보이지 않았다. 그래서 아이들은 저 멀리 지평선 너머로 보이는 뾰족하게 생긴 산들을 향해 걸어 나갔다.

멈포는 걸으면서 낑낑댔다. 바람 전쟁 때 틱사초를 너무 많이 씹은 탓에 입 안이 텁텁하고 머리가 아파 토할 것 같다는 것이었다. 보우맨과 케스트렐은 처음에는 함께 걱정을 해 줬으나 하루 종일 칭얼대자 짜증이 나서 자기도 모르게 예전에 대하던 버릇이 다시 튀어나왔다.

"멈포, 입 닥쳐."

그러자 멈포가 훌쩍이기 시작했다. 멈포는 울기 시작하면 콧물이 흘러내려 윗입술이 번들거리기 때문에 도무지 동정하고 싶은 마음이 생기지 않았다. 게다가 지금 그런 데 신경 쓸 마음의 여유가 쌍둥이에게는 없었다. 길 양옆으로 나무들이 점점 빽빽해지고 있어 빨리 위대한 길을 찾지 않으면 안 되었다. 보우맨은 가는 길에 위험이 도사리고 있을까 봐 잔뜩 긴장해 있었다. 누가 뒤쫓고 있다는 기분이 들면서도 자기의 풍부한 상상력이 발동한 것이 아닌가 하여 감히 말을 꺼내지 않고 있었다.

그러던 중, 정체를 알 수 없는 물체가 길 저편에 보였다. 보우맨은 그 자리에 얼어붙은 듯 서서 그 물체를 말없이 가리켰다. 나무들 뒤로 거대한 누군가가 서서 그들을 노려보고 있었다. 보우맨과 케스트렐은 동시에 "거인!" 하고 외쳤다. 위대한 길에 거인이 있다고 늙은 여왕이 말하지 않았던가? 그들이 꼼짝 않고 서 있자, 저쪽에서도 가만히 있었다. 그 긴장된 순간에 멈포가 갑자기 재채기를 했다.

"에취! 케스, 미안해."

그래도 거인 쪽에서는 전혀 반응이 없었다. 아이들은 천천히 거인을 향해 다가갔다. 나무 몇 그루를 지나고 나서야 그들은 비로소 안도의 한숨을 내쉬었다. 그것은 조각에 지나지 않았던 것이다.

그 조각상은 보통 사람의 두 배 정도 크기였고 비바람에 시달려 많이 닳은 상태였다. 가운을 입은 남자가 손을 들어 남쪽을 가리키는 모습이었으나 손 자체는 잘려 나가고 없었다. 다른 쪽 팔과 얼굴도 일부분 파손돼 있었다. 그가 서 있는 돌로 된 단상의 모서리는 반드럽게 닳여 있었다.

그곳에서부터 멀리 떨어지지 않은 곳에 거인상이 또 하나 있었다. 거인상들을 지표로 하여 주위를 자세히 둘러보니 전보다 지세가 확연히 눈에 들어왔다. 그러자 두 개의 거인상 사이에 나 있는 큰길을 어렴풋이 확인할 수 있었다.

"거인들이야." 케스트렐이 말했다. "위대한 길로 안내하기 위한 것이지. 한때는 길 곳곳에 거인상을 세워 두었던 것이 틀림없어."

이제 길을 제대로 찾아 들었다는 자신감에 그들은 산을 향해 힘차게 걸었다. 하지만 얼마 안 가서 멈포가 또다시 콧물을 흘리며 징징대기 시작했다.

"좀 앉았다 가자. 머리 아파 죽겠어."

"계속 걷는 것이 좋겠어." 보우맨이 대답했다.

그러나 멈포는 칭얼대며 훌쩍이기까지 했다.

"나 집에 갈래."

보우맨은 소리를 지르고 싶은 것을 간신히 참으며 멈포를 달랬다.

"멈포, 미안하지만 우린 계속 걸어야 해."

"너는 왜 코를 안 닦니?" 케스트렐이 추궁하듯 멈포에게 물었다.

"계속 흐르는데 어떻게 해?" 멈포가 괴로운 목소리로 대답했다.

숲의 초입에 다다른 후 양옆으로 뻗어 선 나무들을 보니 한때 거기에 큰길이 있었음을 짐작할 수 있었다. 길에도 나무들이 자라고 있기는 했지만 양옆으로 우거져 있는 나무들은 고목들로 크기부터 달랐다. 순조롭게 나아가고 있다는 안도감에 한숨 놓으며 케스트렐은 그곳에서 잠시 쉬면서 요기하자고 제안했다. 그 소리를 듣자마자 멈포는 그 자리에 풀썩 주저앉았다. 그들은 보우맨으로부터 빵과 치즈를 나눠 받아 말없이 먹기 시작했다.

케스트렐은 음식이 들어가자 기분이 다시 좋아지는 멈포의 모습을 보고는 꼭 핀핀 같다는 생각이 들었다.

"너는 꼭 아기 같아. 배고플 때는 아기같이 울고, 잠도 아기같이 자고."

"그러면 나쁜 거니?" 멈포가 물었다.

"너는 아기 같은 것이 좋으니?"

"네가 원한다면 아기도 좋고 어른도 좋고 아무 것이라도 다 좋아."

"정말 너하고는 말이 안 통해."

"미안해, 케스."

"너 같은 애가 어떻게 해서 여태까지 오렌지 구역에 붙어 있었는지 모르겠다."

그때 보우맨이 조용히 끼어들었다.

"우리가 한 번도 물어 보지 않았기 때문에 모르는 거지."

케스트렐은 보우맨을 쳐다보았다. 그 말은 사실이었다. 자기는 멈포에 대해서 아는 것이 거의 없었다. 학교에서는 자기도 남들과 마찬가지로 그를 멸시하며 기피했다. 본의 아니게 한편이 된 이후에도 자기를 쫓아다니는 것이 싫어 일부러 쌀쌀맞게 대했다. 모험의 길을 같이 가는 중에도 그를 마치 애완 동물 정도로나 생각하고 있었다. 하지만 그는 동물이 아니고 자기와 마찬가지인 사람이 아닌가?

"멈포, 부모님은 어디 계시니?"

멈포는 케스트렐의 관심 어린 질문을 받고 놀라는 표정을 지었다. 그는 기쁜 얼굴로 거침없이 대답했다.

“엄마는 내가 어렸을 때 돌아가셨고, 아빠는 안 계셔.”

“아빠도 돌아가신 거니?”

“모르겠어. 그냥 없나 봐.”

“아빠 없는 사람이 어디 있니?”

“나 있잖아?”

“어떻게 되셨는지 알고 싶지 않니?”

“응.”

“왜?”

“그냥.”

“가족이 없으면 가족 등급은 어떻게 받니?” 보우맨이 물었다.

“오렌지 구역 학교는 어떻게 다니니?” 케스트렐도 물었다. “너 같은…… 응…….”

케스트렐은 보우맨의 표정을 보고 하려던 말을 참았다.

“나 같은 바보가?”

멈포는 전혀 개의치 않고 자진해서 물었다.

“아저씨가 계신데, 그분 덕에 난 바보면서도 오렌지 구역에서 학교 다니는 거야.”

보우맨은 깊은 슬픔을 느끼며 마치 자기 자신의 일이나 되는 듯 몸서리치며 물었다.

“너, 학교가 싫니?”

“그럼. 하나도 모르겠고 난 항상 외톨이잖아? 그러니 좋을 리 없지.”

쌍둥이는 자기들도 남들처럼 멈포를 놀렸던 것을 상기하고는 갑자기 부끄러워졌다.

"하지만 이제는 괜찮아. 나한테도 친구가 생겼잖아? 안 그래, 케스?"

"그래. 난 네 친구야."

건성으로 한 대답이었지만, 보우맨은 그렇게 대답한 케스트렐이 대견스러웠다.

잘했어, 케스.

"네 아저씨라는 분은 누구니?"

"나도 몰라. 한 번도 본 적이 없거든. 어쨌든 지위가 매우 높대. 그런데 내가 바보이기 땜에 나를 가족으로 상대 안 해 줘."

"그런 법이 어딨어?"

"그래도 나한테 잘해 주는 거래. 치리시 부인은 나보고 항상 고마워해야 한다고 그러셔. 내가 아저씨 집에 살면 그 집 등급에 나쁜 영향을 주기 때문에 떨어져 사는 것뿐이래. 그래서 난 치리시 부인 집에서 방을 세 얻어 살고 있어."

"야, 참 아라맨스도 한심한 곳이구나." 케스트렐이 말했다.

"너도 그렇게 생각하니? 나 혼자만 그런 생각 하는 줄 알았더니."

보우맨은 멈포에 대해서 생각해 보고 있었다. 그에 대해 깊이 알면 알수록 멈포에 대해 감동하고 있었다. 그로부터는 악의나 허영을 찾아볼 수가 없었다. 그때 그때의 상황에 순응하며 자기 힘으로 어쩔 수 없는 일에 대해서는 근심 걱정을 하지 않았다. 외롭게 살면서도 좋은 마음씨를 갖고 태어난 것 같았다. 언제나 남으로부터 당하기만 하며 살아서 그런지 조그마한 친절에도 몹시 고마워했다.

이제 먹고 쉬었으니 다시 일어나 걸을 시간이었다. 멈포도 기운을 되찾았겠다, 아이들은 다시 한 번 의지를 다지며 허물어진 위대한 길을 따라 걷기 시작했다.

길은 곧긴 했으나 오르면 오를수록 경사가 심해졌고, 언덕 하나를 넘으면 앞에 또 다른 가파른 언덕이 나타나곤 했다. 양옆의 나무들도 점점 더 크고 무성해졌다. 이윽고 해가 기울기 시작하면서 주위의 그림자들도 길어졌다. 허상인지 실상인지, 나무 사이로 무엇인가가 움직이며 그들을 훔쳐보고 있는 것 같은 느낌이 들었다. 아이들은 서로 바싹 붙어서 더 빨리 걷기 시작했다. 그래도 눈에 띄지 않는 그놈은 계속 쫓아오는 것 같았다.

땅거미가 내려앉았다. 그날 밤은 별수 없이 숲 속에서 보내야만 할 것 같았다. 쉬지 않고 걸으며 그날 밤을 보낼 적당한 장소를 물색했다. 멈포는 지쳤는지 아무 데나 상관하지 않고 빨리 눕고 싶어했다.

"여기 어때? 좋잖아?"

"뭐가 좋아?"

"여기 큰 나무들 사이는 어때?"

"안 돼. 남의 눈에 안 뜨이는 곳을 찾아야 해."

"왜? 누가 우리를 쫓아와?"

"몰라. 그렇지 않을지도 모르지만……."

그 소리를 듣고부터 멈포는 촉각을 곤두세우더니 깜짝깜짝 놀라며 주위를 둘러보곤 했다. 그러다가 갑자기 숲 속에서 무엇을 봤다며 소스라치게 놀라면서 빙빙 돌며 날뛰었다. 보우맨은 멈포를 붙잡고 진정시켜야 했다.

"괜찮아, 멈포."

"우리를 보는 눈을 봤단 말이야!"

"그래, 나도 본 것 같아. 그놈이 무엇이든 간에 놈이 케스를 해치지 못하게 우리가 보호해야 해."

"네 말이 맞아" 하면서 멈포는 갑자기 안정을 되찾았다. "케스는 내 친구니까."

그러고 나서도 마음이 안 놓이는지 멈포는 잔뜩 긴장한 얼굴로 수풀 쪽을 쳐다보았다. 그 뒤부터는 무엇인가 움직이는 것 같으면 주먹을 내저으며 소리쳤다.

"조금 더 가까이만 와 봐. 내 한방 먹일 테니까."

아이들은 가능한 한 그날 많이 걸어 두기 위해서 어둠이 내려앉았어도 계속 앞으로 나아갔다. 이제 너무 늦어서 아무 곳에서나 쓰러져 자야겠다는 생각을 할 즈음, 나무들 뒤로 솟아 있는 높은 기둥 두 개가 눈에 들어왔다.

그 기둥들은 위대한 길 양쪽 가장자리에 있었는데, 계곡을 가로질러 서 있는 돌로 된 다리 입구라는 것을 알 수 있었다. 180미터 정도의 긴 다리 건너편, 땅이 계속되는 지점에도 같은 모양의 기둥 두 개가 서 있는 모습이 보였다. 그 다리는 무척 낡아 상태가 말이 아니었다. 다리 양편에는 돌로 된 난간들이 있었는데 그 밑으로 아치형 받침 기둥 한 쌍이 약 18미터 간격으로 마주 보고 서 있었다. 하지만 한때 걸어 다녔을 길은 온데간데없었다. 사이에서 힘을 받아 줄 길 자체가 없어졌는데 어떻게 해서 높은 아치형 받침 기둥들이 쓰러지지 않고 견뎌 왔는지 알 수가 없었다. 그 다리가 놓인 계곡의 규모는 정말 어마어마했다.

아이들은 기둥 있는 데까지 가서 푹 꺼진 낭떠러지 밑을 내려다보았다. 울퉁불퉁 튀어나온 바위들이 까맣게 내려다보였다. 그리고 저 멀리 황혼의 그림자 밑으로 강이 보였다. 다리 한가운데를 받치고 있는 기둥 맨 아래에서 반짝이며 흐르는 것은 강이었다. 건너편의 깎아지른 듯한 절벽 곳곳 갈라진 틈에서는 풀이 자라고 있었다. 이편과 저편을 갈라 놓은 골짜기는 마치 땅에 난 깊은 칼자국처럼 지그재그로 숲을 가르며 끝없이 이어지고 있었다.

"여기가 갈라진 땅이야!" 케스트렐이 외쳤다.

그곳을 통하지 않고는 도저히 골짜기를 통과할 수 없었지만, 그 다리 위에 발을 내디딜 엄두가 나지 않았다.

"지금 부서져 내리는 중이야. 우리 몸무게를 견디지 못할 거야." 보우맨이 말했다.

수백 번의 겨울을 나면서 돌 난간은 기울어 건드리기만 해도 무너져 내릴 것 같았다. 한쪽 난간은 가운데가 무너져 내려 없어졌으나 다른 쪽 난간은 도중에 끊긴 곳이 전혀 없었다.

케스트렐은 가슴 높이의 난간 위로 기어 올라가 발 디딜 곳을 찾아보았다. 폭 60센티미터 정도의 반반한 돌이 건너편 다리 끝까지 수평으로 계속 이어져 있었다.

"이 돌 난간 위를 밟고 건너면 돼." 케스트렐이 말했다.

보우맨은 아무 대답도 하지 않았다. 그 좁은 난간 위를 걸어서 아찔하게 내려다보이는 골짜기를 건널 것을 생각하는 것만으로도 온몸이 뻣뻣해져 왔다.

"밑을 안 내려다보면 돼." 케스트렐이 보우맨의 생각을 알아차린 듯 말했다. "그러면 오솔길 걷는 것과 하나도 다를 바 없어."

케스, 난 못할 것 같아.

"멈포, 너는 어때? 너는 갈 수 있겠니?"

"네가 가면 나도 갈 수 있어." 멈포가 대답했다.

난 못해, 케스.

보우맨이 자신의 생각을 케스트렐에게 무성으로 보내는 순간 뒤에서 종종걸음치는 소리가 들려 왔다. 보우맨은 돌리기 싫은 얼굴을 억지로 돌려 그쪽을 쳐다보았다. 아니나 다를까, 또 그들이었다. 애늙은이들이 위대한 길을 막아선 채 모두 한 줄로 손을 잡고 다가오고 있었다. 그들은 마치 놀이라도 하는 듯이 킬킬댔지만 그들의 웃음소리는 굵고 낮았다.

"멀리까지 오긴 했지만 우리 손아귀에서는 못 빠져 나가지." 그들의 우두머리가 말했다.

멈포는 두려움에 훌쩍대기 시작했다. 케스트렐은 애늙은이들 쪽과 다리 쪽을 한 번씩 쳐다보더니 소리쳤다.

"빨리 건너자!"

케스트렐은 난간 위로 뛰어올라 건너편을 향해 뛰기 시작했다. 멈포도 그녀의 뒤를 좇으며 소리쳤다.

"케스, 놈들이 내 몸에 손대지 못하게 해 줘!"

보우맨은 잠시 망설였지만 다른 방법이 없었다. 그래서 숨을 크게 들이쉰 후, 난간 위로 기어올랐다. 몸이 긴장으로 뻣뻣해져 왔다. 그는 조심조심 한 발짝씩 떼어놓기 시작했다.

처음 몇 미터는 골짜기 초입이어서인지 아래가 그다지 깊어 보이지 않았다. 하지만 곧 아찔해지면서 마치 공중에 떠 있는 듯한 기분이 되었다. 절대로 내려다보지 않겠다고 결심해 놓고도 참지 못하고 아래를 보니 마치 은실처럼 가늘게 반짝이는 강이 너무나 까맣게 내려다보여 그 자리에서 정신을 잃을 것 같은 기분이 들며 경련이 일어났다.

케스트렐이 도중에 서서 뒤돌아보니 애늙은이들이 추격을 멈추지 않고 난간 위로 기어오르려 하고 있었다.

"계속 걸어. 놈들은 늙었기 때문에 우리만큼 빠르지 못해. 우리가 훨씬 먼저 저편에 도달할 수 있어."

케스트렐은 굳은 의지로 사내아이들을 인솔해 앞으로 나아갔다. 보우맨도 뒤돌아보니 과연 케스트렐의 말대로 애늙은이들의 추격이 주춤해져 있었다. 몇 명이 난간 위로 올라와 한 줄로 아이들을 따라오고는 있었지만 그들의 속도는 아이들 속도에 못 미쳤다.

케스트렐은 앞만 쳐다보고 한 발짝씩 정확히 떼어놓으며 걸었다. 이제 거의 중간쯤 왔다고 생각하면서 건너편을 바라보는 순간 가슴이 얼어붙었다. 건너편 기둥 뒤로 애늙은이들의 모습이 보였던 것이다. 걸음을 멈추고 바라보자, 그들이 난간 위로 기어올라 이쪽으로 다가오기 시작했다.

보우, 놈들은 저편에도 있어!

고개를 쳐들어 애늙은이들을 본 순간 보우맨은 이제는 글렀다는 생각이 들었다. 애늙은이들은 앞뒤에서 천천히 다가오기 시작했다. 아이들은 다리 한가운데 서서 어찌할 바를 몰랐다. 그들을 건드리기만 해도 힘이 빠져 나가니 싸울 수도 없었다. 보우맨은 허공뿐인 양옆을 둘러보며 그곳에서 추락하는 모습을 연상해 보았다. 돌부리에 머리를 부딪치면 그 자리에서 죽겠지?

보우! 우린 끝까지 싸워야 해!

어떻게?

나도 몰라. 하지만 난 끝까지 싸울 거야.

보우맨은 케스트렐의 가슴 깊은 곳에서 타오르는 분노를 느낄 수 있었다. 그 느낌이 보우맨에게 위안을 주었다. 어떻게 할까 궁리하는 중에도 애늙은이들은 점점 가까이 다가오고 있었다. 그제야 상황을 알아차린 멈포가 침착성을 잃고 소리쳤다.

"놈들이 오고 있어, 케스. 놈들이 내 몸에 손 못 대게 해! 난 늙고 싶지 않아!"

"펄쩍펄쩍 뛰지 말고 가만히 좀 있어!"

"멈포, 걱정 마. 놈들은 우리를 따라잡지 못할 거야."

놈들은 늙고 힘도 없어. 그리고 한 명씩밖에 우리 앞으로 다가설 수 없어. 놈들 손에만 안 닿으면 돼.

"우리 쪽에서도 놈들을 건드릴 수 없잖아?" 보우맨이 큰 소리로 말했다.

"놈들이 내게 오지 못하게 해!" 멈포가 외쳤다. 멈포는 공포 때문에 몸을 좌우로 흔들어 댔다. 그러면서 케스트렐을 손으로 붙잡으려 했다. 멈포 때문에 모두 몸의 중심을 잃을 것 같았다.

"멈포, 가만히 있어!"

어떻게 멈포를 진정시키지?

뭘 좀 먹여, 하고 보우맨이 대답했다.

케스트렐은 그제야 자기가 아직까지도 머드넛 자루를 목에 걸고 있다는 사실을 기억해 냈다. 자루 안에는 머드넛이 아직 한 개 남아 있었다. 케스트렐은 자루를 목에서 풀어 멈포에게 내밀며 말했다.

"멈포, 자 여기 있어."

자루를 앞으로 내밀자, 머드넛의 무게가 팔에 전해져 왔다. 케스트렐은 자루를 이리저리 흔들어 보았다.

"보우, 너 머드넛 아직 먹지 않고 남겨 둔 것 있니?"

보우맨이 자기 자루를 만져 보니 아직도 두 개나 남아 있었다.

"두 개 있어."

케스트렐은 자루를 빙빙 돌리면서 말했다.

"이렇게 하면 놈들의 접근을 막을 수 있어."

"머드넛에 맞았다고 놈들이 꿈쩍이나 할까?"

"놈들의 균형만 잃게 하면 돼."

"우리 균형은 어떻게 하고?"

"우리는 어려서 유연하잖아? 놈들은 늙어서 몸이 뻣뻣하게 굳어 있어."

아직도 못 믿겠다는 듯 보우맨은 머드넛 자루를 빙빙 돌려 보다 하마터면 몸의 중심을 잃고 아래로 떨어질 뻔했다. 가슴이 두방망이질치며 식은땀이 흘렀다.

"안 돼. 난 못하겠어."

"해야만 해." 케스트렐이 말했다.

"나 배고파." 멈포가 말했다. 머드넛 얘기가 나오자, 두려움도 잊고 배가 고파진 것이었다.

"멈포, 입 다물어."

"알았어, 케스."

앞뒤에서 애늙은이들이 점점 거리를 좁혀 오고 있었다. 뒤쪽에서 오는 놈이 가장 빨리 다가왔다.

"중심을 잡고 머드넛을 휘둘러 봐!" 케스트렐이 외쳤다.

보우맨이 아래를 내려다보니 이제는 어두워져서 아무 것도 보이지 않았다. '이 밑이 낭떠러지가 아니라면 얼마나 좋을까?' 하고 혼자 생각해 보았다. 그러자, 좋은 생각이 떠올랐다. 이제 아무 것도 보이지 않으니 그 공간에 아무 것이나 상상해 넣기로 한 것이다. 그래서 밑이 낭떠러지라는 생각을 기억으로부터 지우고 새로운 그림을 그려 넣기 시작했다. 내 발밑으로는 보드라운 풀이 자라고 있다. 그렇게 정하고 나서 사실감을 더하기 위해 클로버, 들꽃, 그리고 쐐기풀 등을 떠올렸다. 그러자 놀랍게도 두려움이 씻은 듯 사라졌다.

그는 자루를 빙빙 돌리면서 머리 위로 쳐들었다. 한번 돌릴 때마다 더욱 힘을 가해 속력을 붙였다. 눈앞의 공간을 애늙은이 머리통이라고 가정하고 그것을 겨냥하여 던져 봤다. 그리고 보드라운 풀, 하며 속으로 자기 암시를 계속 걸었다.

"꼬마야, 조심하거라." 애늙은이 목소리가 들려 왔다. "여기 내 손을 잡거라."

그가 웃으면서 팔을 내밀었다. 하지만 둘 사이에는 아직까지도 거리가 좀 있었다.

케스트렐도 머드넛이 든 자루를 높이 치켜들고 자기 쪽으로 다가오는 애늙은이를 노려보고 있었다.

보우, 네 쪽이 먼저야. 할 수 있을 것 같아?

해 볼게.

좋았어.

케스트렐에게 무성으로 더 말할 여유가 없었다. 애늙은이가 두 손을 펼쳐 주물럭거리며 다가왔던 것이다. 휘두르는 자루로부터 윙윙 하는 소리가 들렸다.

"왜 자꾸 반항하니? 모라의 의지를 따르지 않고서." 애늙은이가
말했다.

보우맨은 말대꾸를 하지 않았다. 다리를 구부리고 몸의 균형을
시험해 봤다. 머드넛이 든 자루를 더 빨리 돌리면서 둘 사이의 거
리를 가늠했다.

"늙는 것을 두려워하지 마. 잠시만 그러고 있으면 돼. 모라가 우
리를 다시 젊게 만들어 줄 거야."

애늙은이는 말하는 중에도 서서히 다가와 마침내 사정거리 안
으로 들어왔다. 하지만 보우맨은 조금 더 기다리기로 했다.

"자, 그러지 말고 네 몸을 만지게 해 줘."

보우맨은 자루를 돌리던 팔을 앞으로 힘껏 내뻗었다.

휙!

아무런 충격도 느껴지지 않는 바람에 보우맨은 하마터면 앞으
로 꼬꾸라질 뻔했다. 애늙은이가 머리를 숙여 그의 일격을 피한
것이었다.

"얘야, 조심해라. 너 떨어지―"

보우맨은 약이 올라 더 대담하게 자루를 휘둘렀다. 탁! 자루에
싸인 머드넛이 애늙은이의 얼굴에 보기 좋게 명중했다.

"아얏!"

애늙은이는 얼굴을 감싸쥐고 난간 위에서 휘청거렸다. 무엇인
가 짚어 몸의 균형을 되찾으려고 허우적댔지만 집히는 것은 허공
뿐이었다. 두 팔을 내저으며 애늙은이는 떨어지고 말았다.

"으아―!"

공포에 질린 비명이 점점 멀어지더니 마침내 뚝 그쳤다.

허바허바허바, 보우! 하고 케스트렐이 외쳤다.

케스트렐도 머드넛 자루를 머리 위로 돌리며 뛰어나가 앞장서서 다가오던 애늙은이를 떨어뜨렸다. 화가 머리끝까지 난 애늙은이들은 복수를 맹세하며 앞뒤에서 다가들었다. 하지만 그들은 한 번에 한 명씩밖에 나설 수 없었고, 케스트렐의 말대로 그들의 반사 신경은 무뎠고 움직임은 둔했다. 쌍둥이는 계속해서 다가오는 애늙은이들을 한 명씩 한 명씩 절벽 아래로 떨어뜨렸다. 케스트렐은 용기 백배해 머드넛 자루를 휘두르며 소리쳤다.

"야, 이 늙어빠진 폭시커들아! 스카이다이빙 좀 해 볼래?"

멈포도 신이 나서 응원했다.

"케스, 잘한다! 쳐서 떨어뜨려!"

케스트렐이 또 한 명의 애늙은이를 머드넛 자루로 치자, 그 역시 비명을 지르며 추락했다. 멈포는 떨어져 내려가는 애늙은이를 향해 소리쳤다.

"야, 이 바보 놈아, 납작한 떡이 되거라!"

일곱 명이나 낭떠러지 아래로 추락하자, 놈들은 종종걸음으로 다가오던 것을 멈추고 자기들끼리 뭔가를 쑥덕거렸다. 그러더니 조심조심 동료들이 기다리고 있는 다리 양끝으로 되돌아가기 시작했다. 후퇴하는 것이었다.

그 모습을 본 쌍둥이는 두 손을 높이 치켜들고 만세를 불렀다. 특히 보우맨으로서는 이러한 승리는 처음 맛보는 기쁨이었다.

"우린 해냈어! 놈들을 물리쳤다고!"

"놈들은 다시는 우리 옆에 못 올 거야." 멈포도 거들었다.

하지만 양쪽 끝으로 되돌아가 난간에서 뛰어내린 애늙은이들은 그 자리를 뜨지 않았다. 멈포는 그것으로 싸움이 끝났다고 생각하고 있었지만, 케스트렐과 보우맨은 그럴 리 없다는 사실을 너무나 잘 알고 있었다. 포위해 들어올 수 있는 지면 위에서는 머드넛 자루로는 어림도 없을 것이다. 결국 포위망을 벗어나지 못한 것은 아까와 다름이 없었다.

"케스, 뒤쫓아가서 한방 먹여!" 멈포가 들뜬 목소리로 외쳤다.

"안 돼. 놈들의 숫자가 너무 많아."

"너무 많아?"

그는 다리 끝 쪽을 유심히 살피더니 고개를 돌려 다른 쪽을 쳐다보았다.

"아침이 될 때까지 여기 이 상태로 있을 수밖에 없어." 케스트렐이 말했다.

"뭐? 여기서 밤을 보낸다고?"

"응, 그럴 수밖에 없어."

"하지만 케스, 어떻게 보내? 누울 자리도 없는데?"

"우린 잠 안 잘 거야."

"잠을 안 잔다고?"

멈포에게 잠은 음식과 마찬가지로 거를 수 없는, 절대적으로 필요한 요소였다. 그는 눈을 커다랗게 뜨고 케스트렐을 쳐다보았다. 아니, 잠을 안 잔다니? 자고 안 자고를 선택하나? 잠은 불가항력이 아니었던가? 쌍둥이는 멈포의 이러한 점에 대해 잘 알고 있었다.

"멈포, 우리가 앞뒤에서 너를 받쳐 줄 테니까 자고 싶으면 마음 놓고 자." 보우맨이 말했다.

쌍둥이는 멈포를 가운데 끼고 난간 위에 앉은 후 앞뒤에서 기대며 감싸안았다. 가족 기도 드릴 때와 비슷한 형태였다. 만약 멈포가 잠이 든다 해도 굴러떨어지는 것을 막을 수 있을 것이었다. 쌍둥이의 포옹을 받고 멈포는 무척 행복해했다.

"우린 세 명의 친구들이야." 멈포는 싱글벙글 웃으며 말했다. 그러더니 800미터 깊이의 계곡 위 폭 60센티미터밖에 안 되는 돌 바닥 위에서 정말로 잠을 쿨쿨 자기 시작했다.

쌍둥이는 자지 않았다.

"놈들로부터 빠져 나갈 수가 없겠어." 보우맨이 말했다.

"응, 방법이 생각나지 않아."

"놈들이 나보고 늙는 것을 두려워하지 말랬어. 모라가 다시 젊게 해 준다면서."

"나라면 차라리 죽고 말 거야."

"그럴 경우 우리 같이 죽자, 케스."

"응, 우린 언제나 함께야."

그들은 잠시 아무 말도 하지 않았다. 잠시 후 보우맨이 입을 열었다.

"엄마, 아빠하고 핀핀은 어쩌지?"

그는 자기들이 다시 돌아가지 못할 경우를 생각하고 있었다.

"죽은 줄도 모르고 우리를 계속 기다리시겠지."

자식들이 죽은 줄도 모르고 희망을 안고 기다리는 부모님의 모습을 떠올리니 자기가 죽는 것보다도 그쪽이 더 가슴 아팠다. 그들은 이미 가족 기도를 드릴 때의 자세를 하고 있었으므로 기도를 하기로 했다.

"아빠와 엄마가 우리 소식을 알 수 있기를 기도합니다."

"애늙은이들로부터 도망칠 수 있기를 기원합니다." 케스트렐이 기도했다. "윈드싱어의 목청을 찾아 집에 무사히 돌아갈 수 있기를……."

그러고 나서 둘은 아무 말도 하지 않았다. 이제 들리는 소리라고는 멈포의 코고는 소리와 골짜기로부터 들리는 바람 소리뿐이었다. 갑자기 멀리서 천둥 소리가 들려 왔다.

"소리 들었어?"

빨간 불기둥이 하늘을 밝히더니 사라졌다.

"폭풍이 오려나?"

다시 천둥 소리가 들리더니 번개가 쳤다.

저 멀리서 불기둥이 하늘로 치솟더니 반원을 그리며 돌아 땅에 떨어지는 모습이 보였다.

"산에서 치솟았어."

"앗! 저기 애늙은이들 좀 봐."

'우당탕!' 하고 천둥이 치더니 '번쩍!' 하고 불기둥이 솟는 현상이 계속되자, 다리 양끝에 모여 있던 애늙은이들이 불기둥을 가리키며 자기들끼리 야단이었다.

이제 천둥은 쉬지 않고 울렸으며, 불기둥은 한꺼번에 온 방향으로 솟아올랐다. 불덩이 파편이 아이들이 있는 곳 가까이까지 날아왔다. 하나는 그들로부터 불과 몇 미터 옆을 스쳐 떨어졌다. 쌍둥이는 밑으로 떨어지면서 점점 작아지는 불덩이를 바라보았다. 그러자 또 하나의 불덩이가 다리 끝 쪽 땅에 떨어져 잠시 타더니 꺼졌다.

갑자기 애늙은이들이 미친 듯이 날뛰기 시작했다. 처음에는 두려워서 그런가 보다고 생각했으나 그들은 두 팔을 하늘을 향해 벌리고 떨어지는 불덩어리를 향해 길길이 뛰었다.

"불덩이에 맞고 싶은가 봐!"

케스트렐이 그 말을 하는 순간, 불덩이 하나가 애늙은이 한 명에게 떨어져 오렌지 색깔의 화염을 내뿜으며 타기 시작했다. 그 불덩이는 강렬한 불길로 모든 것을 타 없애고 나서야 사그라졌다.

애늙은이들은 아직도 하늘을 향해 두 팔을 뻗어 올린 상태로 미쳐 날뛰고 있었다.

"날 데려가오! 날 데려가오!"

불덩이에 맞아 불꽃이 되는 애늙은이들의 모습이 여기저기 보였다. 하늘은 불덩이들로 대낮처럼 밝아졌고 천둥은 계속해서 울렸다. 불덩이를 쏘아 올리는 곳을 찾기는 어렵지 않았다. 불덩이는 북쪽 산맥 제일 높은 산의 정상에서 쏘아 올려지고 있었다. 쌍둥이는 너무 극적인 광경을 보느라고 두려움조차 잊었다. 멈포는 여전히 세상 모르고 자고 있었다.

"저기가 우리가 가야 할 곳이야." 케스트렐이 그 산을 보며 말했다. "바로 '불 속으로' 야."

불덩이들은 아이들 주위에도 떨어졌지만 피할 수도 없는 처지라 가만히 제자리에 앉아 있을 수밖에 없었다. 하지만 왠지 모르게 불안하지가 않았다. 이 죽음의 불똥들은 자기들을 향한 것이 아니라 애늙은이들을 위한 것으로서 자기들은 우연한 관람객에 지나지 않는다고 느꼈기 때문이었다.

"나를 데려가서 다시 젊게 만들어 주오!" 애늙은이들은 하늘에 대고 외쳤다.

하지만 불덩이에 맞으면 뼈도 남지 않고 다 타 없어져 버렸다. 천둥이 뜸해지면서 불덩이들이 쏘아 올려지는 간격도 점점 길어졌다. 그러더니 마지막 몇 개는 높이 솟지도 못하고 산 근처에 떨어져 내렸다. 살아남은 애늙은이들은 엉엉 울면서 자기들이 서두르면 마치 그 멀리 떨어지는 불덩이에 맞을 수 있기라도 한 듯이 그쪽을 향해 뛰어갔다. 잠시 후 산이 조용해졌다. 쌍둥이는 이제 자기들 주위에는 아무도 없음을 알았다.

그들은 멈포를 살짝 흔들었다. 괜히 놀라게 해서 난간 밑으로 떨어지면 큰일이기 때문이었다. 그는 반쯤 깨어나서 어디로 가는지도 모르고 쌍둥이가 하라는 대로 순순히 따라 했다. 골짜기 건너편까지 조심조심 건넌 후, 난간에서 단단한 땅 위로 살짝 뛰어내렸다.

그러자 멈포는 그 자리에 쪼그리고 눕더니 다시 잠들어 버렸다. 쌍둥이는 서로를 마주 보았다. 갑자기 피곤이 밀려왔다. 케스트렐도 땅 위에 누웠다.

"놈들이 돌아오면 어쩌려고 그래?" 보우맨이 물었다.

"나도 몰라" 하더니 케스트렐도 잠에 빠져 버렸다.

앉아서 망볼 생각으로 보우맨도 땅바닥에 주저앉았다. 하지만 보우맨도 곧 잠들어 버렸다.

19
멈포의 시련

쌍둥이가 잠에서 깨어났을 때는 이미 해가
하늘 높이 떠 있었다. 전날 밤의 애늙은이들은 감쪽같이 자취를
감추고 없었다. 주위를 둘러보니 그들은 절벽 언저리에 누워 있었
다. 일어나 뻐근한 몸을 뻗어 기지개를 켜면서 아래를 내려다보니
어제 어두울 때 보았던 모습보다 몇십 배 더 웅장했다. 자기들이
건너온 실처럼 가는 난간을 보고 그들은 다시 한 번 놀라지 않을
수 없었다.

"내가 정말로 저기를 건너왔단 말인가?" 보우맨은 혼자서 중얼
거렸다.

케스트렐은 아치형으로 생긴 받침 기둥을 자세히 들여다보았다.
어제 저녁에는 어두워서 잘 안 보였는데 이곳저곳에 허물어진 부
분이 눈에 띄었다. 기둥 하나는 흐르는 강물에 침식된 탓에 마치
바늘 위에 서 있는 것처럼 보였다. 하지만 그 다리를 다시 건너야

할 것이므로 케스트렐은 보우맨에게는 아무 말도 하지 않았다.

멈포가 잠에서 깨어나자마자 한 첫마디는 배고프다는 소리였다.

"멈포, 저기를 좀 봐." 케스트렐이 갈라진 땅의 장관을 가리키며 말했다. "우리가 저 다리를 건너온 거야."

"먹을 거 좀 가져왔니?" 멈포가 물었다.

보우맨은 애늙은이들을 상대로 무기로 사용했던 자루에서 머드넛을 꺼냈다. 심하게 문드러져 있었지만 못 먹을 정도는 아니었다.

"자, 이거 받아."

보우맨은 그것을 멈포에게 던져 주었다. 하지만 멈포가 놓치는 바람에 머드넛은 낭떠러지 쪽으로 굴러갔다. 얼른 쫓아가 봤지만 그것은 멈포보다 한 발 먼저 밑으로 굴러떨어지고 말았다. 멈포는 무릎을 꿇고 밑을 내려다보았다.

"저기 보인다. 내가 집어 올릴 수 있어."

"여기 하나 더 있어." 보우맨이 말했다.

"집어 올릴 수 있다면 해 보라고 해. 우리 모두 먹을 것이 필요하니까." 케스트렐이 말했다.

쌍둥이가 멈포 곁에 가서 밑을 내려다보니 머드넛은 암벽 위에 자라고 있는 덤불 위에 놓여 있었다. 쳐다보기만 해도 현기증이 나서 보우맨은 한 발짝 뒤로 물러섰다. 멈포는 절벽 언저리에 배를 붙이고서 팔을 아래로 뻗었다. 머드넛은 거의 손에 닿을락말락 한 곳에 있었다. 멈포는 꿈틀대면서 앞으로 기어 나갔다.

"멈포, 조심해."

그러나 배가 고픈 멈포는 눈앞에 보이는 머드넛 이외에는 아무 생각도 하지 않았다. 조금 더 앞으로 몸을 움직이자, 손가락 끝에 머드넛이 닿기는 하는데 손안에 잡히지는 않았다.

"조금만 더" 하며 멈포는 몸을 한 번 더 꿈틀했다. 머드넛을 손끝으로 집으려는 순간 그의 중심이 앞으로 쏠리며 미끄러지고 말았다.

"사람 살려!"

케스트렐이 얼른 몸을 날려 멈포의 두 다리를 끌어안았다.

"휴- 큰일날 뻔했네." 멈포는 한숨을 내쉰 후 다시 머드넛을 향해 손을 뻗었다.

"꾸물대지 말고 빨리 기어 올라와!" 케스트렐이 소리쳤다.

"요것만 집고-"

멈포의 손이 머드넛을 집는 순간 앙상하게 뼈밖에 안 남은 손이 덤불 아래로부터 올라와 멈포의 손목을 움켜쥐었다.

"아! 살려 줘!"

멈포가 혼비백산해서 꿈틀거리는 바람에 케스트렐은 하마터면 그의 다리를 놓칠 뻔했다.

"보우, 멈포가 왜 저러는 거야?"

보우맨은 싫었지만 마지못해 절벽 언저리로 가서 아래를 내려다보았다. 그런데 애늙은이 한 명이 덤불 밑에서 멈포의 손목을 꽉 붙잡고 놓아 주지 않고 있는 게 아닌가.

"한방 먹여, 멈포!" 보우맨이 소리쳤다. "깨물어!"

"뭐야?" 멈포의 무게가 더욱 무거워진 것을 느끼며 케스트렐이 물었다.

"도와줘." 멈포가 애원했다. 그의 음성은 어느새 점점 낮아지고 있었다. "도와줘……"

"애늙은이가 밑에 있어." 보우맨이 말했다.

보우맨은 두 번째 머드넛이 든 자루를 풀어 애늙은이를 향해 휘둘렀다. 하지만 머드넛은 그의 어깨를 스쳐 지나갈 뿐이었다. 애늙은이는 고개를 쳐들고 미움과 원망이 가득한 주름진 얼굴로 보우맨을 노려보았다.

"아가야! 착한 아가야!"

보우맨도 눈을 똑바로 뜨고 그를 내려다보았다. 반쯤 벗겨진 머리에 푹 패인 뺨, 그리고 주름진 목. 남을 괴롭히고 모든 것을 때려부수려는 악욕으로 가득한 두 눈! 보우맨은 머드넛 자루를 높이 쳐들어 위를 올려다보는 그의 얼굴을 향해 힘껏 던졌다.

"아악!"

애늙은이는 비명을 지르며 순간적으로 멈포의 손목을 놓았다. 그 순간 애늙은이의 몸이 잡초 덤불 위로 주르르 미끄러져 내려갔다. 잡초 덤불이 그의 체중을 받쳐 주지 못하자, 그는 밑으로 추락하기 시작했다.

"아-아-아-!"

애늙은이의 비명은 한참 동안 계속되었다. 결국 바위에 부딪치는 소리가 들리고 나서야 조용해졌다.

케스트렐은 멈포를 끌어올린 후 얼른 두 팔을 풀었다. 멈포를 잡고 있는데 벌써 힘이 빠져 나가는 듯한 기분이 들었던 것이다. 멈포는 가만히 누워서는 신음 소리를 냈다.

"멈포, 괜찮아?"

그러자, 멈포가 낮고 굵은 노인 음성으로 대답했다.

"온몸이 아파 죽겠어."

멈포는 일어서려고 하다가 그것마저 힘이 드는지 숨을 가쁘게 쉬며 다시 주저앉았다.

"케스, 나 이상해졌어."

보우맨과 케스트렐은 멈포의 얼굴을 쳐다보고는 기겁을 했다. 하지만 간신히 참고 애써 태연한 척했다. 멈포의 잘게 딴 머리는 어느새 새하얗게 변한 데다 살갗도 쭈글쭈글, 축 늘어져 있었다. 뿐만 아니라 허리도 굽어 있었다. 어느새 애늙은이로 변해 버린 것이었다.

"멈포, 걱정하지 마." 케스트렐이 나오려는 울음을 억지로 참으며 말했다. "우리가 꼭 너를 정상으로 되돌려 놓아 줄게."

"케스, 나 병에 걸린 거야?"

"응, 조금. 하지만 꼭 낫게 해 줄게."

"온몸이 쑤셔."

멈포가 울기 시작했다. 하지만 전처럼 소리내 엉엉 우는 것이 아니었다. 피곤한 목소리로 조용히 울었다. 눈물이 빰 위에 깊이 파인 주름살을 따라 흘러내렸다.

어쩌면 좋지?

머뭇거릴 시간이 없어.

보우맨이 대답했다. 그리고는 큰 소리로 멈포를 향해 물었다.

"걸을 수 있겠어?"

"응."

멈포는 조심스럽게 일어나서 몇 걸음 걸어 봤다.

"빨리는 못 가겠어."

"그래도 괜찮아. 최선을 다하기만 하면 돼."

"보우, 나 좀 도와줄래? 너한테 조금 기대서 걸으면 더 빨리 갈 수 있을 것 같아."

"멈포, 네 손을 내 몸에 대서는 안 돼. 적어도 병이 나을 때까지는."

"손을 대지 말라니? 왜 그러면 안 돼?"

그제야 쌍둥이는 그때까지도 자기에게 어떤 변화가 생겼는지 멈포가 전혀 눈치채지 못하고 있다는 사실을 알았다.

"네 병이 전염되면 안 되잖아?"

"아, 알았어. 그러면 안 되지. 나, 곧 나을 수 있을까?"

"응, 곧 나을 거야."

그리하여 아이들은 갈라진 땅을 등지고 산을 향하여 위대한 길을 계속 걸어 나갔다.

그들의 전진 속도는 무척 느렸다. 멈포는 나름대로 열심히 걸었지만 보통 사람들보다 걸음걸이가 훨씬 느렸다. 종종걸음으로 좀 걷고 나서는 몇 분은 반드시 멈춰서 쉬어야 했다. 아무 불평도 하지 않고 자기가 할 수 있는 최선을 다하고 있는 게 분명했다. 하지만 지금 속도로 가다가는 산꼭대기까지 간다는 것은 거의 불가능했다.

문제는 멈포 하나만이 아니었다. 위대한 길에는 나무가 없었지만 길 양옆에 있는 숲은 갈수록 무성해지고 있었다. 그 숲 깊은 곳에서 무엇인가가 살금살금 쫓아오고 있는 듯했다. 그러나 보우맨이 무슨 낌새를 눈치채고 휙 돌아보면 아무 것도 보이지 않았다.

위험은 머리 위에도 도사리고 있었다. 나무 꼭대기 위, 하늘 높

이서 원을 그리며 날던 새들이 날개를 쭉 펼친 상태로 서서히 활
공해 내려왔다. 처음에는 대여섯 마리밖에 안 되었으나 보우맨이
두 번째로 올려다보니 놈들은 어느새 열세 마리로 늘어나 있었다.
그로부터 반 시간도 못 되어 다시 올려다보니 놈들의 숫자는 셀
수 없을 정도로 불어나 있었다. 놈들은 시커멓게 떼를 지어 하늘
위에서 자기들을 쫓아오고 있었다. 보우맨은 전에 책에서 읽었던
이야기가 생각났다. 지친 나그네가 힘이 다할 때를 기다리며 동물
떼가 뒤를 밟는다는 내용이었다. 보우맨은 자기도 모르게 속도를
내서 걷기 시작했다.

"멈포한테 너무 힘들어." 케스트렐이 말했다. "속도를 좀 줄이
자. 우선 좀 쉬고."

"안 돼. 멈춰선 안 돼."

케스트렐은 보우맨의 목소리에서 공포를 감지하고는 주위를 얼
른 둘러보았다.

"내-걱정-은-하지 마-" 멈포가 말했다. "내-쫓아-갈-테
니-까."

하지만 멈포는 그 말마저 헉헉거리면서 간신히 했다.

보우, 이대로는 안 되겠어.

딴 방법이 없잖아?

아이들은 이를 악물고 계속 앞으로 나아갔다. 걸음걸이가 늦어
질수록 새 떼들은 대담하게 나무 꼭대기 높이까지 내려와 날면서
길 위에 그림자를 드리웠다. 놈들은 독수리같이 생겼으나 훨씬 더
컸고 검정색이었다. 하늘 높이 날고 있어서 실제로 어느 정도 큰
지는 가늠하기 어려웠다.

멈포가 돌부리에 걸려 넘어졌다. 한번 눕자 일어날 기색을 보이지 않았다. 케스트렐은 그 옆에 무릎을 꿇고 앉아 혹시 다친 데는 없는지 살펴보았다. 다행히 기진맥진해 있을 뿐, 다친 데는 없었다.

"멈포는 좀 쉬어야만 해, 보우."

보우맨의 눈에도 멈포는 너무나 피곤해 보였다.

"뭔가 먹으면 좀 기운을 차릴 거야."

보우맨은 자루를 열어 마지막으로 남은 머드넛 한 개를 끄집어냈다. 그가 멈포에게 주려고 머드넛을 앞으로 내미는 순간, 갑자기 머리 위로 바람이 휙 불더니 주위가 어두워지면서 손에 통증이 느껴졌다.

아픔도 아픔이지만 너무나 놀라 보우맨은 큰 소리로 비명을 지르며 손을 얼른 감쌌다. 손가락 사이에서 피가 흘러 나오고 있었다. 까만 독수리는 어느새 머드넛을 날카로운 발톱으로 움켜쥔 채 커다란 날개를 저으며 날아 올라가고 있었다. 새가 어찌나 큰지 보우맨은 놀라서 멍하니 바라보았다. 그놈 말고도 세 놈이 더 저공 비행을 하며 기회를 엿보고 있었다. 놈들의 날개가 너무나 커서 세 놈이 나란히 날아가니 위대한 길은 놈들의 그림자로 그늘이 지고 말았다.

멈포는 누운 채 공포에 질린 눈으로 거대한 독수리를 바라보았다. 케스트렐은 거의 본능적으로 멈포를 보호하려고 두 팔로 그의 몸을 가렸다. 새들은 먹이를 찾아 더욱 낮게 날고 있었다.

"자루를 멀리 던져!" 케스트렐이 외쳤다.

보우맨은 머드넛이 들어 있던 자루를 멀리 내던졌다. 커다란 독수리 한 마리가 급강하해 그 자루를 움켜쥐더니 나무 꼭대기 위로 날아올랐다. 나머지 떼거리들도 머리 위에서 조용히 원을 그리며 때를 기다리고 있었다.

머리 위의 위협에 정신이 팔린 나머지 그 사이 숲 속에서 살며시 기어 나와 다가오는 맹수들을 아이들은 보지 못하고 있었다. 맹수들이 보우맨의 피 냄새를 맡은 것이었다. 피 냄새는 먹이가 부상당해 힘이 약해졌다는 것을 의미했다. 놈들은 하나 둘씩 기어 나와서 노란 눈으로 아이들을 노려보았다. 놈들을 처음 발견한 것은 멈포였다. 멈포가 비명을 질렀다.

재빨리 돌아본 보우맨은 그만 그 자리에 얼어붙고 말았다. 20여 미터의 간격을 두고 아이들은 커다란 회색 늑대들에게 완전히 포위되어 있었다. 거의 사슴만한 크기의 늑대들이 아가리를 벌리고 혓바닥을 내두르며 그들을 지켜보고 있었다.

"걱정하지 마, 멈포."

케스트렐은 자기도 모르게 아무 말이나 주워섬겼다. 우선 무엇보다도 멈포의 비명부터 그치게 하는 것이 급했다.

검정 독수리들은 곧 살육이 벌어질 것을 기대하는지 낮게 날기 시작했다. 놈들의 커다란 날개가 하늘을 뒤덮자 위대한 길은 마치 밤이 된 것처럼 캄캄해졌다. 늑대들은 한 발짝 다가오더니 다시 멈춰 섰다. 먹잇감이 돌아서서 도망치는 것을 기대라도 하는 듯이.

멈포의 절규는 이제 공포에 질린 훌쩍임으로 변했다.

"날 보호해 줘." 멈포가 늙은이의 목소리로 울먹였다.

머리 위로는 독수리들이 낮게 날면서 불러일으키는 바람을 느낄 수 있었고, 근접한 늑대들로부터는 젖은 털 냄새마저 맡을 수 있었다. 아이들은 공포에 질려 서로 바싹 붙어 앉아서 꼼짝 않고 있었다. 늑대들은 날카로운 송곳니를 내보이며 한 발짝 한 발짝 다가왔다.

바로 그때였다. 숲 저편으로부터 늑대 한 마리가 길게 울부짖는 소리가 들렸다. 그러자 늑대들은 다가오던 걸음을 멈추었다. 원을 그리며 점점 낮게 날아 내려오던 독수리 떼도 다시 하늘로 날아올랐다. 그 울음소리가 한 번 더 울렸다. 그러자 늑대들은 누구를 기다리기라도 하는 듯이 숲 쪽을 쳐다보았다.

마침내 숲 속으로부터 늙은 늑대 한 마리가 모습을 드러냈다. 아주 커다란 놈이었다. 늙기는 했지만 그 위용으로 보아 늑대들의 두목임에 틀림없었다. 거의 수사슴만한 크기에 단단한 근육질의 그 늑대는 노란 눈을 빛내며 보우맨을 향해 다가왔다.

보우맨은 손가락 하나 움직일 수 없었다. 늑대 두목은 부하들이 비켜 준 길을 거침없이 지나서 보우맨 앞에 와 우뚝 멈춰 섰다. 그러고 나서 뒷다리를 굽혀 앉더니 앞다리마저 땅에 대고 엎드렸다. 늑대는 머리를 앞다리 위에 숙인 채로 보우맨을 계속 쳐다보았다. 그러자 나머지 늑대들도 모두 두목을 따라 땅 위에 엎드렸다.

그 순간 보우맨은 직감적으로 자기가 해야 할 일이 무엇인지를 알았다. 그가 상처 난 손을 앞으로 뻗자, 늑대 두목은 주둥이를 들어올리더니 냄새를 킁킁대고 맡았다. 그러더니 그 큰 분홍색 혓바닥으로 보우맨의 상처를 핥기 시작했다.

보우맨은 천천히 몸을 낮춘 후 바닥에 다리를 꼬고 앉았다. 그러자 늑대 두목은 자기 머리를 보우맨의 무릎 위에 얹은 채 보우맨을 바라보았다. 둘은 서로의 마음을 이해하고 있었다.

"늑대들은 우리가 오기를 기다리고 있었어." 보우맨이 말했다. 하지만 자기가 어떻게 해서 그 사실을 아는지 알 수가 없었다.

"왜? 무엇 때문에?"

"모라를 상대로 싸우기 위해서."

모라의 이름을 듣자, 늑대들의 털은 마치 찬바람에 쏘인 듯이 움찔했다. 늑대 두목이 일어나 앉자, 나머지 늑대들도 모두 그를 따라 앉았다. 늙은 늑대 두목은 머리를 쳐들고 또 한 번 길게 소리 내 울었다.

머리 위를 빙빙 돌던 독수리들이 그 소리를 듣고는 아이들의 머리에 날개가 닿을 정도의 높이까지 서서히 날아 내려왔다. 독수리들은 한두 마리씩 땅 위에 내려앉더니 늑대 뒤로 더 큰 원을 그리며 섰다.

보우맨은 독수리들의 까만 눈과 늑대들의 노란 눈으로부터 그들의 자존심과 용기를 느낄 수 있었다.

우리는 오랜 세월을 기다렸소. 이제 우리는 원수들과 싸울 테요.

"그들이 우리를 도와줄 거야."

보우맨이 자신 있게 말했다. 보우맨이 일어서자, 늑대들도 모두 따라 일어섰다.

"자, 이제 가야 할 시간이야."

멈포와 케스트렐은 미지의 세계에 대한 보우맨의 능력을 믿고 있었기 때문에 그의 판단을 의심치 않고 따랐다. 독수리들은 날개를 펴고 날아올랐다. 아이들과 동물들은 위대한 길을 향해 앞으로 나아갔다.

하지만 멈포의 움직임이 점점 더 느려졌다. 쌍둥이는 멈포와 보조를 맞추려고 일부러 천천히 걸었다. 자기를 떼놓고 떠날까 봐 두려워하는 멈포의 마음을 잘 알고 있었던 것이다. 하지만 얼마 못 가서 멈포는 더 이상 걸을 수가 없는지 땅에 털썩 주저앉더니 울음을 터뜨렸다.

"날 두고 가지 마." 멈포가 우는 소리로 말했다.

늑대 두목은 그 모습을 보고는 상황을 짐작했다. 강하게 생긴 젊은 늑대가 앞으로 나서더니 멈포 옆으로 가서 엎드렸다.

"멈포, 늑대 등에 올라타. 태워 주겠대."

멈포가 늑대 등에 오르는 것을 옆에서 도와줄 수가 없었기 때문에 멈포는 혼자 힘으로 낑낑대며 기어올라 늑대의 목덜미 털을 꽉 움켜쥐었다. 이제 그들은 빨리 갈 수 있었다.

하지만 오래지 않아 쌍둥이도 지쳐서 늑대들의 신세를 져야만 했다. 늑대들은 위대한 길을 벗어나 숲 속의 늑대 길로 가기 시작했다. 아이들을 태운 늑대들은 빠른 걸음으로 숲 속을 헤쳐 나갔다. 하늘 높이에서는 독수리 떼가 쫓아왔고 좌우로는 늑대 떼가 보조를 맞춰 달려나갔다.

이제 그들 일행은 산 중턱을 오르고 있었다. 공기는 차가워졌고 키 큰 소나무 위에는 안개가 자욱하게 끼여 있었다. 나무 수도 점점 줄어들었다. 산을 오르면서 뒤돌아보니 어느새 모여든 늑대들이 줄지어 따라오는 모습이 끝이 안 보일 정도였다. 머리 위로는 수백 마리의 독수리 떼가 날고 있었다.

지금까지 목표로 삼아 달려왔던 봉우리가 성큼 눈앞으로 다가왔다. 하지만 아직도 너무 거대하고 높아 늑대 등에 올라타고서도 그곳까지 오른다는 것은 불가능해 보였다. 더욱 실망스러운 것은, 산등성이에 올라서 보니 눈앞에 숲으로 된 골짜기를 지나야만 최고봉이 나온다는 사실이었다. 아직까지도 최고봉에는 발도 들여놓지 못했던 것이다.

그곳에서부터 길은 꺾이면서 내리막길인 데다 저 앞의 산마루를 돌아 이어졌기 때문에 그 다음은 보이지 않았다. 아이들을 등에 태우고 달리던 늑대들이 속도를 줄여 걷기 시작했다. 하늘을 나는 독수리들도 저공으로 날면서 내려앉을 준비를 했다. 구부러진 길목에 이르자, 늑대들은 멈추더니 그 자리에 엎드렸다. 아이들은 늑대 등에서 내렸다. 그러자 독수리들도 땅과 주위의 나뭇가지 위에 모두 내려와 앉았다.

케스트렐은 이제부터 어떻게 하면 좋겠느냐는 듯이 보우맨을 쳐다보았다. 하지만 보우맨도 다음에 무엇을 해야 할지 전혀 알 수가 없었다. 그런데 멈포는 달랐다. 늑대 등에서 뛰어내리는 순간부터 앞서 걸어 나가고 있었다.

멈포는 마친 신들린 사람처럼 종종걸음을 치며 달려나갔다.

"멈포, 기다려!"

하지만 멈포 귀에는 아무 것도 들리지 않는 것 같았다. 그는 한시라도 더 빨리 가서 만져야 하겠다는 듯이 두 팔을 앞으로 쭉 뻗고 달려나갔다. 보우맨이 고개를 돌려 늑대들을 보니 모두들 혓바닥을 빼물고서 두목을 바라보고 있었다. 두목은 고개를 뻣뻣하게 세운 채 바람 냄새를 맡고 있을 뿐이었다. 보우맨도 그 냄새를 맡았다.

"연기!"

"저렇게 혼자 가게 내버려둘 수는 없어."

그들은 이제 시야에서 완전히 사라져 버린 멈포를 쫓아 뛰기 시작했다. 그들이 모퉁이를 돌자 그곳에는 뜻밖의 상황이 그들을 기다리고 있었다. 그들 발밑으로 드넓은 위대한 길이 다시 보였고, 그 길을 멈포를 위시한 여러 명의 애늙은이들이 걸어가고 있었다. 모두 멈포처럼 두 팔을 앞으로 내뻗고서 비틀비틀 걷고 있었다. 멈포는 그들 앞에서 거의 뛰다시피 가고 있었다. 그는 헉헉대면서도 늙은이 음성으로 소리쳤다.

"날 데려가 주오! 날 데려가 주오!"

멈포는 연기 나는 쪽을 향해 가고 있었다. 위대한 길은 최고봉을 향해 곧게 뻗어 나가다 산허리 앞에서 끝났는데 바로 그 지점, 암벽의 갈라진 틈으로부터 불길이 솟아 나오고 있었다. 높게 타오르는 불길은 연기가 되어 사방으로 퍼져 나갔다.

다시 위대한 길 쪽을 내려다보니 멈포의 앞에서, 그리고 뒤에서도 애늙은이들이 손을 앞으로 뻗은 채 불길을 향해 달려가고 있었다.

"날 데려가 줘! 나를 다시 젊게 만들어 줘!"

멈포는 뒤뚱거리면서도 이제 정말로 달리기 시작했다.

"멈포, 안 돼!"

케스트렐은 멈포를 쫓아 뛰기 시작했지만 멈포는 케스트렐보다 훨씬 앞서 있는 데다 그의 귀에는 아무 것도 들리지 않는 듯했다. 멈포는 불길을 향해 그야말로 필사적으로 뛰었다. 다른 애늙은이들도 멈포와 다를 바 없었다. 불길에 가까이 다가갈수록 빨리 타죽지 못해 못 견디겠다는 듯이 속력을 더해 뛰기 시작했다. 불길 앞에 다다르자 그들은 두 팔을 내리고 두려움이나 고통을 느끼지 않는 듯이 불길 속으로 걸어 들어갔다. 그 속으로 들어간 그들이 어떻게 되는지는 밝게 타는 불길에 싸여 볼 수가 없었다.

보우맨은 케스트렐을 뒤쫓아와 그녀 옆에 섰다. 그들은 아무 말 없이 타오르는 불길을 바라보았다. 불길 앞으로 다가가는 멈포의 모습이 보였다.

"날 데려가 줘! 나를 다시 젊게 만들어 줘!"

멈포는 갑자기 조용해지더니 천천히 걸어서 불길 속으로 들어갔다.

쌍둥이는 충격 때문에 한동안 아무 말도 하지 못하고 그 자리에 서 있었다. 잠시 후 케스트렐이 보우맨의 손을 잡았다.

우리도 불 속으로 가야 해.

같이 가자. 보우맨이 대답했다.

우린 언제나 함께야.

그들 오누이도 서로의 손을 꼭 잡고 높이 치솟는 불길을 향해 위대한 길을 따라 걸어 나갔다.

불 속으로

봉우리 측면의 갈라진 틈을 향해 가까이 다
가갈수록 뜨거운 열기와 매운 연기가 훅 끼쳐 왔다. 어떻게 해서
애늙은이들은 주저하지 않고 그 속으로 뛰어들 수 있었을까? 어
떻게 소리 한번 지르지 않을까? 보우맨과 케스트렐은 두려움을
애써 감추며 앞으로 나아갔다. 하지만 쥔 손에 자기도 모르게 힘
이 들어가는 것은 어쩔 수가 없었다.

불길이 너무 밝아서 그들은 눈을 뜨고 있을 수가 없었다. 열은
뜨거웠으나 몸은 타지 않았다. 갑자기 바깥 세상으로부터의 모든
소리가 멀어지며 고요해졌다. 불길 속을 걸어가는 자신의 발소리
조차 들리지 않았다.

이제 돌아설 수는 없어. 몇 발짝만 더 나가면 돼…….

갑자기 뜨겁던 열이 사라지면서 그 대신 시원한 기운이 그들의
몸을 감쌌다. 빛은 아직도 너무 찬란하여 두 눈을 감고 있는데도

망막을 온통 빨간색으로 밝혔다. 하지만 보지 않아도 지금 자기가 서늘한 불길에 둘러싸여 있다는 것을 짐작할 수 있었다.

계속해서 걸어 들어가자, 빛의 광채가 약해지며 몸을 핥던 시원한 불길도 더 이상 느껴지지 않았다. 그리고 조금씩조금씩 불길의 밝기도 낮아져 갔다. 눈을 살짝 떠 보니 약해진 불길을 확인할 수 있었다. 몇 발짝만 더 가면 불길로부터 완전히 빠져 나가 캄캄한 암흑 속으로 들어설 듯했다. 지금 자기들이 있는 곳이 어디인지 도무지 알 수가 없었다.

눈이 어두움에 조금 익숙해지자, 넓은 복도와 그 끝에 문이 하나 있는 게 보였다. 복도의 벽은 통나무였고 바닥에는 타일이 깔려 있었다. 커다란 저택의 복도 같은 기분이 들었다.

뒤를 돌아본 보우맨과 케스트렐은 흠칫 놀랐다. 석탄이 타고 있는 벽난로가 보였기 때문이었다. 돌을 깎아 만든 벽난로 앞에는 철창마저 씌워져 있었다. 자기들이 지금 그곳에서 걸어 나왔단 말인가?

그 긴 복도의 한쪽 끝은 벽난로였고 맞은편 끝에는 문이 하나 있었다. 벽에는 창문이 없었다. 그러니 갈 수 있는 길은 한 군데밖에 없었다. 신비로운 기운에 이끌려 쌍둥이는 두 손을 꼭 붙든 채 닫혀 있는 문을 향해 걸어갔다. 보우맨이 손잡이를 비틀자 문이 살며시 열렸다. 문 사이로 안을 들여다보자 계속 이어져 있는 또 하나의 복도가 보였다. 그리고 복도 양옆으로 열려 있는 방문이 여러 개 눈에 띄었다. 촛불로 밝힌 그 복도는 이쪽 복도에 비해 화려한 편이었다. 벽은 꽃과 나무 무늬가 새겨져 있는 나무 판자로 되어 있었다. 방문들 사이사이의 벽에는 사냥과 활쏘기 그림들을

수놓은 색 바랜 주단들이 걸려 있었다. 또 바닥에는 폭신한 양탄
자가 깔려 있었다.

쌍둥이는 그 카펫 위를 걸어 나가면서 양옆으로 열린 문 안을
하나씩 들여다보았다. 방안의 모든 가구에는 먼지가 쌓이지 않도
록 덮개가 덮여 있었다. 쌍둥이는 갑자기 무슨 일이 닥칠지 몰라
조심조심 앞으로 걸어 나갔다. 자기들이 왜 복도 끝에 있는 문을
향해 나아가고 있는지 알 수가 없었다. 다른 방들은 모두 불이 꺼
져 있는 데 반해, 유독 그 문 밑에서만 밝은 빛이 새어 나오고 있
었다.

가슴이 어찌나 쿵쾅쿵쾅 뛰는지 귀에 다 들릴 정도였다. 이 저
택은—저택인지 뭔지 확실치는 않지만—비어 있는 것 같았다.
하지만 벽에 있는 초에는 불이 타오르고 있었고 양탄자는 깨끗이
청소되어 있었다. 복도 끝 문 앞까지 온 보우맨과 케스트렐은 한
동안 촉각을 곤두세우고 안에서 무슨 소리가 들리는지 귀를 기울
였다. 안에서는 아무 소리도 나지 않았다. 케스트렐은 조용히 손
잡이를 돌려 문을 열었다. 순간 문에서 '끼익—' 하는 소리가 났
다. 순간 둘은 몸이 얼어붙는 것 같았다. 하지만 아무 일도 일어나
지 않았다. 그들은 문을 열어젖히고 안으로 들어갔다.

그곳은 식당이었다. 방 가운데 놓인 훌륭한 식탁에는 음식들이
은과 크리스털 등 고급 식기에 담겨 있었다. 모두 12명분의 식사
가 준비되어 있었다. 식탁 위 촛대와 천장에 매달린 샹들리에 위
에 꽂힌 양초에는 불이 붙여져 있었고 크리스털 물병에는 물이,
바구니 안에는 빵이 가득 담겨 있었다. 방의 양쪽 벽에는 고상한
벽난로 두 개가 마주 보고 있었는데, 벽난로에는 석탄 불이 지펴

져 있었다. 창문 없는 벽 위에는 거만한 표정의 상류층 인사들의
초상화가 걸려 있었다. 들어온 문 말고 맞은편에 문이 하나 더 있
었지만, 그 문은 닫혀져 있었다.

케스트렐과 보우맨은 뜻밖의 상황에 어안이벙벙해졌다. 이곳에
들어서면서 어떤 일이 벌어질지 알지는 못했지만 적어도 무시무
시한 일이 벌어질 것으로 생각했던 것이다. 이 빈 저택은 으스스
하기는 했지만 어떤 위험이 느껴져서 그런 것은 아니었다. 차라리
불가사의하기 때문에 느껴지는 두려움이라고 하는 것이 맞았다.
맞닥뜨리는 것마다 판단이 서지 않았기 때문에 앞으로 어떤 일이
벌어질지 도무지 예상할 수가 없었다. 따라서 대응책은 생각조차
할 수 없었다.

케스트렐은 테이블 앞에 놓인 의자 뒤를 살금살금 돌아서 맞은
편 문 앞으로 다가갔다. 문 앞에 서서 귀를 기울여 봤으나 역시 아
무 소리도 들리지 않았다.

문을 열어 보니 그곳은 기름 램프로 밝혀져 있는 여성용 화장실
이었다. 키 큰 옷장을 열고 안을 들여다보니 아름다운 가운이 가
득 있었다. 열려 있는 장롱 서랍 안에는 잘 다려 개어 놓은 속옷과
양말들이 보였다. 신발도 수십 켤레가 가지런히 정돈돼 있었다.
재봉사 옷걸이에는 재봉 중이라 핀을 잔뜩 꽂아 놓은 아름다운 드
레스가 걸려 있었다. 소파 위에는 고급 비단 한 단이 끝이 조금 풀
린 상태로 놓여져 있었고 탁자 위에는 가위, 바늘, 실, 단추, 리본
등 재봉사에게 필요한 각종 도구가 있었다. 큰 거울을 들여다보니
핏기가 하나도 없는 얼굴에 접시눈을 한 오누이가 손을 꼭 붙잡고
서 있는 모습이 비쳤다.

그 방에는 그들이 들어온 문 말고도 문이 두 개 더 있었는데, 둘 다 열려 있었다. 하나는 욕실로 통하는 문이었고, 다른 하나는 침실로 통하는 문이었다. 욕실 안에는 아무도 없는 듯 불이 꺼져 있었다.

그들은 침실 문간에 서서 안을 들여다보았다. 침대 옆 탁자에 있는 램프가 실내를 밝혀 주고 있었다. 커다란 정사각형 모양의 그 방 벽에는 마치 전통을 자랑하는 정예 군대의 장교 식당처럼 칼과 투구, 깃발 등이 걸려 있었다. 그리고 그런 곳에서 흔히 볼 수 있는 가죽 의자나 신문이 펼쳐져 있는 탁자 따위는 보이지 않고 반들반들하게 닦은 마루에 고급 침대 하나만 달랑 놓여 있었다. 반투명 망사가 천장에 달려 있는 고리로부터 마치 긴 치마처럼 퍼져 나와 침대 둘레를 에워싸고 있었다. 램프가 놓인 탁자에는 물컵과 오렌지가 담겨 있는 접시 하나가 놓여 있었고, 그 옆에는 은색 칼이 하나 있었다. 침대에는 한 노파가 곱게 수놓은 이불을 덮고 베개 여러 개를 등에 받치고 앉은 자세로 곤히 자고 있었다.

행여 그 노파의 잠을 깨울까 봐 숨도 크게 못 쉬면서 쌍둥이는 그 방 안으로 천천히 들어갔다. 그들은 침대 곁으로 가서 망사 커튼 너머에서 자고 있는 노파의 모습을 바라보았다.

잠자고 있는 그 노파의 얼굴은 차분하고 매끈한 것이 젊었을 때에는 꽤 아름다웠을 것 같았다. 노파의 얼굴을 쳐다보던 보우맨은 왠지 가슴 아련한 그리움이 느껴졌다. 하지만 그것이 무엇에 대한 그리움인지는 알 수 없었다.

케스트렐은 윈드싱어의 목청이 있을 만한 곳을 찾아 여기저기 둘러보느라 정신이 없었다. 목청은 크지 않았으므로 이 방에 있을 수도, 아니면 지나온 방에 있을 수도 있었다. 아니, 이 저택 안에서 아직 발을 들여놓지도 못한 어느 한 구석에 숨겨져 있을 수도 있었다. 영원히 찾지 못할지도 모른다는 망막한 기분에 절망감이 몰려왔다. 보우맨은 케스트렐의 이러한 기분을 감지할 수 있었다. 그는 아직도 자는 노파의 얼굴로부터 눈을 떼지 않은 채 케스트렐에게 무성으로 말했다.

저기 머리 위에 있어.

케스트렐이 그 말을 듣고 노파의 머리를 보자, 과연 거기에 윈드싱어의 목청이 있었다. 노파의 흰 머리카락이 흘러내리지 않게 꽂혀 있는 머리핀이 바로 윈드싱어에 그려져 있던 그 모습, 지도 뒤에서도 본 S자 비슷한 모양의 목청이었다. 케스트렐은 그제서야 비로소 안도의 한숨을 내쉬었다.

깨우지 않고 빼낼 수 있을까?

해 볼게.

보우맨은 그 노파의 얼굴에 이끌려 평소의 그답지 않게 대담하게 대답했다. 보우맨은 가만히 한 손을 뻗어 은색 핀을 잡고는 살며시 빼냈다. 몸이 떨릴까 봐 숨조차 쉬지 않았다. 노파는 아무 것도 모르는 듯이 여전히 잠을 자고 있었다. 빼내면서 보니 목청 위에는 S자를 가로질러 은색 강철 줄이 여러 개 팽팽히 감겨 있었다. 보우맨이 머리에서 떼어 낸 핀을 케스트렐에게 주려고 팔을 뻗는 순간, 그것에 끼인 머리카락이 한 올 딸려 오다가 톡 하고 끊어졌다.

그 순간 보우맨은 그 자리에 얼어붙은 듯 꼼짝할 수가 없었다. 케스트렐은 얼른 보우맨의 손에서 목청을 받아 쥐었다.

빨리 가자!

하지만 보우맨은 눈을 노파에게서 뗄 수가 없었다. 노파는 속눈썹을 깜박거리더니 눈을 번쩍 떴다. 푸른색 눈이었다.

"아이야, 왜 날 깨웠니?"

그녀의 음성은 낮고 부드러웠다. 보우맨은 그녀의 눈을 피하고 싶었으나 그럴 수가 없었다.

보우, 빨리 가자!

난 갈 수가 없어.

노파의 눈을 깊이 들여다보면 볼수록 그 눈은 계속 변하고 있었다. 그 눈 속에서 백 개도 넘는 또 다른 눈들이 보우맨을 쳐다보고 있었다. 눈 하나에는 또 더 많은 눈들이 있어서 봐도 봐도 끝이 없었다. 노파의 눈을 쳐다보고 있자니 천혀 새로운 기운이 몸 안으로 흘러들었다. 그것은 무척 밝고 강렬한 기운이었다.

우리는 모라다, 하고 백만 개의 눈들은 보우맨에게 말했다. 우린 혼자가 아니야. 우린 모두야.

"그러니 아이야, 더 이상 두려워하지 말거라." 노파의 목소리가 들렸다.

보우맨은 왠지 노파의 말을 믿지 않을 수 없었다. 정말로 두려워할 것이 하나도 없었다. 백만 개의 눈을 들여다본 이상 세상에서 가장 강한 힘의 일부가 된 것이 아닐까? 이제 두려움은 더 이상 자기 속에 존재하지 않았다. 남들이 자기를 보고 두려워해야 할 차례였다.

아득히 먼 곳에서 음악 소리가 들려 왔다. 북과 나팔을 불며 고적대가 행진하는 소리였다.

"보우," 두려움에 케스트렐은 자기도 모르게 소리를 크게 질렀다. "도망가자!"

하지만 보우맨은 그 푸른 눈으로부터 눈을 돌릴 수가 없었다. 아니, 이제 모라의 무리에 속한 이상 돌리고 싶지 않았다. 고적대를 선두로 한 집단의 발걸음 소리가 점점 가까워 오고 있었다.

"그들이 오고 있단다." 노파가 말했다. "나도 이제는 그들을 멈추게 할 수 없어."

케스트렐은 보우맨의 팔을 잡아끌었지만 어느새 그는 무척 강해져서 꿈쩍도 하지 않았다.

"보우, 도망치자."

"나의 멋진 자스." 노파가 중얼거렸다.

죽여! 하고 보우맨이 생각하자, 피가 끓으며 힘이 용솟음쳤다. 죽일 거야!

눈을 들어 벽을 쳐다보니 반달 모양의 긴 칼이 걸려 있는 것이 보였다.

저벅! 저벅! 저벅! 그들이 행군해 오고 있었다.

"그 칼을 네가 가져라." 노파가 말했다.

"안 돼!" 케스트렐이 외쳤다.

보우맨은 손을 뻗어 그 칼을 끄집어 내렸다. 손잡이의 느낌이 좋았다. 칼날은 가벼우면서도 날카로웠다. 케스트렐은 겁이 나서 뒤로 한 발짝 물러섰다. 그 순간 보우맨이 뒤로 획 돌아서며 칼을 허공에 대고 그었다. 보우맨은 전에 보지 못했던 야릇한 미소를 짓고 있었다.

"죽일 테야!" 보우맨이 말했다.

보우맨, 저 노파가 너에게 무슨 짓을 한 거야?

저벅! 저벅! 저벅!

북 두드리는 소리, 나팔 부는 소리. 놀랍게도 침실의 벽은 어둠 속으로 녹아 없어지고 있었다. 화장실로 통하는 문, 투구와 깃발이 걸려 있던 벽도 사라져 버리고 남은 것은 침대와 그 옆에 램프가 놓인 탁자뿐이었다. 램프의 불이 미치지 못하는 곳은 칠흑 같은 암흑이었다.

저벅! 저벅! 저벅!

"두려워하지 마." 노파가 말했다. "이제는 남들이 너를 두려워해야 할 차례야."

케스트렐은 두려움에 떨며 보우맨으로부터 뒷걸음질치며 말했다.

보우맨, 제발 정신 차려!

"죽일 테야!" 보우맨은 허공에 대고 여전히 칼을 휘두르며 말했다. "이제는 남들이 나를 두려워해야 할 차례야."

"나의 멋진 자스는 행군을 시작했다." 노파가 말했다. "그들은 죽이는 것을 무척 좋아하지."

"죽여, 죽여, 죽여, 죽여!" 보우맨이 고적대가 연주하는 장단에 맞추어 외쳤다. "죽여, 죽여, 죽여!"

케스트렐은 절망에 사로잡혀 보우맨을 향해 애원했다.

보우맨, 제발 정신 차려. 난 너 없이는 살 수 없단 말이야!

드디어 어둠 속에서 고적대가 모습을 드러냈다. 하얀 유니폼을 입은 키 크고 아름다운 아가씨가 금색 지휘봉을 돌리면서 앞장서 왔다. 어깨 위로 치렁치렁하게 흘러내린 금발은 그녀의 아리따운 얼굴과 무척이나 잘 어울렸다. 열다섯 살이 되었을까 말까 한 그 어린 아가씨는 지휘봉을 돌리며 환하게 미소 짓고 있었다. 각진 어깨에 허리가 쏙 들어간 흰 재킷에는 커다란 금색 단추가 여러 개 달려 있었다. 밑에는 흰색 승마용 바지에 검정 부츠를 신고 있었다. 머리에는 금실로 수놓은 끝이 뾰족한 모자를 쓰고 어깨에는 흰 망토를 두르고 있었다. 그녀는 저 앞을 쳐다보며 웃음을 잃지 않고 행진해 왔다.

그녀 뒤로 흰색 유니폼을 입은 고적대가 따라 나오고 있었다. 그들 역시 열네댓 살 정도 돼 보이는 어린 소년·소녀들이었다. 그들은 환하게 미소 지으면서 악기들을 연주하며 발을 맞추어 힘차게 걸어왔다. 그들 뒤로는 고수들이 북을 치며 따라왔다. 그 다음에는 젊은 병정들이 노래를 부르며, 팔을 내저으면서 행진해 왔다.

얼빠진 모습으로 그들의 행군을 지켜보는 케스트렐의 귀에 그들의 노래 가사가 들려 왔다. 흰색과 금색 유니폼을 입은 아름다운 소년·소녀 병정들이 부르는 노래 가사는 단 한마디뿐이었다.

"죽여! 죽여! 죽여! 죽여! 죽여! 죽여! 죽여!"

그 곡의 군대식 멜로디는 한번 들으면 머리 깊숙이 박혀 영원히 잊지 못할 것 같았다. 병정들은 그 노래를 끝없이 반복해 부르고 있었다.

"죽여! 죽여! 죽여! 죽여! 죽여! 죽여! 죽여!"

병정들은 어둠 속으로부터 끊임없이 줄지어 나왔다. 그 숫자는 끝이 없을 것 같았다.

"나의 멋진 자스, 아무도 그들의 앞을 막지 못할 것이야." 노파가 중얼거렸다.

지휘봉을 돌리는 고적대 대장이 행진을 멈추더니 제자리걸음을 하기 시작했다. 그녀 뒤를 따르던 고적대 역시 나란히 한 줄로 서서 제자리걸음을 하며 음악을 연주했다. 그 뒤로 병정들도 멈춰서서 제자리걸음을 계속했다. 합창은 멈추었지만 음악은 계속 연주됐고 발소리 또한 요란했다. 램프의 빛이 미치지 않는 뒤편으로도 병정들이 속속 도착하는 것을 소리를 듣고 짐작할 수 있었다. 병정들은 하나같이 젊고, 아름답고, 미소를 띠고 있었다.

케스트렐은 자기가 들어온 긴 복도와 벽난로 쪽으로 시종 뒷걸음질치고 있었다. 여전히 손에는 목청을 꽉 쥐고 있었지만 그것에 대해 생각할 겨를이 없었다. 자기가 흐느끼고 있다는 사실조차 모르고 있었다. 케스트렐은 자기 자신보다 더 사랑하는 쌍둥이 형제인 보우맨이 변한 모습을 바라보며 가슴이 터질 것 같은 고통을 느꼈다.

보우, 제발 정신 좀 차려!

그러나 보우맨은 전혀 다른 사람이 되어 케스트렐 쪽은 쳐다보지도, 말을 듣지도 않았다. 그는 줄지어 서 있는 군대 앞으로 칼을 휘두르며 나섰다. 보우맨도 병정들과 똑같은 미소를 띠고 있었다. 케스트렐이 울면서 병정들을 쳐다보니 몇 열 뒤에 눈에 익은 모습이 보였다. 다름 아닌 멈포였다. 멈포는 자스의 흰색과 금색 유니폼을 입고 있었다. 멈포는 이제 늙지도, 지저분하지도 않았다. 그는 젊은 미소년으로 변하여 미소 짓고 있었다. 멈포를 쳐다보고 있으려니까 그도 케스트렐을 보며 손을 흔들었다.

"케스, 나 친구 많이 생겼어!" 멈포가 기쁜 듯이 말했다. "내 친구들을 봐."

"안 돼!" 하고 케스트렐이 외쳤다.

하지만 그녀의 외침은 더 이상 들리지 않았다. 그 순간 보우맨이 칼을 높이 쳐들었던 것이다. 그러자 자스 군대 일동이 그를 따라서 칼을 쳐들고는 행군을 하기 시작했다. 아름다운 고적대 대장은 보우맨 뒤에 서고, 그 뒤를 고적대가 따라서 행진하기 시작했다. 병정들의 합창이 다시 시작되었다.

"죽여! 죽여! 죽여! 죽여! 죽여! 죽여! 죽여!"

케스트렐은 울면서 도망치기 시작했다. 한 줄로 행진해 오던 자스 군대는 노파의 침대에 오자, 양편으로 갈라지며 걸어 나갔다. 그들이 지나가면서 휘두른 칼에 탁자 위에 놓여 있던 오렌지와 침대를 둘러싼 망사 따위가 산산조각나며 사방으로 날아올랐다. 그때 망사 조각 하나가 램프 위에 떨어지며 불이 붙었다. 불은 침대로 옮겨 붙으며 타오르기 시작했다. 그러나 자스는 전혀 개의치 않고 계속 행군해 나갔다. 침대에서 치솟는 불길이 스쳐 지나가는 젊은이들의 얼굴을 밝혀 주었다. 침대 위의 노파는 뒤에 받친 베개가 타는 것도 아랑곳하지 않고 자랑스러운 얼굴로 병정들을 바라보고 있었다.

케스트렐은 목청을 손에 쥔 채 모라의 복도를 울면서 달렸다. 그녀 뒤로 자스 군대는 가는 길 앞에 있는 것들을 모두 파괴시키며 행군해 왔다. 화장실 안에 걸려 있던 우아한 옷과 손님들을 기다리던 식탁 위의 식기들도 자스가 휘두르는 칼에 의해 모조리 산산조각이 났다.

보우맨, 내 사랑하는 쌍둥이 형제여!

공포에 질려 도망치는 중에도 케스트렐의 가슴은 슬픔으로 미어질 것만 같았다. 이윽고 쇠창살로 막아 놓은 벽난로 앞에 도착했다. 뒤에서부터 수백만 군대의 발소리, 그리고 합창 소리가 가까이 다가오고 있었다. 생각할 겨를이 없었다. 케스트렐은 무작정 고개를 숙이고 벽난로를 향해 뛰어들었다.

그러자, 모든 것이 고요해졌다. 그리고 선선한 불길, 눈부신 찬란함.

숨을 헐떡이며 케스트렐은 그 자리에 우뚝 섰다. 차가운 불길에 쪼이니 정신이 맑아졌다. 순간 이대로 도망칠 수는 없다는 생각이 들었다. 하나뿐인 자기 쌍둥이 형제를 떼놓고 혼자서 도망친다는 것이 말이나 되는가? 보우맨이 당하면 자기도 당해야 마땅하다는 생각이 들었다.

혼자 갈 수는 없어, 우리는 끝까지 같이 가야 해.

케스트렐이 뒤돌아보자, 보우맨이 자스 군대를 지휘하며 앞장서 흰색 불빛 속으로 들어서는 모습이 보였다. 그의 동작은 느려졌고 군대의 합창 소리도 희미하게 들렸다. 보우맨은 아직도 웃는 얼굴로 혼자서 나직하게 노래를 흥얼거리고 있었다.

"죽여! 죽여! 죽여! 죽여! 죽여! 죽여! 죽여!"

케스트렐은 그의 앞을 막아서며 양팔을 벌렸다. 그대로 있으면 보우맨이 휘두르는 칼에 몸이 두 동강 날 것이 분명했다.

우린 끝까지 함께 갈 거야. 네가 날 죽이는 한이 있어도, 하고 케스트렐은 무성으로 말했다.

그러자, 보우맨의 눈에 초점이 돌아왔다. 아직도 미소는 띠고 있었으나 흥얼거리던 노래는 멈췄다.

절대로 널 두고 안 갈 거야. 다시는 네 곁을 안 떠날 거야.

그는 점점 다가왔다. 보우맨은 여전히 칼을 휘두르고 있었다.

사랑하는 나의 형제여!

이제, 보우맨의 얼굴에서 미소가 사라졌다. 휘두르는 칼의 속도도 느려졌다. 보우맨은 케스트렐 아주 가까이까지 왔기 때문에 케스트렐의 뺨에 흐르는 눈물을 볼 수 있었다.

날 죽여. 같이 죽자.

보우맨의 두 눈은 당혹해하는 모습이 역력했다. 보우맨은 칼을 높이 쳐들고 케스트렐 앞으로 다가섰다. 앞으로 내리치기만 하면 케스트렐은 두 동강 날 형편이었다. 그때 보우맨이 동작을 멈추고 그 자리에 우뚝 섰다.

아름다운 고적대 대장은 곁눈질조차 하지 않고 그들 옆을 스쳐 지나갔다. 그러자 고적대원들도 여전히 미소 지으며 푸른 불 속을 향해 나아갔다. 케스트렐을 지켜보는 보우맨의 두 눈에 생기가 돌기 시작했다. 마치 깊은 바닷속으로부터 떠오르는 다이버와 같이 보우맨은 케스트렐 곁으로 서서히 돌아오고 있었다.

"케스," 하고 그가 조용히 불렀다. 보우맨이 칼을 떨어뜨리고는 케스트렐을 꼭 껴안았다. 자스 군대는 노래를 부르며 그들 곁을 지나 행군을 계속했다.

오, 케스……

보우맨은 경련을 일으키며 울기 시작했다. 케스트렐은 보우맨의 젖은 뺨에 키스했다.

보우맨, 네가 다시 돌아왔구나!

21
자스의 행군

　　보우맨은 케스트렐의 손목을 잡고 차가운 하얀 불길 속을 뛰어나갔다. 방금 일어났던 일에 대해서는 이야기를 나눌 틈이 없었다. 그들은 고적대 대장을 앞질렀다. 불길 속에 있을 때는 어떤 동작도 취할 수 없다는 듯, 그녀는 쌍둥이를 거들떠보지도 않았다. 갑자기 뛰어나오고 보니 불길 밖이었다. 양편으로 높은 봉우리들이 보였다. 바람이 얼굴을 때렸다. 눈앞에는 넓은 위대한 길이 펼쳐져 있었고, 하늘에는 구름이 잔뜩 끼여 있는 듯했다. 하지만 그것은 구름이 아니었다. 수백 마리의 독수리 떼가 해를 가리고 있었던 것이다. 케스트렐은 보우맨을 숲 쪽으로 잡아끌었다.

　"공격이 곧 시작될 거야."

　독수리 떼가 낮게 날아 내려오자, 그 큰 날개들이 일으키는 바람 때문에 나뭇가지들이 부르르 떨렸다. 나무들 사이에서는 회색 늑대들이 노란 눈을 크게 뜬 채 조용히 지켜보고 있었다.

아름다운 고적대 대장이 먼저 지휘봉을 높이 흔들며 불 속으로부터 나왔고, 그녀 뒤를 따라서 고적대가 음악을 연주하며 모습을 드러냈다. 그 뒤로 자스 병정들이 8열로 서서 행군해 나왔다. 갑자기 독수리들이 소리쳐 울더니 날개를 접고 마치 벼락처럼 내리꽂히듯 하강해서는 발톱으로 흰색과 금색 유니폼을 입은 자스 병정들을 낚아챘다. 그리고 하늘 높이 날아 올라가서는 땅 위로 떨어뜨렸다.

하지만 자스 대열은 조금도 흐트러지지 않았다. 독수리들이 떼 지어 날아 내려가서 병정들을 채 가면, 그 빈 공간을 뒤에서 오는 다른 병정이 곧 메웠다. 그들은 칼을 휘두르며 독수리들에게 대항했다. 그러나 그들의 칼보다 더 무서운 것은 아무리 타격을 가해도 전혀 아랑곳하지 않고 전진하는 그들의 불굴의 정신이었다. 옆의 동료를 독수리가 채 가도 그들은 여전히 웃는 얼굴이었다. 자스 병정들은 발맞추어 불길 속으로부터 끊임없이 나왔다.

독수리 떼의 공격이 뜸해지자, 이번엔 늑대들이 나섰다. 늙은 늑대가 머리를 쳐들고 큰 소리로 울부짖자, 나무들 뒤에서 기다리고 있던 늑대 떼 중 맨 앞줄에 있던 늑대들이 달려나가 병정들을 덮쳤다. 맹렬히 공격했지만, 늑대들은 결국 병정들이 휘두르는 칼에 쓰러져 다시는 일어나지 못했다.

피비린내 나는 싸움은 계속되었다. 이번에는 독수리와 늑대들이 함께 공격하기 시작했다. 하지만 맹수들이 아무리 공격을 해대도 쓰러진 병정이 남긴 공간을 새로운 병정이 재빨리 메웠다. 고적대의 음악은 그칠 줄 몰랐고 병정들은 죽어 넘어진 맹수들과 동료들의 시체를 넘어서 계속 앞으로 나아갔다.

저벅! 저벅! 저벅!

“죽여! 죽여! 죽여! 죽여! 죽여! 죽여! 죽여!”

그들은 노래를 계속해서 불렀다.

보우맨은 두려움과 호기심을 동시에 느끼며 그들의 모습을 바라보았다.

“저들은 아라맨스를 향해 갈 거야.” 보우맨이 케스트렐을 돌아보며 말했다. “아직 목청을 갖고 있겠지?”

“응, 여기 있어.”

“빨리 가야 해. 저들이 아라맨스에 도착하기 전에 우리가 먼저 가야 해.”

보우맨이 몸을 돌려 재빨리 뛰려고 할 때, 케스트렐이 그의 팔을 붙잡았다.

“저기 멈포가 있어!”

혼란한 전장 속을 피묻은 유니폼을 입은 멈포가 웃으며 행군하고 있었다.

“가자! 빨리 서둘러야 해.” 보우맨이 외쳤다.

“쟤를 놔두고 갈 수는 없잖아?”

멈포가 쌍둥이가 숨어 있는 곳 근처를 지나갈 때, 늑대 한 마리가 행렬 가운데로 뛰어들었다. 잠시 혼란한 상태를 틈타 케스트렐은 재빨리 뛰어나가 늑대와 전투 중인 멈포의 팔을 잡아끌었다. 음악과 발소리로 인해 반쯤 최면에 걸린 멈포는 처음에는 자신의 주변 상황을 잘 파악하지 못했다.

“케스! 내 친구들 좀 봐.”

케스트렐과 보우맨은 멈포의 팔을 한쪽씩 끼고서 숲을 향해 뛰었다. 그들이 도망치자, 자스의 일부 병정이 행렬에서 떨어져 나와 뒤쫓기 시작했다.

아이들은 도저히 뛸 수 없을 때까지 뛰었다. 숨을 돌리면서 케스트렐이 멈포를 잡아 흔들며 소리쳤다.

"내 말 잘 들어, 멈포. 자스는 네 친구가 아니라 적이야. 네 친구는 우리라고! 놈들한테 가 붙든지 우리한테 오든지 네 마음대로 해."

멈포는 혼란스런 표정으로 케스트렐의 얼굴을 쳐다보았다.

"우리 모두 친구가 될 수는 없어?"

"그런 게 아니야!" 케스트렐은 하도 속이 타서 한숨을 푹 내쉬었다.

"내게 맡겨 봐, 케스." 보우맨이 중간에 끼어들어 멈포의 두 손을 잡더니 조용히 말했다. "네 기분, 나도 이해해. 나도 그 기분을 느껴 봤어. 더 이상 외톨이도 아니고 아무 것도 두렵지 않은 그런 기분. 남들이 너를 해칠 수 없을 것 같은 그런 기분이지?"

"그래, 바로 그런 기분이야."

"우리는 네게 그런 기분을 느끼게 해 줄 수는 없어. 하지만 우리는 네 편이었고 너는 우리 편이었어. 이제 와서 우리 곁을 떠나지 말아 줘."

보우맨의 부드러운 눈길을 쳐다보자 멈포의 들떴던 마음이 조금씩 가라앉기 시작했다.

"보우, 그러면 나는 다시 외톨이가 되어야 하고 남을 두려워해야 한단 말이지?"

"그래, 멈포. 우리가 너를 보호해 줄 수 있다고 말해 주고 싶지만 실은 그렇지 못해. 우린 그들처럼 강하지 못해."

케스트렐은 보우맨이 하는 말을 들으며 속으로 감탄하고 있었다. 그의 말은 지혜로우면서 슬프기도 했지만, 확신을 갖고 하는 진실된 말임을 느낄 수 있었다. 멈포도 그동안 숱한 어려움을 겪은 탓인지 예전의 멈포가 아니었다. 혼란스러워하고는 있었지만 더 이상 바보는 아닌 것 같았다.

"너희가 내 첫 번째 친구들이야. 너희를 배신 안 할 거야."

쌍둥이는 동시에 멈포를 껴안았다. 그때 나무들 사이로 흰색 유니폼을 입은 병정들이 다가오고 있었다. 자스는 이미 그들을 포위하고 있었다. 열두 명도 더 되는 병정들이 서서히 포위망을 좁혀 왔다.

"나무 위로 도망치자!" 케스트렐이 외쳤다.

케스트렐은 몸을 솟구쳐 나뭇가지를 잡고는 그 위로 기어올랐다. 보우맨과 멈포도 그 뒤를 따랐다. 계속 기어올라 맨 꼭대기에 있는 나뭇가지까지 올라갔다. 위에서 내려다보니 위대한 길과 거기서 벌어지고 있는 전투 상황이 잘 보였다. 독수리 떼는 수가 많이 줄었고, 늑대들은 거의 전멸하다시피 한 상태였다. 큰 바위 위에 늑대 두목이 서서 몇 마리 남지 않은 부하들을 독려하고 있었다.

아이들은 나무 꼭대기에서 늑대들이 공격하는 모습을 안타깝게 지켜볼 수밖에 없었다. 늑대들은 자스의 칼에 맞아 죽을 줄 알면서도 죽기 전에 단 몇 명이라도 거꾸러뜨리겠다는 각오로 덤벼들고 있었다. 자스가 보통 군대였더라면 맹수들의 공격에 심한 타격을 입었을 것이나 자스의 수는 끝이 없었다. 죽이고 또 죽여도 자스의 숫자는 줄지 않았다.

"그만 해!" 케스트렐은 애처롭기도 하고 두렵기도 해서 나무 꼭대기에서 외쳤다. "소용없는 짓이야!"

늦대 두목은 그 소리를 들었는지 못 들었는지 갈깃머리를 흔들더니 길게 울어 불과 몇 마리 남지 않은 부하들에게 최후의 공격 명령을 내렸다. 사랑하는 부하들이 한 마리 한 마리 죽어 넘어지는 모습을 지켜보는 늑대 두목의 두 눈에서는 피눈물이 흐르는 것 같았다.

마침내 철천지 원수를 만났는데 죽지 않고 어찌하랴?

늑대 두목은 머리를 쳐들고 자신의 출전을 알리는 울음소리를 내더니 온몸의 힘을 모아 전장으로 뛰어들었다. 그는 날카로운 송곳니로 눈앞에 보이는 적의 몸을 찢었다. 그리고 또 한 명에게 달려들어 물어서는 공중으로 던져 올렸다. 그러나 세 번째 적과 마주치는 순간 무엇인가 번쩍했다. 자스의 칼날이 어느새 늑대 두목의 어깨를 지나 그의 심장을 두 동강 낸 것이었다.

한목소리로 합창하며 진군하는 자스의 대열은 끝이 보이지 않았다. 그들이 지나간 자리에는 처참한 시체들만이 남았다. 하늘에서는 독수리들이 여전히 파상 공격을 해 왔지만 그들의 행렬은 흐트러질 줄 몰랐다. 피묻은 하얀 망토를 흩날리면서 그들은 앞으로 앞으로 걸어 나갔다.

한편 아이들이 기어오른 나무 둘레로 그들을 뒤쫓아온 병정들이 모여들었다. 그들은 마치 놀이를 하는 아이들처럼 킬킬대면서 모자와 망토를 벗어 던지고는 나무를 기어오르기 시작했다.

그들은 놀랍도록 민첩했다. 나무 몸통에 붙어서는 거침없이 수직으로 기어올랐다. 그들의 우두머리로 보이는 열세 살쯤 돼 보이는 명랑한 얼굴의 소년은 아이들이 있는 곳 근처까지 다가오더니 고개를 쳐들고 말을 걸었다.

"이봐!" 그의 음성은 의외로 친근했다. "내가 너희들을 죽이러 간다!"

그는 계속해서 기어오르며 노래를 흥얼거렸다.

"죽여! 죽여! 죽여! 죽여! 죽여! 죽여! 죽여!"

그의 밑으로 예쁘장하게 생긴 금발의 여자 아이가 쫓아 올라 왔다.

"혼자서 다 죽이지 말고 한 명쯤은 남겨 둬." 그 아이가 동료를 향해 말했다. "나, 죽이기 좋아하는 것 잘 알잖아?"

아이들은 자기들이 피신해 있는 나뭇가지의 끝 쪽으로 몸을 옮겼다. 적이 한 명씩밖에 접근할 수 없게 하기 위해서였다. 케스트렐은 밑을 내려다보았다. 뛰어내리기에는 지금 있는 곳이 너무 높았다. 보우맨은 이곳에서 벗어날 수 있는 길은 오직 하나뿐이라고 생각하며 하늘을 쳐다보았다. 그가 무성으로 부르자, 독수리 떼가 날개를 퍼덕이며 날아왔다.

그때 첫 번째 자스 병정이 아이들이 있는 나뭇가지에 다리를 걸고는 기어 올라왔다.

"별로 시간이 안 걸렸지?" 그가 칼을 빼 들고는 말했다. 그때 "한 명만 남겨 줘!" 하고 밑의 여자 병정이 외쳤다. "저 여자 애는 내 꺼야."

"아니야, 여자 애는 내가 죽일 거야." 소년 병정은 그렇게 말하며 나뭇가지 위로 발을 내디뎠다. "여태까지 여자 애는 죽여 본 적이 없거든."

그때 갑자기 그늘이 드리워지면서 독수리가 날아 내려와 소년 병정을 낚아채 갔다. 보우맨이 위를 쳐다보니 독수리 세 마리가 아래를 내려다보고 있었다. 상황을 재빨리 알아챈 보우맨이 두 손을 하늘 높이 치켜들며 외쳤다.

"모두 손을 들어!"

멈포가 보우맨의 흉내를 내는 순간, 독수리 한 마리가 날아 내려와서 발톱으로 그의 두 손목을 붙잡고 날아올랐다. 보우맨도 같은 방법으로 구조되었다. 마지막으로 케스트렐 차례였다. 그런데 그때 여자 병정이 케스트렐을 향해 칼을 빼 들고 다가왔다. 날아 내려오는 독수리를 보고 케스트렐이 두 팔을 치켜드는 순간, 여자 병정이 칼을 휘둘렀다. 독수리는 급히 몸을 틀어 피했다. 그 충격으로 케스트렐이 나뭇가지에서 떨어졌다. 떨어지면서도 케스트렐은 두 팔을 치켜든 상태였다. 독수리가 날개를 푸드덕거리면서 날아 내려와서 발톱으로 케스트렐의 손목을 얼른 잡았다.

독수리들은 아이들의 손을 붙잡은 채 자스의 군대를 앞질러 위대한 길 저편으로 날아갔다. 바람이 불어와 케스트렐의 얼굴을 때렸다. 독수리 날개가 어찌나 큰지 해가 가려 보이지 않았다. 아래를 내려다보니 이제 자스는 콩알만해 보였다. 독수리는 고도를 유지하기 위해 안간힘을 쓰고 있었다. 보우맨을 나르는 독수리는 고도가 떨어지면서 속력도 줄어들기 시작했다. 제아무리 큰 독수리라고 하지만 아이를 달고 멀리 나는 것은 무리인 듯싶었다. 하지만 지금 땅에 내려앉는다면, 아이들은 자스에게 따라잡힐 가능성이 컸다.

자스로부터 얼마나 앞섰는지 보기 위해 뒤돌아보니 독수리 세 마리가 뒤따라오는 모습이 보였다. 그들은 서로 간격을 벌리는 한편, 한층 속도를 냈다.

다음 순간, 그 가운데 한 마리가 케스트렐 밑으로 날아왔다. 그러자 케스트렐의 손목을 쥐고 있던 독수리가 발톱을 풀었다. 케스트렐의 몸이 마치 돌덩이같이 추락하기 시작했다. 그러나 이내 밑에 있던 독수리가 속도를 줄여 얼른 케스트렐의 손목을 움켜잡고는 날갯짓을 하여 날아올랐다.

케스트렐은 몸을 비틀고 멈포를 잡고 있던 독수리가 다음번 독수리에게 그를 건네주는 광경을 확인했다. 멈포는 떨어지면서 몸의 중심을 잃고 두 팔을 흔들어 댔지만, 그를 기다리던 독수리가 그의 손목을 재빠르게 낚아채서 위로 솟아올랐다.

보우맨도 어느새 새로운 새에 매달려 케스트렐 왼편에서 날아가고 있었다. 뒤돌아보니 자스 군대가 이제 몇 마리 남지 않은 독수리 떼의 간헐적인 공격을 받으면서도 줄기차게 전진해 오고 있었다. 고개를 돌려 앞을 보니 갈라진 땅과 그것을 가로지르는 단 하나의 황폐한 다리가 눈에 들어왔다. 지금 자기들을 매달고 가는 독수리들이 아라맨스까지 데려다 주기를 바라는 것은 무리였다. 방법은 딱 하나밖에 없었다.

"보우, 우리가 저 다리를 파괴해야 해."

보우맨도 케스트렐의 의도를 재빨리 알아차렸다. 그가 독수리의 다리를 잡아당기자, 독수리도 무거운 짐을 덜게 되어 반갑다는 듯이 고도를 낮추기 시작했다.

독수리가 내린 곳은 다리의 남쪽 입구, 두 개의 높은 기둥 근처였다. 아이들을 내려 준 후 독수리들은 끝까지 싸우다 죽겠다는 듯이 서둘러 전장으로 되돌아갔다.

보우맨은 뛰어다니며 돌을 주워 모으기 시작했다.

"다리를 부수기 위해서는 산사태를 일으켜야 해."

　보우맨은 절벽 언저리를 돌아다니며 돌멩이를 밑으로 굴러떨어뜨린 뒤 그것들이 어디로 가는지를 지켜보았다. 그 중 하나가 밑이 몹시 깎여 무너진 아치형 기둥에 가 맞자, 그 자리를 돌로 표시했다.

　"멈포, 네 칼 좀 줘!"

　멈포가 칼을 빼서 건네주자, 보우맨은 그것을 돌로 표시해 놓았던 곳에 깊숙이 박았다.

　"돌멩이를 모아 여기에 쌓자."

　멈포는 칼자루 허리띠를 끄르고 나서 금색 단추를 풀더니, 흰 재킷을 벗었다. 그리고 검정색 부츠와 승마용 바지까지 벗어 던졌다. 안에는 전부터 입던 색 바랜 오렌지색 옷을 입고 있었다. 자스의 유니폼을 다 벗었으나, 신발은 따로 없기 때문에 부츠를 다시 집어 신었다. 멈포는 피묻은 자스 유니폼을 똘똘 말아서 낭떠러지 밑으로 힘껏 던졌다.

　"이제 속시원하다."

　케스트렐과 보우맨, 멈포는 돌을 열심히 주워다 돌무더기를 쌓기 시작했다. 저녁 해가 기울 무렵에는 돌무더기의 높이가 그들의 키만해졌다. 자스의 군대는 점점 가까이 다가오고 있었다. 가끔 가다가 돌무더기 일부가 쓰러져 내리며 낭떠러지 밑으로 굴러떨어졌다. 그럴 때마다 보우맨은 낭떠러지 언저리까지 쫓아가서 그것들이 떨어지는 위치를 확인했다. 그는 돌아서면서 이렇게 외치곤 했다.

　"더 많이 있어야 해. 빨리 모으자."

　붉은 태양이 서쪽으로 기울기 시작했다. 계곡 건너편으로 다가오는 자스의 맨 앞에 선 고적대 대장의 모습이 눈에 띄었다. 여태까지 쌓은 돌무더기 갖고 다리를 무너뜨릴 수 있을지 없을지는 알 수 없었지만, 이제는 더 모을 시간이 없었다.

"지금 해야 해!"

그들은 돌무더기 뒤에 서서 그것을 밀어 넘어뜨릴 준비를 했다. 고적대의 음악 소리와 행군하는 발소리가 저녁 공기를 타고 아이들에게까지 전해져 왔다.

저벅! 저벅! 저벅!

"지금이야!"

보우맨은 땅에 박아 놓은 칼을 뽑았다. 그리고는 셋이 힘을 합쳐 힘차게 돌무더기를 밀어젖혔다. 돌무더기 일부가 무너져 내리며 낭떠러지 밑으로 굴러갔다.

"더 세게 밀어. 한꺼번에 떨어지게 해야 해!"

그들은 있는 힘을 다해서 밀었다. 갑자기 돌무더기 전체가 무너져 내리기 시작했다. 수천 개의 돌멩이들이 경사진 암벽을 미끄러져 내려가자, 가속이 붙어 먼지를 뽀얗게 일으키며 쏟아져 내렸다. 아이들은 숨을 죽이고 이를 지켜보았다.

계곡을 덮고 있는 어둠 때문에 돌멩이들이 어디로 떨어지는지는 알 수 없었다. 초조하게 기다리고 있으려니 "우당탕 쾅!" 하는 소리가 들려 왔다. 과연 무엇에 가 부딪친 것일까? 다리의 밑동일까, 아니면 낭떠러지의 암벽일까? 잠시 후, 무슨 조각들이 떨어지는 소리가 또 들렸다. 하지만 그것이 돌 사태가 낸 소리인지, 아니면 다리 밑동이 일부 허물어지면서 나는 소리인지는 알 수 없었다. 위를 올려다보니 자기들이 애늙은이들과 싸우던 난간은 여전히 끄떡없이 서 있었다. 그리고 다리 건너편으로 흰색 유니폼이 지는 해로 인해 붉게 물든 자스 병정들이 모습을 나타냈다.

"실패야."

케스트렐이 다리를 쳐다보며 힘없이 중얼거렸다.

"빨리 떠나자. 놈들보다 우리가 앞서가야 해."

"아니야." 보우맨이 나직한 목소리로 천천히 말했다. "아라맨스에 도착하기 전에 놈들이 우릴 앞지를 거야."

"그럼 어떡할 거야?"

"내가 뒤에 남을 테니 너는 멈포하고 먼저 떠나. 한 번에 한 놈씩밖에 건너지 못하니까 내가 시간을 좀 늦출 수 있어."

자스 군대가 북쪽 낭떠러지가로 다가왔다. 고적대 대장이 제자리걸음을 하며 금색 지휘봉을 올렸다 내렸다 했다. 그러자 그 뒤로 고적대가 연주를 계속하면서 대열을 지었다. 케스트렐이 보우맨을 말리려는 순간, 고적대 대장이 지휘봉을 앞으로 내밀며 난간 위로 폴짝 뛰어올랐다. 고적대는 낭떠러지가에 서서 연주를 계속했고 자스 병정들은 한 줄로 서기 시작했다.

보우맨이 허리를 굽혀 땅에 놓인 칼을 집어 들었다.

"안 돼!" 케스트렐이 소리쳤다.

보우맨이 돌아서더니 야릇한 미소를 띠며 일찍이 본 적이 없는 태도로 조용히, 그러나 단호하게 말했다.

"빨리 아라맨스로 돌아가. 다른 방법이 없어."

"널 두고 갈 수는 없어."

"나는 모라의 힘을 한번 맛봤어. 그것을 몰라?"

보우맨은 돌아서더니 다리를 향해 달려갔다. 고적대 대장은 이미 다리를 반쯤 건너오고 있었다. 아직도 위대한 길 위를 걷기라도 하는 듯, 여유를 부리며 걸어오고 있었다. 그 뒤를 자스 병정들이 미소

띤 얼굴을 하고 한 줄로 따라왔다. 보우맨은 자기의 뺨에 눈물이 흐르는 줄도 모르고 칼을 높이 치켜들고는 소리치며 달려나갔다.

케스트렐도 있는 힘을 다해 외치며 그 뒤를 따라 달렸다.

"가지 마! 날 두고 혼자 가면 안 돼!"

그때, 뒤에 홀로 남아 있던 멈포가 무엇인가를 보고 외쳤다.

"다리가 움직여!"

보우맨이 막 난간에 뛰어오르려던 참이었다. 다리 한가운데를 받쳐 주는 아치형 기둥이 흔들리더니 돌에 금이 가는 소리가 났다. 계곡의 이편과 저편을 이어 주던 실같이 가는 선이 팽팽한 끈이 끊어지듯 두 동강 나면서 난간이 부서져 내리기 시작했다. 처음에는 아이들 쪽에서 시작되었으나 점점 가운데로 옮겨 갔다. 발 밑의 난간이 무너져 내리면서 고적대 대장과 그 뒤를 따르던 자스 병정들은 빛의 세계에서 어둠의 세계로 추락했다. 그들은 비명조차 지르지 않았다. 난간 위의 병정들이 떨어지는데도 뒤따라오던 병정들은 멈추지 않고 계속 앞으로 나아갔다.

보우맨은 그 광경을 놀란 얼굴로 지켜보았다. 케스트렐이 옆으로 다가와 팔을 어깨에 둘렀다. 둘은 얼싸안은 채 자스의 행군을 지켜보았다. 8열로 선 자스의 병정들이 낭떠러지 밑으로 계속 떨어지고 있었다. 고적대의 음악에 맞춰 죽음의 행군은 끝없이 이어지고 있었다.

"우리가 그들을 막아 냈어, 보우. 이제 우리는 안전해."

보우맨은 부서져 내린 다리를 쳐다보며 말했다.

"아니야, 시간을 좀 벌었을 뿐이지 위험에서 벗어난 것은 아니야."

"다리가 끊어졌는데 갈라진 땅을 어떻게 해서 건넌단 말이야?"

"아무도 자스를 막을 수는 없어." 보우맨이 대답했다.

멈포도 그들 옆에 다가와 죽음의 계곡으로 계속해서 떨어져 내리는 자스의 모습을 두려운 눈으로 바라보았다.

"저들은 죽는 게 무섭지 않나?"

"그 기분이 어땠는지 기억 안 나, 멈포?" 보우맨이 물었다.

"병정 한 명의 목숨이 붙어 있는 한, 모두의 목숨도 붙어 있는 것이나 다름없어. 저들은 서로를 통해서 사는 거야. 몇 명이 죽든지 상관치 않아. 병력은 얼마든지 있으니까."

"몇 명이나 더 있어?"

"무한정으로 있어."

이것이야말로 지하 호수의 늙은 여왕이 본 바로 그 공포의 광경이었다. 자스는 죽을 수도 그리고 일시적으로 패할 수도 있지만, 그들의 진격은 아무도 막을 수 없었다. 병력이 무한정이기 때문이다.

"그렇기 때문에 저들보다 먼저 우리가 아라맨스로 가야 해." 보우맨이 말했다.

그는 당장이라도 길을 떠날 것같이 돌아섰다. 하지만 조금 전 죽음을 각오하고 뛰어들 때, 몸에 남아 있던 모든 힘을 다 써 버린 것 같았다. 몇 발짝을 떼는가 싶더니 천천히 앞으로 꼬꾸라지고 말았다. 케스트렐이 놀라서 옆으로 뛰어가 무릎을 꿇고 보우맨을 내려다보았다.

"난 더 못 가겠어. 잠 좀 자야겠어."

케스트렐과 멈포도 보우맨의 양옆에 누웠다. 그들은 서로를 부둥켜안은 채 잠이 들었다.

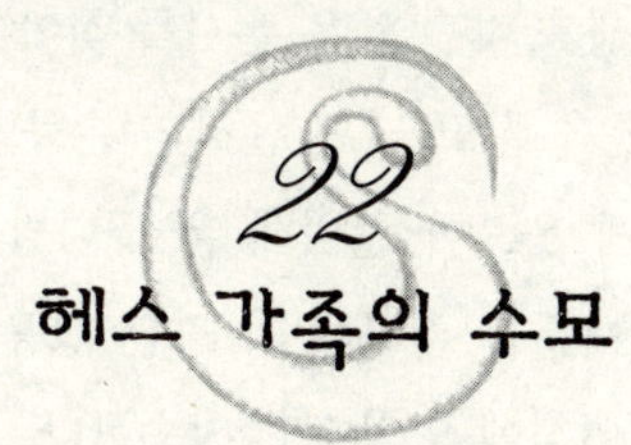

헤스 가족의 수모

국가 고시 전날, 필리시 교장이 합숙 교육장 학생들을 모두 집합시켜 놓고 관례적인 연설을 하기 시작했다. 그는 이 연설을 해마다 해 왔기 때문에 달달 외우고 있었다. 자기 딴에는 내용에 대해 자부심까지 느끼고 있었다. 그는 자기의 연설이 학생들의 긴장을 풀어 주는 데 특별한 효과가 있다고 생각했다. 수험생들은 국가 고시에서 낙제 점수 받는 것이 연례 행사처럼 되어 있지만, 자기 연설을 듣지 않는다면 그보다 더 낮은 성적을 거둘 것이라고 굳게 믿고 있었다.

필리스 교장에게는 아주 소박한 꿈이 하나 있었다. 결혼하지 않고 혼자 사는 그는 성과도 오르지 않는 무의미한 일에 모든 것을 헌신하고 있었다. 그렇기 때문에 이 가망 없는 낙오자들 중에서 누군가 한 명이라도 우수한 성적을 내어 성공하는 모습을 보는 것이 소망이라면 소망이었다. 그 꿈의 각본에 따르면, 그 학생은 고시에서 최고 점수를 받은 후 아내와 자식을 동반하고 감격의 눈물을 흘리며 자기 인생을 바꿔 놓은 은사를 찾아온다. 그 학생의 아내는 겸허하게 무릎을 꿇고 남편 은사의 손등에 키스를 한다. 어린 자식은 부끄럽게 웃으며 준비해 온 꽃다발을 그에게 바친다. 그 학생은 서툰 감사문을 준비해 와 모든 성공의 비결은 시험 전날 교장 선생님의 연설에 있었다고 칭송한다. 그런 꿈을 꿀 때마다 그는 그렇게만 된다면 자기의 헌신이 결코 헛되지 않았다는 보람을 느끼며 은퇴할 수 있을 텐데 하며 한숨을 내쉬곤 했다.

수험생들의 얼굴을 하나하나 보면서 올해만큼은 꼭 그 꿈을 이룰 수 있을 것이라는 기대감에 그의 가슴은 부풀어올랐다. 수험생들의 사기가 그렇게 높은 것을 일찍이 본 적이 없었기 때문이었다. 전 같으면 이때쯤이면 신경쇠약으로 발작을 일으키는 학생이 적어도 한 명은 나와야 했다. 그러니 올해만큼은 누가 일을 내도 크게 내지 않을까.

"여러분!" 그는 학생들에게 자신감을 불어넣어 주기 위해 일부러 밝은 표정을 해 가며 연설을 시작했다. "내일 여러분은 국가 고시를 치르게 됩니다. 당연히 긴장이 되겠지요. 수험생이라면 누구를 막론하고 긴장될 것입니다. 그러니까 자신이 긴장하고 있다고 해서 남보다 불리할 것은 하나도 없습니다. 그 긴장감은 실은 여러분에게 도움을 줄 것입니다. 여러분이 느끼는 긴장감은 여러분의 친구인 것입니다."

그는 수험생들을 바라보며 다시 한 번 밝게 웃어 보였다. 지금 말한 대목이 학생들에게 감명을 주었을 것이라고 혼자서 흐뭇해하고 있었다. 그의 각본에 따르면 자기를 찾아온 그 우등생은 이렇게 말한다. "긴장감이 우리의 친구라고 하신 그 말씀을 듣고 나자, 모든 것이 새롭게 보였지요. 마치 누가 내 눈을 가리고 있던 수건을 풀어 주기라도 한 것처럼 모든 것이 선명하게 보이더라니까요."

"운동 선수들도 시합을 치르기 전에는 긴장하지요." 그는 연설을 계속했다. "그 긴장감 때문에 선수의 정신 무장은 철저해지는 겁니다. 경기가 시작되면 그 긴장감은 선수에게 힘과 스피드를 주어 최후의 승리를 안겨다 줍니다!"

그는 이 대목까지 오면 학생들이 감동하여 반짝이는 눈으로 자기를 쳐다볼 것으로 기대하고 있었다. 그런데 뜻밖에 학생들은 실실 웃고 있었다. 뭔가 이상해도 한참 이상했다. 과거의 수험생들은 지레 겁먹고 패배감에 젖은, 똥 씹은 표정을 하고 그의 눈을 피하려 했다. 그런데 올해의 수험생들은 즐거운 표정인 데다 그의 연설을 무시하고 안 듣는 것 같은 느낌마저 들었던 것이다.

그는 연설을 잠시 중단하고 그들의 반응을 살펴보기로 했다.

"헤스 군." 필리시 교장은 자신이 기대를 가장 많이 걸고 있는 수험생의 이름을 불렀다. "자네는 내일 시험 치를 준비가 완벽히 되어 있는가?"

"예, 최선을 다할 작정입니다."

"좋았어." 필리시 교장이 말했다. 하지만 어딘가 석연치 않았다.

"미밀리스 군. 자네는 기분이 어떤가?"

"별로 나쁘지 않습니다. 감사합니다." 미코 미밀리스가 대답했다.

뭔가 이상해, 하고 필리시 교장은 생각했다. 그는 제일 꼴찌 학생을 불러 물었다.

"스쿠치 군. 하루밖에 안 남았는데 준비는 다 되었나?"

"옛!" 하고 스쿠치가 명랑한 목소리로 대답했다.

이상한 것도 이 정도 되면 보통 수준을 넘었다. 내가 도대체 무엇 때문에 이상하다고 생각하는 것일까? 문제가 어디에 있는 것일까? 생각해 보니 그 이유는 간단했다. 수험생들은 하나도 긴장을 하고 있지 않았다.

필리시 교장은 갑자기 분통이 터졌다. 아니 긴장을 안 하다니? 긴장을 안 하고 있다면 자기 연설은 말짱 헛것이 아닌가? 그것은 건방지고 도도한 자세가 아니고 무엇이겠는가? 긴장을 안 하고 있다면 시험을 망칠 게 분명하고, 그 때문에 가족 등급은 더 떨어질 것이었다. 자신감 넘치는 이 시건방진 수험생들에게 긴장감을 불어넣는 것이 그들의 선생이자 지도자로서의 도리가 아닐까. 그들 자신뿐 아니라 그들 가족을 위해서도 그것은 자기가 해야 할 임무라고 필리시 교장은 생각했다.

"스쿠치 군." 필리시 교장은 이제 웃음기가 가신 얼굴로 불렀다. "자신감에 넘친 얼굴을 보니 반갑네. 내일 시험을 위해서 복습을 몇 가지 해 보지 않겠나?"

그는 교과서를 집어 들고 아무 데나 펼쳤다.

"소금은 무엇으로 구성되어 있나?

"몰라요." 스쿠치가 대답했다.

필리시 교장은 책장을 또 아무렇게나 넘겼다.

"도마뱀의 일생을 말해 보게."

"몰라요." 스쿠치가 대답했다.

"입방체 상자 64개를 쌓아 입방체를 만들 경우, 그 입방체의 높이에 해당하는 상자 수는?”

“모르겠어요.”

필리시 교장은 일부러 책을 탁 하고 소리 내어 덮었다.

“국가 고시에 흔히 나오는 문제들인데, 자네는 그 중 한 개도 맞히지 못했네. 그런데도 내일 시험에 대해 긴장이 안 되는가?”

“예, 긴장 안 됩니다” 하고 스쿠치가 대답했다.

“어떻게 해서 그럴 수 있다는 말인가?”

“있잖습니까—”

당황한 하노 헤스는 스쿠치에게 필사적으로 눈을 꿈쩍해 보였다. 하지만 스쿠치는 그것을 보지 못하고 말했다.

“그런 질문에 답하지 않을 작정입니다.”

“아니, 그렇다면 답안지에는 무엇을 써넣겠다는 말인가?”

“ ‘차 마시는 시간’ 요.”

필리시 교장은 몸을 부르르 떨면서 되물었다.

“ ‘차 마시는 시간’ 이라고?”

“옛.”

스쿠치는 남의 속도 모르고 자신 있게 대답했다.

“이래봬도 ‘차 마시는 시간’ 에 대해서는 아는 게 좀 있습죠. 그것은 아무나 아는 지식이 아닙니다. 그것에 대해서 친구들과 얘기도 좀 해 봤는데…… 아침 먹고 나서 점심 시간이 될 때까지 그 사이에 무엇인가 안 먹고 어떻게 견디겠습니까? 오전 전반기에는 그 시간을 기대하며, 후반기에는 그 시간을 기억하면서—”

“닥치시오!” 필리시 교장이 소리쳤다.

그는 수험생들을 노려보았다. 그토록 가깝게 보이던 소박한 꿈은 이제 산산조각이 나 버렸다. 실망이 너무 큰 나머지 입 안에 쓴 물이 다 올라왔다.

"답안지에 '차 마시는 시간'에 대해 쓸 계획인 사람 모두 손들어 보시오."

아무도 손을 올리지 않았다.

"도대체 무슨 꿍꿍잇속들인지 내게 실토하시오."

하노 헤스가 팔을 번쩍 들었다.

필리시 교장은 교장실에서 하노 헤스와 단둘이 앉아서 그의 설명을 듣고 있었다. 하노는 자기의 대안에 대해 열심히 설명했으나 필리시 교장은 무엇 하나 귀담아듣지 않았다.

하노가 "마치 물고기보고 공중 비행 시험을 보라는 것이나 다름없지 않습니까?"라고 하자, 필리시 교장은 얼른 받아 말했다.

"수험생들은 물고기가 아니오."

하노의 변호가 끝나자, 필리시 교장은 아무 말도 하지 않았다. 그는 배신감을 느꼈다. 하노가 열심히 주워 대는 소리를 모두 이해할 수는 없었지만, 그 뿌리가 반항심에 있다는 것만은 확실해 보였다. 게으름이나 신경쇠약 정도의 문제가 아니었다. 이것은 체제에 대한 일대 반란이었다. 모든 것을 고려해 볼 때, 수석 시험관에게 보고하지 않을 수 없는 그런 문제라고 그는 판단했다.

마슬로 인치는 그 보고를 들으며 고개를 설레설레 흔들었다.

"내 탓이오. 그 썩은 사과 하나가 상자 안에 있는 다른 사과들을 모두 썩게 만들었소."

"그렇다면 어떻게 해야 할까요?"

"내게 맡기시오."

"그는 뉘우치지 않고 있습니다. 그것이 문제입니다."

"내가 뉘우치게 만들겠소."

수석 시험관의 단호한 태도를 보고 필리시 교장은 자기의 상처받은 자긍심을 위로받을 수 있었다. 그는 하노 헤스의 웃는 얼굴이 애원하는 얼굴로 일그러지는 것을 보고 싶었다. 매운 맛을 봐야 정신을 차릴 것이라는 생각이 들었다. 그래야 본인에게도 좋을 것 같았다.

마슬로 인치도 이제는 더 이상 참을 수 없었다. 그는 경찰서장을 불러 귓속말로 명령을 내렸다. 그날 밤, 열 명의 엄선된 사내들이 어둠을 타고 윈드싱어 쪽으로 조용히 다가갔다. 아이라 헤스는 윈드싱어 위에서 핀핀을 안은 채 자고 있었다.

아이라 헤스는 누가 자기의 팔을 꼭 붙잡는 것 같아 눈을 번쩍 떴다. 핀핀은 이미 남의 손안에 있었다. 소리를 지르려 하자, 누군가 그녀의 입을 틀어막고는 눈가리개를 덮어씌웠다. 핀핀이 "엄마! 엄마!" 하고 찾는 소리가 들렸다. 발길질을 해가며 몸부림쳐봤지만, 건장한 사내의 완력으로부터 벗어날 수는 없었다.

핀핀의 우는 소리가 멀어지고 난 후, 아이라 헤스는 기운이 다 빠져서 더 이상 반항할 수가 없었다. 누군가 귀에 대고 조용히 물었다.

"이제 그만 할 거요?"

아이라 헤스는 고개를 끄떡였다.

"자기 발로 걷겠소, 아니면 끌려가겠소?"

아이라 헤스는 걷겠다는 표시로 고개를 다시 한 번 끄떡였다.

그러자 입을 틀어막고 있던 손이 풀렸다. 아이라 헤스는 그제야 숨을 깊이 들이쉬었다.

"내 딸은 어디 있죠?"

"안전한 곳에 있소. 딸을 다시 보고 싶으면 우리 말을 들어야 하오."

아이라 헤스는 이제 자기에게는 선택의 여지가 없다는 것을 알았다. 눈을 가린 채 그녀는 윈드싱어로부터 내려와 원형 극장 계단을 올라갔다. 그들은 광장을 가로질러 건물 안으로 들어간 후, 긴 복도를 걸어 방 하나를 통해 또 다른 방으로 들어갔다.

"놔 줘" 하고 귀에 익은 목소리가 말했다.

"눈가리개도 풀어 줘."

아이라 헤스 앞 긴 책상 뒤에 앉아 있는 사람은 수석 시험관 마슬로 인치였다. 그리고 그녀의 오른쪽 팔이 닿을 만한 곳에 서 있는 사람은 다름 아닌 남편 하노 헤스였다.

"여보!"

"시끄러워!" 마슬로 인치가 소리를 버럭 질렀다. "내 말이 끝날 때까지 입 닥치고 있어!"

아이라 헤스는 입을 다물었다. 하지만 그녀의 눈은 하노 헤스의 눈을 바라보며 이렇게 말하고 있었다. '어떻게 해서든지 우리 이 역경을 함께 헤쳐 나가요.'

직원이 깔끔하게 갠 회색 옷을 갖고 들어왔다.

"테이블 위에 놓으시오." 마슬로 인치가 말했다.

직원은 시키는 대로 하고 방 밖으로 나갔다.

마슬로 인치는 그들을 지그시 바라보며 말했다.

"내 명령 잘 듣고 그대로 따라 하도록. 내일은 국가 고시일이다. 하노 헤스, 너는 시험장에 가서 최선을 다해 시험을 치름으로써 가장으로서의 임무를 다한다. 아이라 헤스, 너는 가장을 지원하는 아내이자 어머니로서 시험장으로 간다. 물론 당신에게 지명된 색깔의 옷을 입고서 가야 한다."

그는 테이블 위에 놓인 옷을 턱으로 가리켰다.

"시험이 끝나고 모든 수험생들이 시험장을 떠나기 전에 너희들에게 공식적으로 사과할 기회를 주겠다. 내용은 여기 쓰여 있는 그대로다. 오늘 밤 안으로 달달 외우도록 해라."

그는 종이를 두 장 꺼내 보였다. 경찰서장이 그것을 받아서 하노와 아이라에게 각각 한 장씩 건네주었다.

"오늘은 격리된 방에서 보내게 될 터이니 남들로부터 방해받는 일은 없을 것이다."

"우리 딸은 어쨌소?" 아이라 헤스가 못 참고 입을 열었다.

"네 딸은 안전한 곳에 있다. 애의 보모도 내일 애를 데리고 시험장으로 가서 사태를 지켜볼 것이다. 내일 하는 행동을 봐서 애 키울 자격이 있다고 판단되면 애를 돌려줄 것이지만, 그렇지 않다면 아기를 다시는 못 볼 것이다."

아이라 헤스는 눈물이 솟구치는 것을 억지로 참으며 "악마 같은 놈" 하고 입 속으로 조용히 지껄였다.

"계속 그런 식으로 행동한다면—"

"아니에요. 알아들었어요. 시키는 대로 하겠습니다."

"그래, 두고 보지. 내일 보면 알 테지." 마슬로 인치가 담담하게 말했다.

격리된 방에 둘만이 남자, 아이라 헤스는 하노 헤스의 품에 안겨 엉엉 울음을 터뜨렸다. 얼마 동안 울게 내버려 둔 후, 하노 헤스는 아내의 눈물을 닦아 주면서 말했다.

"지금은 그들의 뜻대로 할 수밖에 없어."

"오 핀핀, 내 사랑하는 아기야. 넌 지금 어디 있니?"

"진정하구려. 딱 하룻밤뿐이야."

"난 놈들이 미워 죽겠어요!"

"물론이지. 하지만 지금은 놈들이 시키는 대로 하는 수밖에 없어."

그는 수석 시험관이 외우라고 준 종이를 꺼내 펼쳤다.

─시민 여러분, 저는 이 자리를 통하여 스스로 고백을 한 가지 할까 합니다. 지난 몇 년 동안 저는 최선을 다하지 않으며 살아왔습니다. 그 결과 저뿐만 아니라 가족에게까지 누를 끼쳤습니다. 그런 행동이 이기적이고 자기 중심적이라는 것을 이제 비로소 알게 되었습니다. 우리 각자에게는 자기 앞날에 대한 책임이 있습니다. 저는 아라맨스의 시민인 것을 자랑스럽게 생각합니다. 앞으로는 부끄럽지 않은 시민의 일원이 되기 위해 노력하겠다고 이 자리에서 약속드리는 바입니다.

하노 헤스는 그것을 읽더니 혼자 중얼거렸다.

"이보다 더 못할 수도 있으니까……."

아이라 헤스의 사과문 내용은 다음과 같았다.

─시민 여러분, 여러분도 잘 아실지 모르나 저는 최근에 두 자식을 잃어버렸습니다. 그 충격 때문에 저는 공공 장소에서 부끄러운 행동을 저질렀습니다. 여러분의 이해와 용서를 구하는 바입니다. 앞으로는 한 가정의 어머니와 아내에 걸맞은 겸손하고 정숙한

행동을 할 것을 약속드립니다.

아이라 헤스는 종이를 바닥에 내던졌다.

"이런 것은 죽어도 안 읽을 거예요."

하노는 그것을 다시 주워들었다.

"그냥 말만 그렇게 하면 돼요."

"오, 사랑하는 내 아이들아." 아이라 헤스는 다시 흐느끼기 시작
했다. "너희들을 언제 다시 내 품에 안아 볼 수 있을까?"

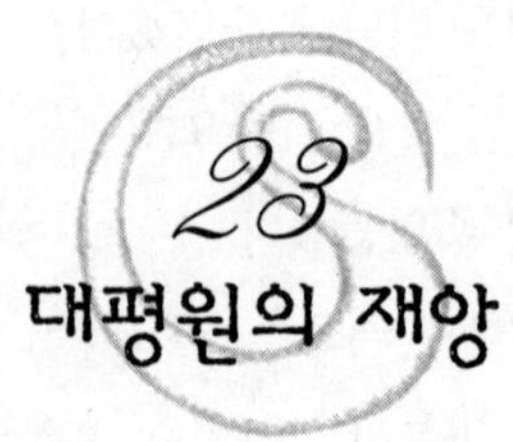

23
대평원의 재앙

새벽이 밝아 올 즈음, 깨어난 아이들의 귀에 처음 와 닿은 것은 고적대가 연주하는 음악이었다. 계곡 건너편을 보니 자스의 행군은 아직까지도 계속되고 있었다. 깜짝 놀라 절벽 언저리로 가서 아래를 내려다보니 강변에는 흰색에 금색 점들이 점점이 박혀 있는 것을 제외하면 마치 눈이 쌓인 것처럼 히앴다. 자스 병정들이 그 위로 계속 떨어지면서 병정들의 무덤은 조금씩 조금씩 높아지고 있었다. 그들은 언젠가 자기 동료들의 시체를 밟고 계곡을 건너올 것이었다.

아이들은 말없이 돌아서서 위대한 길을 따라 걸음을 재촉했다. 케스트렐은 땋은 머릿단 하나를 풀어, 거기서 빼낸 금색 실을 윈드싱어의 목청에 꿰어 목에 건 다음 셔츠 안으로 집어넣었다. 케스트렐의 체온을 받고 따뜻해진 목청은 걸을 때마다 피부를 간질였다. 막상 집으로 돌아간다고 생각하니 마음은 벌써 아라맨스의 부모와 핀핀에게로 가 있었다. 그들 생각을 하니 자기도 모르게 다리에 힘이 솟았다.

"우리가 놈들보다 먼저 아라맨스로 돌아가야 해." 보우맨이 말했다.

자스가 당장 추격해 오지는 않았지만 그들은 서둘러 위대한 길을 걸어 나갔다. 서로 말은 꺼내지 않았지만 배가 몹시 고팠다. 멈포도 이제 철이 들었는지 배고프다는 불평을 하지 않고 묵묵히 참았다. 그들은 하루하고도 반나절이 지나도록 아무 것도 먹지 못하고 있었다. 음식 자루는 비어 있었고 길가의 나무에는 따먹을 열매가 없었다. 간혹 길 근처에 흐르는 냇가로 가서 물은 마실 수 있었지만 대평원에 나가면 그것마저 불가능해질 터였다. 거기서부터 또 얼마를 더 가야 한단 말인가? 올 때 옴바라카의 모함을 탄 까닭에 거리를 짐작조차 할 수 없었다. 어쩌면 사흘, 아니면 더 걸릴지도 몰랐다. 물과 식량 없이 어떻게 그 넓은 땅을 건널 수 있단 말인가?

위대한 길은 넓은 데다 내리막길이어서 눈앞에 대평원이 펼쳐졌다. 정오 가까이 되면서 그들의 발걸음은 느려지기 시작했다. 기운이 없어지자 앞으로의 일이 더 걱정되었다. 보우맨도 지쳤는지 잠시 쉬자고 했다. 그들은 나무 그늘 아래 주저앉았다.

"집까지 어떻게 가지?" 케스트렐이 물었다. 말을 해놓고 보니 자기가 어느새 보우맨에게 의지하려 한다는 것을 알 수 있었다.

"나도 몰라. 하지만 안 갈 수는 없으니까 어떻게든 가고 말 거야."

보우맨에게도 뾰족한 수는 없어 보였지만, 그래도 그 말을 들으니 조금은 위안이 되었다.

"나뭇잎이라도 먹을 수 있었으면……." 케스트렐이 머리 위의 나뭇가지를 잡아당기며 말했다.

"참, 그렇지!"

멈포가 주머니를 뒤져 지하 호수에서 얻은 틱사초를 끄집어냈다. 그는 그것을 셋으로 나누더니 쌍둥이에게 한 움큼씩 건네주었다.

"음식은 아니지만 배고픈 것을 잊게 해 줘."

틱사초를 입 안에 넣고 씹은 후 쓴 진을 삼키자, 배는 부르지 않았지만 배고픈 것이 더 이상 문제되지 않았다.

"너무 써." 케스트렐이 얼굴을 찌푸리며 말했다.

그러자 "쓰다, 써, 써" 하며 멈포가 노래를 지어 부르기 시작했다.

그들은 일어나 춤추며 걷기 시작했다. 앞일에 대한 근심 걱정은 씻은 듯이 사라졌다. 대평원을 어떻게 건널 것이냐고? 새처럼 날아올라 바람 타고 가면 될 것 같았다. 하늘 위의 구름처럼 흘러갈 수도 있을 것 같았다.

틱사초에 취해 위대한 길을 따라 걸으며 그들은 마음속에 있었던 두려움을 있는 그대로 표현하면서 그것에 대해 농담도 하고 노래도 지어 불렀다.

"자스 까불지 말라고 해" 하며 멈포가 노래를 불렀다.

"까불지 마, 까불지 마!" 쌍둥이가 노래했다.

"멈포는 애늙은이였대요." 케스트렐이 놀렸다.

"늙은이, 늙은이, 늙은이!" 모두 합창했다.

"멈포, 늙으니까 기분이 어땠어?"

멈포는 늙은이가 춤추는 흉내를 내며 노래로 답했다.

"느리고 무거웠지요. 느리고 무겁고 피곤했지요."

"피곤해, 피곤해, 피곤해." 그들은 합창했다.

"진흙을 온몸에 바른 것 같았어."

"진흙, 진흙, 진흙!"

"그런데 진흙이 떨어져 나가고-" 그는 공중으로 뛰어오르면서 양팔을 휘저었다. "자스가 됐지롱!"

"자스가 됐지롱." 모두 따라 했다.

서로 팔짱을 끼고 자스의 행군 모습을 본떠 걸으며 입으로는 악기를 연주하는 흉내를 냈다.

"딴따딴! 딴따딴!"

이렇게 걷다 보니 그들은 어느새 숲을 빠져 나와 평원에 와 있었다. 그들은 여기서 발길을 멈췄다. 메마른 사막 저 멀리 보이는 지평선을 바라보고 있노라니 어느새 틱사초의 약효가 사라졌는지, 배는 다시 고파 왔고 앞길은 막막해졌다.

춤추고 노래하는 데 남은 힘을 모두 써 버렸기 때문에 그 자리에 드러눕고 싶은 생각뿐이었다. 하지만 보우맨은 달랐다. 그는 계속 걸어가자고 고집했다.

"너무 멀어. 가지도 못할 거야."

"그래도 가야 해."

그래서 오른쪽으로 서서히 기울기 시작하는 태양을 바라보며 그들은 걷고 또 걸었다. 바람이 심하게 불어 속도가 느려졌지만 그래도 쉬지 않았다. 보우맨의 강한 의지에 이끌려 아이들은 비틀거리면서도 걸어 나갔다.

땅거미가 질 무렵, 하늘에 먹구름이 끼기 시작하는 것을 보고 케스트렐이 걸음을 멈췄다. 케스트렐은 목에 걸고 있던 목청을 풀어 보우맨에게 넘겨주며 말했다.

"먼저 가. 난 더 이상 못 가겠어."

보우맨은 목청을 받아 손안에 꼭 쥐고는 케스트렐의 두 눈을 바라보았다. 도중에 포기하는 데 대한 안타까움이 역력했다. 하지만 몸이 탈진해서 안 움직여 주는 데야 어쩌랴?

케스, 너 없이는 나 혼자서 할 수 없어.

그러면 이젠 다 끝난 거야.

보우맨은 고개를 돌려 멈포를 바라보았다. 멈포도 보우맨의 입으로부터 일말의 희망을 걸 수 있는 아이디어가 나오기를 고대하는 눈치였다. 하지만 그에게 해 줄 수 있는 말은 아무 것도 없었다. 보우맨은 두 눈을 감았다.

누구를 향한 간청인지 자기 자신도 모르게 "도와주세요" 하고 조용히 중얼거렸다.

마치 그 기도에 응답이라도 하듯, 귀에 익은 삐거덕하는 소리가 바람을 타고 들려 왔다.

보우맨은 눈을 번쩍 뜨고 소리나는 쪽을 바라보았다. 석양을 등지고 바람에 나부끼는 깃발의 실루엣이 모래 언덕을 서서히 기어오르고 있었다. 곧이어 돛대와 돛들이 보이더니 전망대와 맨 위층의 갑판이 모습을 드러냈다. 이윽고 본체를 다 드러낸 모함이 그들 쪽으로 천천히 다가왔다.

"옴바라카야!" 하고 케스트렐이 외쳤다.

희망을 얻은 아이들은 양팔을 내저으며 움직이는 거대한 도시를 향해 뛰어나갔다. 모함도 그들을 보았는지 천천히 다가와 섰다. 그러더니 이내 승선용 승강틀이 내려왔다. 그들은 승강틀 안에 타고서 기쁨의 눈물을 흘리며 서로를 껴안았다. 승강틀은 삐거덕거리면서 갑판을 지나 계속 오르더니 사령관실로 가서 섰다. 승강틀의 문이 열리자 머리를 빡빡 깎은 무장한 병정들이 그들을 맞이했다.

"바라카 스파이 놈들!" 하고 사령관이 소리쳤다. "놈들을 가둬라. 내일 새벽에 교수형에 처할 것이다."

그제야 아이들은 자기들이 옴차카의 포로가 된 것을 알아차렸다.

아이들은 셋이서 무릎을 모으고 겨우 끼여 앉을 수 있을 정도의 작은 철창 안에 갇혔다. 문에 자물쇠를 채운 후, 보초들은 철창을 공중에 매달았다. 그들은 밑에서 철창에 대고 욕을 퍼부었다.

"바라카 쓰레기들, 매달린 꼴 좀 봐."

"먹을 것 좀 주세요." 아이들이 애원했다.

"내일 아침에 죽을 녀석들이 음식은 무슨 음식?"

머리를 짧게 밀어서인지 차카인들은 바라카인들보다 더 무시무시해 보였다. 하지만 두 족속에게는 유사한 점들이 너무 많았다. 모래 색깔의 가운을 입는 것하며 무사 같은 몸가짐도 비슷했고 사용하는 무기들도 비슷했다. 아이들이 우는 소리를 듣고는 철창 사이로 손가락을 넣어 콕콕 찌르며 놀렸다.

"코흘리개 겁쟁이들아, 내일 아침이 되면 정말로 울 일이 생길 거다."

"우린 내일 아침까지 살아 있지도 못할 거예요. 며칠을 굶었다고요." 케스트렐이 말했다.

보초 가운데 제일 덩치가 큰 사내가 협박조로 말했다.

"살아 있는 게 좋을걸. 만약 아침까지 안 살아 있으면 내 손에 죽을 줄 알아!”

그 소리를 듣고 나머지 보초들은 배를 잡고 깔깔 웃었다. 덩치 큰 사내는 얼굴이 벌게졌다.

“그래 놓고 어쩔 건데? 하카 차카님한테 가서 공개 교수형 못하게 됐다고 할 거야?”

“그래 죽은 걸 또 죽여 봐, 폭. 녀석들이 무척 두려워할 걸세!”

그들은 떼굴떼굴 구르며 웃었다. 폭이라고 불리는 덩치 큰 보초는 입이 삐죽해져서 혼자 중얼거렸다.

“너희들 모두 내가 멍청하다고 놀리지만 멍청한 놈은 내가 아니라 너희들이야. 두고 봐…… 씨.”

밤이 되자, 바람이 세게 불기 시작했다. 보초들은 한 명씩 돌아가며 보초를 서기로 했다. 덩치 큰 폭이 제일 먼저 하겠다고 자원했다. 그러자 나머지 보초들은 그를 남겨 두고 자리를 떴다. 그들이 가고 없는 것을 확인한 후에 폭은 철창 밑으로 가서 아이들을 조용히 불렀다.

“야, 바라카 스파이들아. 아직 살아 있니?”

아무도 대꾸를 하지 않자, 폭은 큰 소리로 앓는 소리를 냈다.

“안 죽겠다고 빨리 말해, 이 쓰레기들아.”

케스트렐이 들릴까 말까 한 목소리로 말했다.

“먹을 것…… 먹을 것.”

케스트렐은 그 말도 간신히 했다.

“그래, 알았어.” 폭이 긴장해서 말했다. “조금만 기다려. 먹을 것을 갖다 줄 테니까. 가만히 있어. 죽지 마, 응? 안 죽겠다고 약속해. 약속 안 하면 안 갖다 줄 거야.”

“얼마…… 안 있으면……” 케스트렐이 다 죽어 가는 소리로 말했다. “죽을 것…… 같아…….”

“안 돼! 그러면 안 돼. 너 죽었단 봐. 내가 그냥—”

생각해 보니 더 이상 위협할 수 있는 방법이 없었다. 그래서 폭은 애원하기 시작했다.

“너희는 아무래도 죽을 목숨이라서 상관 없겠지만, 내 경우는 달라. 내가 보초 서는 중에 너희가 죽었다고 해 봐. 누가 욕 먹나? 그렇게 되면 억울한 건 나야. 내 책임도 아닌데 사람들은 아마 이렇게 말할 거야. ‘또 폭이 그랬지?’ ‘그러니까 폭한테는 뭘 맡기면 안 돼. 그런 돌대가리한테 무슨 책임을 맡겨?’ 그럴 테니 내 속이 안 터지고 배기겠어?”

아이들이 아무 대꾸도 하지 않자, 폭은 잔뜩 긴장했다.

“아직은 죽지 마. 내 지금 갈 테니까. 곧 먹을 것 갖고 올게.”

그는 어디론가 서둘러 뛰어갔다. 누군가 엿보는 자가 있을까 봐 아이들은 침묵을 지키고 있었다. 하지만 매우 늦은 시간인 데다 바람도 세게 불어서인지 사람들은 모두 실내로 들어간 것 같았다. 잠시 후에 폭은 빵과 과일을 잔뜩 품에 안고 돌아왔다.

“자, 여기 있어.”

폭은 음식을 창살 사이로 넣어 주며 말했다.

“많이 먹어.”

그는 걱정스러운 눈으로 아이들을 쳐다보다가 그들이 음식을 먹기 시작하자, 그제야 안도의 한숨을 내쉬었다.

“자, 아무렴 그래야지. 죽으면 안 돼. 알았어?”

아이들이 먹는 모습을 보자 폭은 무척 기뻐했다.

"자, 이제 폭이 깽판 칠 거라고 한 놈 나와 보라지? 아침까지 너희들은 기운을 회복해서 펄펄 날게 될 테니까. 하카 차카님께서도 멋진 교수형을 거행하실 수 있을 거야. 옛말에도 있잖아? 모든 것은 끝이 좋아야 한다고."

보우맨은 음식을 먹고 나니 기운이 좀 나는 것 같았다. 그러자, 희망도 보이는 것 같았다. 그래서 도망칠 궁리를 하기 시작했다.

"우린 바라카 스파이가 아녜요." 보우맨이 말했다.

"야, 야. 네가 날 속일 생각이니? 내 눈에도 너네는 차카가 아닌 것이 분명한데. 차카가 아니면 누구겠어? 바라카지."

"우린 아라맨스 사람들이에요."

"그럴 리가 없어. 바라카 머리 모양을 하고 있는걸."

"우리가 머리 딴 것을 풀면요?" 케스트렐이 끼어들며 물었다. "아저씨같이 머리를 모두 밀어 버리면요?"

"그러면……" 폭은 좀 당황해서 말했다. "그러면…… 에…… 거시기……."

그는 정신이 좀 오락가락해졌다.

"우리도 아저씨하고 똑같아질 것 아녜요?"

"그건 그렇지만…… 너희가 오늘 밤 안으로 머리를 밀지는 않을 테고 아침에는 목매달려 죽을 테니 끝난 얘기 아니니?"

"우리를 교수형에 처한 후에 나중에 실수한 것을 알게 되면 어떡하죠?"

"모든 명령은 하카 차카님이 내리셔." 폭은 만족해서 말했다. "하카 차카님은 옴차카의 아버지이시자 정의의 사도, 그리고 대평원의 재앙이셔. 그러니까 그분은 실수 안 하셔."

비좁고 바람이 몹시 심하게 불었음에도 아이들은 그날 밤 잠을 잘 잤다. 피곤하던 차에 뱃속까지 든든해지니 두려움도 잊고 다음 날 새벽까지 쿨쿨 잤던 것이다.

바람은 잠잠해졌지만 잿빛 하늘은 폭풍을 예고하고 있었다. 차카 병정들이 줄지어 오더니 철창 주위에 둘러섰다. 그들은 철창을 갑판 위로 내리더니 자물쇠를 풀었다. 아이들이 밖으로 나오자, 병정들은 그들을 에워싸고 옴차카에서 제일 큰 광장으로 호송해 갔다. 그곳에는 이미 군중들이 인산인해를 이루고 있었다. 아이들이 나타나자, 군중들이 야유와 욕을 퍼부었다.

"바라카 돼지들을 달아매어 죽여라!"

광장 가운데에는 형틀이 준비돼 있었고 올가미도 세 개 걸려 있었다. 형틀 뒤로 옴차카군의 장군들과 고수들이 서 있었다. 아이들은 형틀로 끌려가 올가미 밑에 놓인 상자를 밟고 올라섰다. 고수들이 북을 치자, 사령관이 명령을 내렸다.

"옴차카의 아버지이시자 정의의 사도, 그리고 대평원의 재앙이신 하카 차카님을 위해 모두 일어섯!"

군중들은 이미 서 있었던 터라 가만히 있었다. 그러자 하카 차카가 일행 몇 명을 이끌고 광장으로 들어섰다. 흰머리를 빡빡 민 위엄 있어 보이는 노인이었다. 하지만 아이들을 놀라게 한 것은 그가 아니었다. 그의 뒤에 다름 아닌 켐바 고문이 서 있었던 것이다. 그 역시 머리를 빡빡 밀었다.

"저 사람은 바라카예요!" 케스트렐이 켐바를 손으로 가리키며 외쳤다. "옴바라카 출신 켐바라는 사람이에요."

켐바는 조금도 당황하는 기색 없이 미소를 지어 보였다.

"군주님, 다음에는 군주님보고 바라카라고 하겠어요."

"아무 소리나 지껄이라지." 하카 차카가 심각하게 말했다. "조금 있으면 아무 소리도 못하게 될 테니."

그가 부하들에게 눈짓하자, 부하들이 올가미를 아이들의 목에 감았다. 멈포는 전처럼 엉엉 울지는 않았지만 조금 목이 잠기는 소리를 냈다.

"멈포, 미안해." 케스트렐이 말했다. "우린 너한테 해 준 것도 없이 고생만 시켰어."

"아니야, 너희는 내 친구가 되어 줬잖아?" 멈포가 용감하게 말했다.

하카 차카는 연설을 하기 위해 단상으로 올라섰다.

"옴차카의 시민 여러분!" 그가 외쳤다. "모라는 적을 우리의 손아귀 안으로 보내 주셨습니다!"

순간 보우맨에게 좋은 생각이 떠올랐다. 그래서 "모라는 깨어났다!" 하고 외쳤다.

군중들은 깜짝 놀라며 찬물을 끼얹은 듯 조용해졌다.

머리 위 잿빛 하늘로부터 천둥 소리가 들려 왔다. 켐바는 불타는 듯한 눈초리로 보우맨을 쳐다보았다.

"자스가 행군을 시작했다!" 보우맨이 다시 외쳤다.

그러자 군중들이 동요하기 시작했다. 서로 쑥덕거리는 소리가 광장을 가득 메웠다. 하카 차카는 자기의 고문들을 돌아보았다.

"그 말이 사실일까?"

"자스는 우리 뒤를 따라 행군해 오고 있다!" 보우맨이 또 외쳤다. "우리가 어디에 숨든지 간에 자스는 결국 우리를 찾아내고야 말

것이다.”

이제 군중들은 겁에 질려 큰 소리로 떠들기 시작했다. 마침 불어오는 강한 바람이 선체를 흔들어 대고 있었다.

“자스는 아무도 못 막는다!”

“그들은 우리를 모두 전멸시킬 것이다!”

“빨리 배를 움직여 도망가야 한다.”

동요하는 군중을 진정시킨 사람은 바로 켐바였다.

“바보 같은 놈들!”

그는 큰 목소리로, 하지만 차분한 어조로 말했다.

“바라카 계략에 넘어갈 작정들인가? 모라가 깨어날 이유가 어디 있는가? 자스가 왜 행군을 시작하겠는가 말이다? 바라카 스파이 놈들이 자기 목숨을 부지하기 위해 만들어 낸 거짓말일 뿐이다.”

“내가 모라를 깨웠다!” 보우맨이 외쳤다. “모라는 나보고 ‘우리는 혼자가 아니다’ 라고 했다.”

군중들은 그 소리를 듣고 새파랗게 질렸다. 켐바는 경멸하는 눈빛으로 보우맨을 노려보았다. 경멸 뒤에는 두려움도 섞여 있었다.

“저놈이 거짓말하는 것이다. 우리가 왜 적의 말을 믿어야 하는가? 지금 당장 목을 매라! 빨리 목을 매라!”

그 말을 듣고 군중들의 두려움은 적에 대한 증오로 바뀌며 구호처럼 외치기 시작했다.

“목매라! 목매라!”

병정들은 아이들의 목에 걸려 있는 올가미를 조였다. 그리고는 아이들이 발을 딛고 서 있는 나무 상자 양편으로 가 그 상자를 발로 차 밀어낼 준비를 했다. 하카 차카는 군중들을 바라보면서 손을 치켜올렸다.

"그대들은 무엇을 두려워하는가? 우리가 옴차카인 것을 잊었는가?"

그 말을 듣고 군중들은 "와—" 하고 환호했다.

"옴바라카가 새파랗게 질리도록 본때를 보여 주자, 옴차카 앞에서 까부는 놈들의 말로가 어떤지!"

교수형에 처하라는 신호로 하카 차카의 높이 치켜든 팔이 내려가려고 하는 순간, 멀리서 야릇한 소리가 폭풍에 실려 왔다. 자세히 들어 보니 고적대의 음악과 함께 병정들이 행군하는 발소리였다. 뿐만 아니라 젊은이들의 합창 소리도 들렸다.

"죽여, 죽여, 죽여, 죽여, 죽여, 죽여, 죽여!"

옴차카의 시민들은 공포에 질려서 서로의 얼굴을 바라보았다. 그러더니 입을 모아 소리쳤다.

"자스다! 자스가 오고 있다!"

켐바 고문은 역시 대응이 빨랐다.

"군주님!" 그가 다급하게 말했다. "스파이를 풀어 주십시오. 배에 태워서 남쪽으로 보냅시다. 자스는 그들을 쫓아갈 것입니다. 옴차카는 당장 동쪽으로 이동해야 합니다."

하카 차카는 켐바의 조언을 따랐다. 군중이 흩어지고 선원들이 모두 자기 부서로 돌아간 후, 켐바가 아이들에게 와서 증오에 찬 목소리로 속삭였다.

"40년 동안 유지되었던 평화를 너희가 망쳐 놨어. 내 업적을 모두 무너뜨렸단 말이야! 그 대가로 너희하고 아라맨스가 자스의 공격을 받아 파멸하는 광경을 똑똑히 지켜보겠다!"

얼마 지나지 않아 아이들에게 배가 한 척 주어졌다. 기동력 좋은 쾌속정이 아니라 밑이 낮고 무거운, 돛이 하나밖에 안 달린 소형 수송선이었다. 그 배는 서둘러 땅 위로 내려졌다. 옴차카 시 전체가 부산을 떨기 시작했다. 선원들은 있는 돛을 모두 올리느라고 정신이 없었다. 점점 강해지는 바람을 타고 거대한 모함이 서서히 움직이기 시작했다.

사막의 배를 탄 채로 땅 위에 내려서 보니 평지 저 멀리로부터 고적대의 반주에 맞춰 8열로 행군해 오고 있는 자스의 모습이 보였다. 북쪽으로부터 불어오는 광풍을 한껏 안고 배는 옴차카의 그림자를 벗어나 달리기 시작했다. 이윽고 천둥이 치면서 비가 퍼붓기 시작했다. 사막의 배는 빗속을 번개같이 달려나갔다.

배는 고르지 않은 길을 몹시 흔들리며, 간혹 퉁겨 오르기도 하면서 무서운 속도로 달렸다. 아이들은 비를 맞으며 돛대를 꼭 붙잡고 있었다. 바람이 심하게 부는 데다 빗방울까지 굵어져 한치 앞도 제대로 보이지 않았다. 푸른 섬광이 검푸른 하늘을 가르고 나면 머리 위로 무시무시한 천둥 소리가 울려 퍼졌다. 배 안에 물이 발목까지 차 올랐지만 고삐 풀린 망아지 마냥 미친 듯 달리는 사막의 배 안에서 아이들이 할 수 있는 일이란 밖으로 퉁겨 나가지 않도록 있는 힘을 다해 돛대에 매달려 있는 것뿐이었다.

갑자기 바퀴 한쪽이 돌부리에 부딪치며 바큇살 두 대가 부러져 나갔다. 그러자 몇 분 못 견디고 그 바퀴는 찌그러들면서 박살이 나고 말았다. 선체가 기우뚱거리는 데다 돛에 바람이 사정없이 불어닥치자, 배가 급회전하면서 바퀴 하나가 또 박살났다. 옆으로 쓰러진 배는 달리던 속력을 주체 못하여 지면에서 몇 번 퉁겨 오르더니 미끄러지면서 마침내 정지했다.

폭풍은 여전히 불고 있었다. 하는 수 없이 아이들은 부서진 배 밑으로 기어 들어가 쪼그리고 앉아 비가 멎기를 기다리는 수밖에 없었다. 목에 걸려 있는 목청으로부터 은빛의 노래 소리가 보우맨 귀에 들리는 듯했다. 조금 전의 위급한 상황을 되돌아보며 누군가 가 자기들을 보호해 주고 있다는 생각이 들었다. 그 누군가는 자 기보고 빨리 고향으로 돌아가라고 재촉하는 것 같았다.

"우린 꼭 해내고야 말 거야!" 보우맨이 말했다.

케스트렐과 멈포도 같은 기분을 느낀 모양이었다. 아라맨스가 그리 멀지 않은 곳에 있는 게 분명했다.

얼마 후, 거세게 퍼붓던 폭우가 가랑비로 바뀌면서 바람도 잠잠 해졌다. 하늘도 다시 밝아지기 시작했다. 아이들은 피신처로부터 기어나와 주위를 둘러보았다. 비구름은 남쪽을 향해 움직이고 있 었다. 저 멀리 지평선 너머로 빗속에 희미하게 보이는 것은 아라 맨스의 높은 성벽이 틀림없었다.

"우리는 꼭 해내고야 말 거야." 보우맨이 용기를 얻어 다시 한 번 외쳤다.

저벅! 저벅! 저벅!

흠뻑 젖은 자스의 군대가 아직도 미소를 잃지 않고 가랑비 속을 전진해 오고 있었다. 그들의 합창은 계속되고 있었다.

"죽여, 죽여, 죽여, 죽여, 죽여, 죽여, 죽여!"

아이들은 말없이 돌아서서 아라맨스의 성벽을 향하여 줄달음치 기 시작했다.

24
최후의 국가 고시

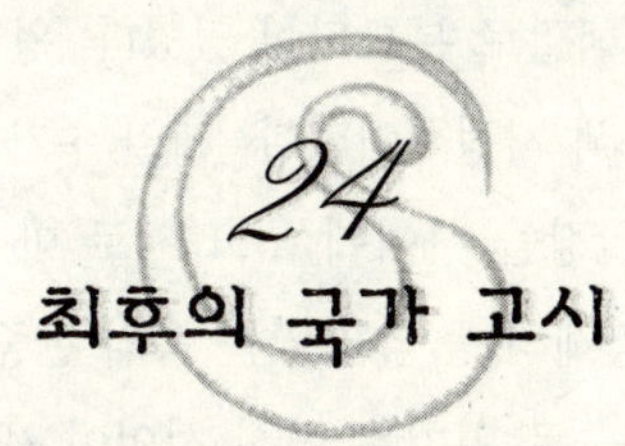

그날은 국가 고시가 있는 날이었다. 때아닌 폭우 때문에 시간을 늦춰야 했지만 원형 극장 테라스에 배치한 책상에 묻은 물기를 닦아 내고 시험은 시작되었다. 아라맨스의 모든 가장들은 이곳에 모여 다음 1년 동안의 가족 등급을 배정받기 위해 시험을 치르고 있었다. 9단계로 이루어진 원형의 테라스에는 각 단계마다 320개의 책상이 놓여 있었다. 수험생들의 수가 거의 3천 명이나 되는데도 들리는 소리라고는 종이 위에 연필 쓰는 소리와 시험관들이 돌아다니며 내는 조용한 발소리뿐이었다.

원형 극장 주위는 높고 가파른 관중석이 둘러싸고 있었는데, 그곳에는 수험생 가족들이 앉아서 시험 보는 광경을 참관하고 있었다. 꼭 필요한 일을 해야 하는 사람들을 뺀 나머지 시민들은 모두 이곳에 와야만 했다. 시험을 보는 가장을 응원한다는 이유도 있었지만, 수험생 개인뿐 아니라 가족에게도 이 시험의 중요성을 과시

하기 위해서였다.

　가족들의 좌석은 색깔로 분류되어 있었다. 왕궁 쪽에 위치한 관중석은 흰색과 붉은색 지정석이었다. 제일 수가 많은 오렌지와 밤색은 중간 지역에 극장을 사이에 두고 서로 마주 보고 앉게 되어 있었다. 크리오스 황제의 동상이 있는 쪽의 관중석은 회색 몫이었다. 수석 시험관 마슬로 인치는 헌신 선언이 새겨져 있는 돌기둥 옆에 세운 연단 위에 앉아 있었다.

> 황제 폐하와 아라맨스족의 명예를 위해서
> 그리고 오늘보다 나은 내일을 위해서
> 나는 더 열심히 노력할 것을 선언합니다.

　마슬로 인치는 손목시계를 들여다보며 시험이 시작된 지 정확히 한 시간이 흐른 것을 확인했다. 그는 자리에서 일어나 연단을 내려와서는 원형 극장 안을 천천히 돌아다니며 하나같이 고개를 숙이고 열심히 시험을 보고 있는 수험생들의 모습을 느긋하게 둘러보았다. 마슬로 인치는 국가 고시를 보는 날이면 혼자서 흐뭇한 명상을 즐기곤 했다. 최근 불상사가 있었기에 이 시간은 그에게 더 소중하게 느껴졌다. 아라맨스 사람들은 지위의 높고 낮음에 관계없이 모두 한곳에 모여 공정하게 능력을 평가받는다. 특정 인물에 대한 특혜도, 개인적으로 밉다고 방해를 할 수도 없다. 모두 같은 문제지를 앞에 놓고 답안을 작성한다. 능력 있고 열심히 한 사람들은 자연히 앞으로 나오게 되고 무능하고 게으른 자들은 뒷전으로 밀려날 수밖에 없다. 물론 시험을 못 봐 낮은 등급의 구역으로 쫓겨가는 사람들의 모습을 볼 때는 안됐다는 생각이 들기도 하지만, 그들이 비운 자리를 열심히 노력한 사람들이 차지하는 모습을 볼 때면 흐뭇했다. 한번 실패했다고 좌절할 필요도 없었다. 일 년 동안 열심히 노력해서 다음해에 다시 도전할 수 있었기 때문이었다. 이보다 더 좋은 체제가 어디 있겠는가.

합숙 교육장 출신 수험생들이 한곳에 모여 시험을 치르는 모습이 눈에 띄었다. 특별히 감시를 요하는 인물들이었기 때문에 한군데 모아 놓은 것이었다. 그들은 올해에도 여느 해와 마찬가지로 문제지를 앞에 놓고 끙끙대고 있었다. 조금만 노력하면 될 것을 왜 저들은 안 하고 저러고 있단 말인가 생각하며 마슬로 인치는 혀를 찼다. 그들 가운데에는 두 손으로 머리를 감싸고 앉아 있는 하노 헤스의 모습도 보였다. 저 인간이야말로 아라맨스 시민이 될 자격이 없는 자였다. 하지만 앞으로는 그도 어쩔 수 없을 것이다.

마슬로 인치는 고개를 들어 회색 구역 가족들이 앉아 있는 관중석을 둘러보았다. 회색 옷을 단정히 입고 다소곳이 앉아 있는 헤스 부인의 모습이 보였다. 탁아석 쪽으로 눈을 돌리니 믿을 수 있는 치리시 부인이 헤스 집 아기를 무릎에 앉혀 놓고 돌보고 있었다. 그 아기가 떼라도 쓰면 어쩌나 했는데 시험장의 엄숙한 분위기에 눌렸는지 조용히 앉아 있었다.

모든 것이 잘 해결된 것 같았다. 앞으로 헤스 가족은 감히 오만한 행동을 못할 것이었다.

왕궁의 탑 꼭대기에서는 황제가 초콜릿을 먹으며 텅 빈 거리를 내려다보고 있었다. 그날 아침에는 수험생들과 그들의 가족들이 긴장하여 시험장으로 모여드는 모습을 지켜보았다. 그는 국가 고시의 날을 싫어했다. 수천 명의 시민들이 입을 모아 헌신 헌장을 낭독할 때 "황제 폐하"라는 대목에서는 두 귀를 손으로 막았다. 그러고 나서부터 거의 한 시간 동안 도시는 쥐죽은 듯 고요했다.

불현듯 먼 곳으로부터 무슨 소리가 들리는 것 같았다. 악단이 연주를 하나? 그는 귀를 기울였다. 국가 고시의 날에 누가 감히 음악을 연주한단 말인가?

그런데 길을 내려다보니 이상한 광경이 벌어지고 있었다. 맨홀이 열리면서 진흙을 뒤집어쓴 아이가 한 명 기어 나오는 것이 아닌가? 그의 뒤를 이어 두 명이 더 모습을 나타냈다. 그들은 잠시 주위를 두리번거리더니 곧이어 원형 극장 쪽을 향해 달리기 시작했다. 황제가 자세히 보니 그 가운데 한 명은 눈에 익었다. 저 아이는 그때 그 소녀가 아닌가?

갑자기 맨홀로부터 흰색 유니폼을 입은 잘생긴 사내아이가 기어 나왔다. 그 뒤를 따라 한 명이 더 나오더니, 그 다음부터는 줄줄이 나오기 시작했다. 길 저편 멀리서 고적대의 연주에 맞춰 병정들이 줄지어 오는 모습도 보였다. 황제는 눈이 휘둥그레지며 그 자리에 얼어붙은 듯 꼼짝않고 서 있었다. 그들은 자스 군대가 틀림없었다.

샛길에서도 병정들이 행군해 나왔다. 그들과 맨홀에서 줄지어 나오는 병정들은 고적대를 앞세우고 행진해 오는 본 대열에 합류했다. 그들은 행군하며 가사가 단 한 단어뿐인 노래를 부르기 시작했다.

"죽여, 죽여, 죽여, 죽여, 죽여, 죽여, 죽여!"

황제는 그들의 행군을 막아야겠다고 생각했지만 몸을 움직일 수가 없었다. 그는 자기도 모르게 초콜릿을 한 움큼 집어 입 안에 넣으며 울기 시작했다.

  아이들은 크리오스 동상 옆을 지나쳐 원형 극장 안으로 뛰어들어갔다. 테라스 맨 위층에 선 아이들은 가쁜 숨을 몰아쉬었다. 몹시 급박한 상황임에도 수천 명의 수험생들이 침묵 속에 고개를 숙이고 앉아 있는 모습을 보니 감히 뛰어들 수가 없었다.

  바로 그때, 마슬로 인치가 그들을 발견하고 격노했다. 엄숙한 국가 고시장에서 감히 소란을 피우다니! 하지만 그들이 누군지는 알아보지 못했다. 다만 괴상한 머리 모양을 하고 진흙 발로 나타난 거지 놈들이라고 생각했다. 그는 부하들에게 재빨리 신호를 보냈다.

  빨간색 가운을 걸친 시험관들이 아이들 쪽으로 서서히 다가왔다. 원형 극장 가운데에는 윈드싱어가 산돌바람에 날려 여기저기로 회전하고 있었다. 보우맨은 윈드싱어 목청을 셔츠 안에서 꺼내 목에 두르고 있던 금색 끈을 벗었다. 그러고 나서 케스트렐을 향해 무성으로 말했다.

  내 옆에 있다가 내가 잡히면 네가 받아.

  아이들은 서로 팔이 닿을 정도의 거리를 두고 윈드싱어를 향해 나란히 뛰어 내려가기 시작했다. 수험생들은 무슨 일인가 하여 고개를 쳐들고 주위를 둘러보았다. 관중석에서도 웅성거리기 시작했다. 도저히 있을 수 없는 일이라고 생각하며 마슬로 인치는 연단이 있는 쪽으로 몸을 움직였다.

  시험관들은 단순히 야단이나 쳐서 쫓아낼 생각을 하며 위아래에서 접근해 왔다. 하지만 그들이 가까이 오는 순간 아이들은 제각기 다른 방향으로 뛰기 시작했다.

"녀석들을 잡아!" 마슬로 인치가 소리쳤다. 이제 더 이상 시험에 방해될 것을 염려하여 조용히 있을 수 없었다.

그가 외치는 바로 그 순간, 거리로부터 이상한 소리가 들려 왔다. 고적대의 음악과 발소리였다.

저벅! 저벅! 저벅!

보우맨은 책상들 사이를 지그재그로 달리면서 책상 위에 쌓여 있는 문제지 더미를 쳐서 바닥에 떨어뜨렸다. 자기 왼편으로 케스트렐이 도망치는 모습이 보였다. 보우맨은 미처 아버지를 알아보지도 못하고 하노 헤스의 책상 옆을 뛰어 지나갔다. 하지만 아버지는 아들을 알아보았다. 하노는 기쁨에 넘쳐 자리에서 벌떡 일어났다.

도망가던 케스트렐을 한 경찰이 붙잡았다. 케스트렐이 그의 팔을 깨물자, 경찰은 순간적으로 잡은 손을 놓았다. 이제 시험에 열중하는 사람은 단 한 명도 없었다. 모두 고개를 쳐들고 도망다니는 아이들의 모습을 놀란 눈으로 바라볼 뿐이었다.

회색 지정석에 앉아 있던 아이라 헤스는 자리에서 벌떡 일어났다. 머리 모양이 좀 달라졌지만 그들은 쌍둥이 남매임에 틀림없었다.

"빨리빨리, 케스트렐!"

아이라 헤스는 흥분을 감추지 못하고 외쳤다. 원형 극장 테라스에서도 하노 헤스가 서서 외쳤다.

"어서 빨리, 보우맨!"

보우맨이 아버지를 돌아보며 손을 흔드는 순간 경찰 두 명이 달려들어 그의 목과 다리를 붙잡았다.

"케스!" 보우맨이 소리치며 목청을 하늘 높이 던져 올렸다.

케스트렐이 그 소리를 듣고 목청이 떨어진 아랫단 테라스 쪽으로 뛰어내렸다. 멈포도 옆에서 케스트렐을 따라 뛰었다.

소동 때문에 치리시 부인이 한눈을 팔고 있는 사이를 틈타, 핀핀이 그녀의 무릎에서 뛰어내려 아장아장 도망가기 시작했다.

"저 애를 잡아요!"

치리시 부인이 외쳤지만, 핀핀은 이미 의자 밑으로 기어 들어가 버린 뒤였다. 괴상하게 분장했지만 자기의 언니, 오빠인 줄 대번에 알아본 핀핀은 너무 반가워 그들 쪽으로 가고 있었던 것이다.

케스트렐은 마지막 테라스로부터 뛰어 내려와 윈드싱어를 향해 뛰고 있었다. 케스트렐 뒤로 경찰 두 명이 쫓아왔다. 거의 윈드싱어가 있는 곳까지 갔을 무렵 뒤로부터 뻗어 온 손이 케스트렐을 붙잡았다.

케스트렐은 "멈포!" 하고 소리치면서 목청을 멈포 쪽으로 던졌다. 목청이 땅에 떨어진 순간, 마슬로 인치가 그것을 보고 그쪽으로 달려갔으나 멈포가 한 발 앞서 그것을 주워 들었다.

"야, 이 더러운 자식아! 그것을 당장 이리 내놔!"

마슬로 인치는 멈포를 잡고서 무서운 기세로 윽박질렀다.

그러나 마슬로 인치의 눈과 멈포의 눈이 마주치는 순간, 그는 자신도 모르게 헉– 하고 숨을 크게 들이쉬었다.

"너는……."

그가 순간적으로 손을 놓은 틈을 타 멈포는 윈드싱어를 향해 달려갔다. 이제 자스의 행렬은 원형 극장에 가까워지고 있었다. 군중들은 고적대의 음악을 듣고 누가 오늘 같은 날에 음악을 연주하나 싶어 고개를 빼고 돌아보았다. 보우맨과 케스트렐은 경찰들의 손에 잡힌 채 윈드싱어를 기어오르는 멈포의 모습을 바라보고 있었다.

멈포, 잘한다!

원숭이같이 재빠르게 멈포는 윈드싱어를 타고 올랐다. 하지만 정확히 어디로 가야 할지를 몰랐다.

"목 있는 데!" 케스트렐이 외쳤다. "목 있는 데 갈라진 틈이 있어!"

이제 자스의 음악뿐 아니라 발소리도 요란하게 들려 왔다. 멈포는 윈드싱어의 목 쪽으로 가서 여기저기 더듬기 시작했다.

하노 헤스는 그 모습을 보면서 안타깝게 속으로 외쳤다.

빨리빨리, 멈포!

아이라 헤스도 몸을 부르르 떨면서 기도하듯이 중얼거렸다.

서둘러, 멈포!

갑자기 멈포의 손가락에 어떤 감각이 전해져 왔다. 그 틈은 생각했던 곳보다 높은 곳에 있었다. 목청을 그 틈 사이로 끼워 넣으니 '찰칵' 하고 채워졌다. 그 순간 자스 군대가 칼을 빼 들고 원형 극장 입구를 통과해 들어오고 있었다.

"죽여, 죽여, 죽여, 죽여, 죽여, 죽여, 죽여!"

윈드싱어는 바람 부는 방향으로 회전했다. 가죽 깔대기를 통해 들어간 바람은 은색 쇠 파이프를 타고 내려가 목청을 통과해 지나갔다. 윈드싱어 밑동에 있는 은색 나팔들이 조용히 노래를 부르기 시작했다.

깊은 여운을 남기는 첫 번째 음을 듣고 자스는 그 자리에 우뚝 멈춰 섰다. 그들은 웃으며 칼을 치켜든 채로 움직이지 않았다. 마치 온몸이 마비된 듯했다. 그곳에 있던 사람들도 모두 윈드싱어의 노래를 듣는 순간 야릇한 감정에 휩싸였다.

그 다음 음은 더 높고 날카로웠다. 윈드싱어는 바람에 날려 돌아갈 때마다 음이 높아졌다가 낮아졌다. 그러다가 마치 천국의 새가 지저귀듯 높은 음의 곡이 연주되기 시작했다. 그 음악은 점점 더 커지면서 테라스에서 테라스로, 관중석으로, 그리고 시 전체로 서서히 퍼져 나갔다. 보우맨과 케스트렐을 붙잡고 있던 경찰의 손이 느슨해졌다. 수험생들은 앞에 놓인 시험지를 마치 처음 보는 듯한 눈으로 쳐다보았다. 관중석의 가족들은 서로의 얼굴을 마주 보았다.

하노 헤스는 자리에서 뛰어나갔다. 아이라 헤스도 관중석으로부터 달려 내려갔다. 핀핀은 의자 밑으로부터 기어 나와 기뻐서 깔깔대며 걸어 나갔다. 그러는 사이에도 윈드싱어의 노래는 사람들의 마음속 깊이 스며들면서 모든 것을 바꿔 놓고 있었다. 수험생들은 서로의 얼굴을 쳐다보면서 물었다.

"우리가 왜 여기 이러고 있는 거지?"

한 수험생이 시험지를 박박 찢더니 높이 뿌렸다. 그러자 모두들 그를 흉내냈다. 얼마 안 있어 시험장 안은 날아다니는 종이 조각들로 앞이 안 보일 정도가 되었다. 관중석에 있던 가족들은 서로의 구역을 벗어나 다른 색깔 지역 사람들과 어울리기 시작했다. 밤색은 회색 쪽으로 옮겨가 앉고, 오렌지는 빨간색을 얼싸안았다.

왕궁 탑 꼭대기의 황제도 윈드싱어의 노래를 듣고 창문을 활짝 열어젖히고는 초콜릿을 멀리 내던졌다. 초콜릿 조각들은 얼어붙은 자스 행렬 주위로 떨어졌다. 황제는 문을 열고는 층계를 뛰어 내려가기 시작했다.

관중석 사람들은 옷을 바꿔 입어 보기도 하고, 색을 맞춰 입어 보기도 하며 재밌다고 깔깔 웃고 있었다. 아이라 헤스는 그들 사이를 달려 내려갔다. 자기를 향해 양팔을 벌리고 달려오는 하노 헤스의 모습이 보였다. 아이라 헤스는 중앙에 있는 원으로 가서 핀핀을 얼싸안고 얼굴에 키스를 퍼부었다. 어느새 보우맨이 옆으로 달려와서 그녀의 뺨에 키스를 퍼부었다. 하노도 케스트렐을 껴안고 달려왔다. 그의 두 뺨에 흐르는 환희의 눈물을 보고 아이라 헤스도 흐느끼기 시작했다.

"나의 용감한 아이들아!"

아이들을 껴안고 키스를 퍼부으며 하노가 말했다.

"나의 용감한 아이들이 돌아왔어!"

핀핀도 엄마 품안에서 너무나 기뻐 깡총깡총 뛰며 말했다.

"보우 사랑해. 케스 사랑해!"

아이라 헤스는 그들 모두를 한꺼번에 껴안으며 외쳤다.

"오, 나의 사랑하는 아이들아!"

기뻐 날뛰는 군중들 틈에서 마슬로 인치가 조용히 멈포 쪽으로 다가가더니 그 앞에 무릎을 꿇었다.

"날 용서해 주렴." 그가 떨리는 소리로 말했다.

"용서요? 왜요?"

"너는 내 아들이란다."

멈포는 너무 놀라서 그를 한참 바라보았다. 그러더니 약간 쑥스러운 듯이 손을 앞으로 내밀었다. 수석 시험관은 그의 손에 입을 맞추었다.

"아빠, 나한테도 친구가 생겼어요."

마슬로 인치는 울음을 터뜨리며 말했다.

"그래 아들아, 친구가 있니?"

"만나고 싶으세요?"

수석 시험관은 말을 못하고 고개만 끄떡였다. 멈포는 그의 손을 끌고 헤스 가족에게로 갔다.

"케스, 알고 보니 내게도 아빠가 있었어."

마슬로 인치는 그들을 똑바로 보지 못하고 고개를 푹 숙이고 있었다.

"아버지를 잘 모셔라." 하노 헤스가 아직도 아이들을 껴안은 채 조용히 말했다. "아버지들은 자식들의 도움이 필요한 법이란다."

황제는 원형 극장 입구를 통해 들어와서는 아래에서 벌어지고 있는 소동을 내려다보았다. 윈드싱어의 노래는 겨울과 같이 얼어붙었던 모두의 마음을 녹여 주고 있었다. 그는 양팔을 벌리고 미소 띤 얼굴로 외쳤다.

"아무렴 그래야지! 도시는 시끄러워야 제 맛이지!"

자스는 윈드싱어가 노래를 부르는 순간부터 점점 노화하기 시작했다. 마치 조각처럼 얼어붙은 상태에서 그들의 아름다운 모습은 온데간데없이 쭈글쭈글해졌고 광기로 빛나던 눈들은 침침해졌다. 허리는 굽어졌으며, 금발은 허옇게 변했다. 불과 몇 분 사이에 수십 년이 지나가 버린 것이었다. 그들은 하나 둘 길에 쓰러지기 시작했다. 오랜 세월 억제해 왔던 노화 현상이 한순간에 일어나고 있었다. 살은 썩어 먼지로 변해 버렸다. 부는 바람에 먼지로 변한 자스는 사방으로 날려 갔다. 뒤에 남은 것은 줄지어 넘어져 있는 해골들과 그들 옆에 놓인 채 햇빛에 반사돼 반짝이는 칼들뿐이었다.

불의 바람 1

———

윈드싱어

초판1쇄 펴낸날 : 2004년 5월 7일

지은이 윌리엄 니콜슨
옮긴이 김현후
펴낸이 최윤정
펴낸곳 도서출판 나무와숲

등록 22-1277
주소 서울특별시 송파구 방이동 22 대우유토피아 1305호
전화 02)3474-1114
팩스 02)3474-1113
e-mail : namusup@chollian.net

값 8,500원
ISBN 89-88138-48-1
ISBN 89-88138-47-3(전3권)